UMA EXECUÇÃO COMUM

Obras do autor publicadas pela Editora Record

A maldição de Edgar
Uma execução comum

MARC DUGAIN

UMA EXECUÇÃO COMUM

Tradução de
PROCÓPIO ABREU

EDITORA RECORD
RIO DE JANEIRO • SÃO PAULO
2008

CIP-Brasil. Catalogação-na-fonte
Sindicato Nacional dos Editores de Livros, RJ.

D912e
Dugain, Marc, 1957-
Uma execução comum / Marc Dugain; tradução de Procópio Abreu. – Rio de Janeiro: Record, 2008.

Tradução de: Une exécution ordinaire
ISBN 978-85-01-08461-3

1. Romance francês. I. Abreu, Procópio. II. Título.

08-3294
CDD – 843
CDU – 821.133.1-3

Título original francês:
UNE EXÉCUTION ORDINAIRE

Editoração eletrônica: Abreu's System

Direitos exclusivos de publicação em língua portuguesa somente para o Brasil adquiridos pela
EDITORA RECORD LTDA.
Rua Argentina 171 – Rio de Janeiro, RJ – 20921-380 – Tel.: 2585-2000
que se reserva a propriedade literária desta tradução

Impresso no Brasil

ISBN 978-85-01-08461-3

PEDIDOS PELO REEMBOLSO POSTAL
Caixa Postal 23.052
Rio de Janeiro, RJ – 20922-970

A Alla Chevélkina, jornalista e amiga.
A Fabrice d'Ornano,
comandante de submarino e amigo.
Este livro deve a eles o essencial.

Para Roman, nascido com este livro.

"Pensávamos estar fazendo o melhor, mas, no final, ficou claro que fizemos como sempre."

VIKTOR TCHERNOMIRDINE
(Ex-primeiro-ministro russo)

"Mas quando o universo o esmagasse, o homem ainda seria mais nobre que aquilo que o mata, porque ele sabe que morre; e a vantagem que o universo tem sobre ele, o universo disso nada sabe."

BLAISE PASCAL

Sou Apenas Stálin 11
Verdes Anos 91
Anterogrado 149
Dois Amigos 271
Carbonizados 293
A Fuinha 351
O Silêncio das Palavras 367

SOU APENAS STÁLIN

Naquela manhã do inverno de 1952, como quase todos os dias desde o fim da guerra, minha mãe, que era urologista, foi trabalhar no Hospital de M., no longínquo subúrbio moscovita. Estava visitando os doentes ao lado do médico-chefe e sua assembléia de assistentes quando, no corredor, um homem conduzido até ela por uma vigilante pediu para lhe falar. Ninguém no grupinho ficou chocado. Quando o homem se aproximou, os outros se desviaram. Não era incomum na época virem prender alguém no lugar de trabalho, embora a polícia secreta preferisse os seqüestros noturnos. Conceder-lhe um último olhar, inspirado mais pela curiosidade que pela compaixão, era uma maneira perigosa de reconhecer ter vínculos com o acusado.

O homem que viera prender minha mãe era sob todos os aspectos conforme à idéia que fazemos de um miliciano. Apresentou-se em voz baixa para ser ouvido somente por ela, depois rogou-lhe que o seguisse, sem polidez nem rudeza. Uma limusine preta estava estacionada na porta do hospital. Minha mãe esperava ver-se rodeada por vários homens no carro. Nada disso aconteceu. O chofer nem sequer se virou quando ela subiu na parte traseira. O miliciano instalou-se ao lado dele e partiram sem dizer nada. Fazia frio, o dia estava cinzento e o cenário tinha as cores do regime. Aproveitando um leve calor, a neve envelhecida nas calçadas e nos acostamentos derretera na véspera, mas estava endurecendo de novo, ainda mais sombria.

Minha mãe não podia imaginar que a seqüestrassem por outro motivo além de uma prisão. Também sabia que, para prender, não era necessário motivo algum. Aliás, era este o princípio do terror. Por diversas vezes ela havia evocado essa eventualidade com meu pai. Eles não tinham qualquer reserva quanto à legitimidade da revolução, mas às vezes lhes acontecia, na intimidade, criticar sem severidade seus desvios. Se sua prisão não era devida ao simples acaso, talvez fosse preciso buscar a causa naquelas conversas. Mas como tinham conseguido ouvir? Talvez a polícia política tivesse grampeado o apartamento havia meses sem que soubessem de nada. Aliás, o zelador tinha uma cópia das chaves, ele podia ter introduzido alguém no apartamento para instalar os microfones. Mas por que espioná-los em particular? "Por que eu?" Essa forma de interrogação corrente estava sendo progressivamente substituída por outra, mais realista: "Por que não eu?" A respeito do zelador, aliás, minha mãe relembrava fatos aos quais essa prisão dava uma curiosa luz.

Havia vários meses, meus pais tinham decidido ter um filho. Vinham se dedicando à tarefa todas as noites com consciência e regularidade. O prazer que sentiam naquilo quase os fazia esquecer o motivo principal. Às vezes passavam a tarde inteira dos domingos no quarto, quando a penumbra envolvia Moscou, depois de meu pai ter guardado os cadernos onde escrevia centenas de equações de física, sua única paixão além de minha mãe. Ela amava profundamente meu pai, sem dúvida alguma, mas, conhecendo-a, seus sentimentos certamente não a acorrentavam. Minha mãe tinha a malícia das jovens moscovitas daquela época, e posso bem imaginá-la andando nua pelo apartamento lembrando a meu pai que, com as mulheres, acontece igual aos bens: a propriedade privada foi abolida. Numa segunda de manhã tão comum quanto as outras, o porteiro saíra correndo de seu alojamento para plantar-se embaixo das escadas no momento em que minha mãe descia os últimos degraus. Como estava ocupada fechando o casaco feito de pele falsa tomando cuidado para não cair, quase trombou com ele. De hábito pouco afável, ele também estampava, naquele dia, a cara contrita de alguém que tinha ensaiado bem as reclamações.

— Desculpe-me atrasá-la, camarada, mas tenho que lhe falar, ainda que rapidamente, de uma queixa que me vem de vizinhos cujo nome vou calar a fim de não perturbar a tranqüilidade do seu andar.

Ele parou de olhá-la direto nos olhos para fixar o balaústre luzente do corrimão da escada.

— Eles me relataram que a senhora está perturbando — estou usando o singular pois é a senhora pessoalmente, e não o seu marido, caso contrário eu me teria permitido interceptá-lo também quando passou há quinze minutos — a quietude deles com gritos que eles afirmam serem gritos de prazer. Não cabe a mim julgar isso, mas não se trata aí de manifestações isoladas. Conforme contam, eles vêm sofrendo esse incômodo há quase um ano, entre uma e duas vezes por noite, e às vezes até de madrugada ou de manhã e até três vezes no domingo. Antes que eu prossiga, a senhora reconhece os fatos?

Minha mãe apoiou-se no corrimão, balançou de um pé no outro, depois franziu o nariz.

— Acho que é exato, camarada porteiro.

A resposta relaxou o zelador, que assumiu um ar douto para continuar:

— Nesse caso, já que estamos de acordo, permita-me observar-lhe que isso tudo não é bom para a sua reputação. Veja, não é tanto o fato de a senhora perturbar o casal Olianov que é problemático, pois sei que, agora que foi advertida, o incômodo vai cessar. Não, eu me pergunto de que maneira é possível ter um tal prazer e infligi-lo aos outros. Se isso acontecer mais uma vez, vou ceder ao pedido dos Olianov e assinalar essas perturbações à vizinhança, sejam quais forem os riscos ligados ao que for interpretado.

Minha mãe balançou a cabeça com pequenas sacudidelas de aprovação:

— Recebi bem a sua mensagem, camarada porteiro, e seguirei as suas recomendações. Entretanto, como afirmam os Olianov, se esses incômodos já duram um ano, seria útil eu lhe perguntar por que eles não se queixaram mais cedo.

O olhar do porteiro ficou escuro e suas narinas se dilataram. Ele emitiu um som estranho, depois girou nos calcanhares. Minha mãe não tinha atingido a porta do prédio e já lamentava sua arrogância. A lembrança desse incidente se esfumara em poucos dias, mas voltou-lhe à mente com uma acuidade particular ao ser presa.

Havia vários meses, um temor legítimo a incitara a carregar, escondida na roupa, uma cápsula de cianeto para subtrair-se a qualquer interrogatório ou tortura, se porventura viessem a prendê-la. Ela não queria sofrer. Não era sua natureza, não mais que passar longos anos nos grandes frios do Leste, sem saber o tempo que lhe restaria antes de o ser humano ceder ao animal, depois o animal à morte. Meus pais não tinham filho na época e simplesmente haviam combinado que um não devia ser para o outro uma razão de viver a qualquer preço. No fundo, concordavam com a idéia de que nada na Terra era para eles caro o bastante para justificar agüentar a tortura. Mas meu pai não levara a precaução ao ponto de dotar-se de um veneno mortal. Só se achava ameaçado quando passava por importante. Era importante aos olhos dos homens e das mulheres que estavam sob suas ordens em sua administração científica, mas seu peso diminuía nitidamente caso o número de pessoas que estavam acima dele fosse considerado. Além disso, não era mais membro do partido. Ele se informara, o pessoal de cima atacava com mais facilidade os altos quadros que os trabalhadores comuns da sua espécie. Pediam-lhe que fizesse seu trabalho corretamente e, como ele não tinha a menor ambição, não incomodava ninguém. Não se inquietava muito por minha mãe, pois, a despeito das circunstâncias, seu otimismo ditava-lhe não esquentar a cabeça.

No carro, minha mãe havia delicadamente deslocado a cápsula de cianeto escondida na dobra do casaco para deixá-la o mais perto possível de sua intimidade, apostando que assim escaparia à vigilância dos torturadores. O carro parou perto de uma entrada secundária do Krêmlin, bem longe da Lubianka, cuja porta Moscou inteira conhecia, o que a tranqüilizou. O homem mandou-a descer do carro sem deferências ou brutalidade, e conduziu-a através de um dédalo de corredores e postos de controle onde ele apresentou um salvo-conduto. Ao seguir o cérbero, ela sentiu uma vontade terrível de urinar, mas não ousou perguntar-lhe onde ficava o banheiro, se é que havia algum no percurso. O labirinto pareceu-lhe interminável. O coração ficava cada vez mais apertado ao pensar que iam interrogá-la num porão do Krêmlin, longe dos outros suspeitos políticos. Mas um novo indício lhe devolveu a ínfima esperança que ela mendigava. Na Lubianka, diziam que os torturadores haviam recentemente instalado uma sala à prova de som, devido ao medo de que os berros viessem a atingir o moral da equipe administrativa da polícia política. Uma sala como essa certamente não existia no Krêmlin, prova de que não pensavam em torturá-la. É claro, sempre era possível que a privassem de sono ou, pior ainda, que a amordaçassem para agredi-la. "Mas", pensou, "se uma mordaça bastava para sufocar os urros, por que teriam concebido uma câmara especial na Lubianka?" Mais tranqüila por sua análise, ela voltou às razões de sua prisão, sem conseguir encontrar uma explicação lógica. É verdade que havia blasfemado e não podia contestar isso. Mas outra idéia lhe veio à mente que a deixou gelada. O grande caso do momento era o dos "jalecos brancos", os médicos do hospital do Krêmlin, judeus na maioria, acusados de terem matado Jdánov. Minha mãe não era judia por parte de mãe, só o pai era judeu. Na grande euforia da revolução, quando todos se livravam de suas particularidades como um pobre faria de seus andrajos, este último mudara de nome. De Altman, passara a ser Atlin. Mas talvez a polícia política estivesse fazendo uma investigação sobre as origens de todos os médicos dos hospitais da região de Moscou? Em seguida, uma evidência lhe deu um imenso alívio. "Se decidiram prender todos os médicos judeus da cidade ou até do país, seria lógico que começassem por aqueles que carregam um sobrenome revelador", pensou. Ora, nenhum dos chefes de serviço de seu hospital com sobrenome judeu parecia ter sido importunado. Pela lógica, ela só seria descoberta após longas pesquisas sobre seu verdadeiro nome de família. Mas ela também sabia que a lógica não era a filha mais velha do sistema. A força do terror é ser imprevisível, ele precisa de sua cota de acaso. Essa hipótese no entanto em nada tranqüilizava, pois, uma vez nas mãos dos torturadores, o problema não era demonstrar inocência, mas antes, para os acusadores, fazer a presença de um suspeito coincidir com qualquer culpa. Então, como costuma acontecer quando paramos de lutar, ela se pôs a flutuar e a se deixar levar. Pela expressão do rosto assumida por seu acompanhante ao abrir a última porta, ela compreendeu que chegara ao fim da viagem.

A espessa porta gótica de madeira maciça dava para um pequeno cômodo muito sombrio que cheirava a hálito de gente que não fala muito. O guia foi embora, ela ficou a sós com uma mulher atarracada de cabelos negros gordurosos e quebradiços como o leve bigode que lhe cobria o lábio superior. Ela usava um uniforme marrom. Fez sinal à minha mãe para que se sentasse e voltou a ocupar seu lugar atrás de uma mesinha que ficava diante de um banco de mosteiro onde ela se instalou, joelhos grudados. A mulher dava um jeito para nunca cruzar o seu olhar. A escrivaninha diante dela estava vazia. Ela mantinha os braços cruzados e as costas retas como um eunuco na entrada de um harém. Minha mãe, que não agüentava mais, depois de hesitar por um longo momento, perguntou-lhe onde ficava o banheiro. Surpresa com aquela pergunta despropositada, a mulher fez um olhar reprovador antes de responder:

— De fato há banheiro aqui, mas é reservado aos guardas e ao pessoal do andar. Que eu saiba, nenhum texto autoriza os visitantes a utilizá-lo.

— Então, como vou fazer? — perguntou minha mãe, tímida e consciente de que não estava em situação de exigir.

— Sei lá, camarada, vai ter que se segurar. Parece-me que você não entrou no Krêmlin pela porta principal. A entrada dos visitantes importantes está repleta de banheiros tão grandes quanto os maiores apartamentos comunitários de Moscou. Se você não entrou pela porta principal, deve bem saber por quê. Também deve saber muito bem por que banheiros não foram previstos para pessoas como você nesta parte do prédio.

Depois de um breve momento, ela não olhava mais para minha mãe, mantinha os olhos apagados pousados na parede à sua frente. Em seguida, disse com um suspiro:

— A dialética de fato faz muito pela compreensão do mundo.

E então, ficou quase uma boa hora sem dizer nada, antes de julgar que era tempo de agir.

— Vou revistá-la — disse, levantando-se lentamente como se pesasse cada um de seus membros. — Venha comigo!

Ela abriu a porta de uma cabine instalada em volta de um cabide. Minha mãe subitamente se deu conta de que, se a mulher levasse a investigação até a sua intimidade, ela teria que justificar o fato de ter escondido ali uma cápsula de cianeto. Ela nem sequer podia ir ao banheiro para jogar fora o veneno. Foi sendo tomada por uma confusão assustadora. Se a mulher encontrasse o veneno, com certeza o confiscaria. Veio-lhe a idéia de pôr fim a seus dias. No entanto, parecia-lhe prematuro fazer isso sem conhecer o ponto final da história. "Morrer não é tão complicado assim", pensou. Mas o mínimo que se pode exigir é saber por quê, ainda que muitos condenados tenham se arrependido amargamente de ter desejado conhecer a razão, pois não havia nenhuma. Por outro lado, sem essa cápsula, não lhe seria mais possível subtrair-se à sua sorte.

— Tire a roupa na cabine! Fique só com a roupa de baixo.

Minha mãe obedeceu. Com a esperança de que a inspeção parasse na última muralha do pudor. Depois teve que passar cada uma de suas roupas à guardiã, que as examinou meticulosamente. Por fim, ela se aproximou de minha mãe, apalpou-a por cima da roupa íntima. Parou na cápsula que formava um ligeiro ressalto e pediu-lhe que lhe entregasse o objeto.

— O que é isto? — disse, lançando-lhe um olhar sombrio de caucasiana.

— Uma cápsula.

— Isso eu sei, mas de quê?

Minha mãe devia estar com uma cara perturbada. Aposto que estava vermelha, mas não precisou de muito tempo para se justificar.

— Pois bem, camarada. Esta cápsula é para afastar os bichinhos que às vezes se alojam na pele das mulheres, como certos repelentes que colocamos nos armários para afastar as traças das roupas.

Os olhos grandes da guardiã rodaram nas órbitas, dando-lhe enfim uma expressão, a de uma mulher que duvidava. Ela se permitiu a um breve momento de reflexão antes de soltar rápido:

— Em outras circunstâncias, eu teria deixado isso com você. Mas aqui, imagine que seja um veneno. Que um veneno possa penetrar nesta parte do Krêmlin...

— Por favor, deixe-a comigo. Eu lhe garanto...

— Não! — cortou a sentinela.

— Quer então que eu a jogue no lixo?

— É impossível.

— Mas por quê?

— Porque significaria dizer que estou me livrando de um produto cuja composição desconheço. É contrário às nossas regras. Vou mandar levar para a segurança analisar. E quem sabe, talvez, a devolvam a você. Quem fez este produto?

— Eu mesma, sou médica, urologista, e é um produto experimental que concebi e que testo em mim mesma.

— Isso pode ser um bem para a humanidade, um avanço para o nosso povo, se mais nenhum inseto vier se alojar na pele das trabalhadoras!

— A senhora tem razão, camarada. Mas é um protótipo e não tenho outro. E se ele perder a segurança, são meses de trabalho que vão por água abaixo.

— Se o seu produto fosse tão revolucionário assim, você teria entrado pela porta principal. O que você está me dizendo é simples presunção, e a academia de ciências ainda não comprovou a veracidade desse avanço científico.

Depois fez um sinal com a mão para mostrar à minha mãe que a conversa estava encerrada.

Minha mãe transpirava muito, embora a sala fosse fria e úmida como uma casa de campo após um inverno sem calefação.

— Então, a senhora talvez possa me dizer, camarada, por que me trouxeram aqui?

— É impossível, camarada, eu mesma não sei. Mas posso lhe dizer que o corredor por trás desta porta só leva a altas autoridades. Altíssimas personalidades que desejam ver gente como você sem que sejam vistas. Porque certamente não há nenhuma glória para um grande amigo do povo em ser visto com alguém como você. E você sabe por quê, pelo menos tanto quanto aquele que quer encontrá-la aqui.

A mulher olhou o relógio na parede. No mesmo momento entrou outra mulher de uniforme com a mesma cara entediada de guarda de museu que não vê a hora passar. A primeira fez seu relatório à segunda e confiou-lhe a cápsula recomendando que a entregasse a quem de direito. A recém-chegada enfiou-a no bolso enquanto lançava um olhar mau à minha mãe. Depois o tempo retomou sua obra deletéria. Não aconteceu nada nas cinco horas seguintes. Minha mãe sentia-se perdida sem a cápsula. Dava-se conta de que, se não era culpada de nada antes de entrar naquele palácio, agora passara a ser. Uma envenenadora que nem sequer tinha mais os meios de se envenenar, era isso que havia se tornado. Seu crime era de uma gravidade proporcional à personalidade que ela ia encontrar. Preferiu achar que a guardiã se excitara. Para uma moça do campo como ela, qualquer mujique endomingado devia ser uma personalidade. Ela fez essa reflexão às três da tarde. Doze horas a mais foram necessárias para que saísse daquela antecâmara.

Foi conduzida por um militar que a revistou de novo sumariamente antes de fazê-la entrar no escritório no canto do prédio. O militar bateu na porta. Levaram tempo para responder. Quando um dos dois imensos batentes se abriu, minha mãe petrificou-se: Iossíf Stálin estava diante dela.

A porta se fechou às suas costas com um barulho de madeira maciça. O choque de se ver assim diante do comandante supremo foi duplicado pela estupefação de descobrir a que ponto aquele homem era diferente das imagens que dele eram difundidas no país. Era quase um anão, um velho anão de rosto marcado pela varíola, com um braço mais curto que o outro. Mas seu olhar de falcão do Cáucaso, ameaçador como uma arma branca, tinha um brilho bem superior a qualquer reprodução em papel.

— Olga Ivánovna Atlina — disse ele abrindo as mãos com um ar de avô que se prepara para abraçar um dos netos.

Depois indicou um assento perto de um divã onde ele se sentou, antes de dar a entender à minha mãe que ela podia fazer o mesmo.

Ele tomou tempo antes de falar, examinou-a longamente. Ela sentiu que a frágil consideração que o Vojd poderia lhe conceder dependeria da maneira como ela o olhasse, sem baixar os olhos num primeiro momento mas cedendo tão logo ele o sugerisse. Enquanto fixava minha mãe, ele desmanchou um cigarro numa tabaqueira de couro velho e amassou o tabaco com a ponta dos dedos antes de introduzi-lo no fornilho de um belo cachimbo inglês, que ele acendeu conscienciosamente passeando o fósforo sobre a superfície achatada com firmeza. Assegurou-se de que o cachimbo estava bem aceso puxando duas grossas baforadas, que exalou olhando o teto da sala. Depois pôs-se a falar, sem olhar para minha mãe:

— Sabe por que está aqui?

Era possível ler em seu rosto que ele se deleitava com a pergunta.

Minha mãe, dá para imaginar, devia ter a cara de uma estudante convocada pelo diretor da escola. Toda encolhida, tentava resistir aos assaltos de sua bexiga.

— Não, mestre — respondeu ela com timidez.

— Não me chame de mestre — retorquiu ele suavemente —, não sou mestre de ninguém. Só existe um único mestre ao qual estamos todos sujeitos, o povo soviético. Pode me chamar de camarada Stálin.

— Certo, camarada Stálin.

Visivelmente tomado por uma surda e intensa alegria à idéia do que ia dizer, ele prosseguiu:

— Disseram-me que você tem um poder que eu não tenho.

Minha mãe pareceu desconcertada, para o maior prazer do Vojd.

— Certamente não, camarada Stálin.

— Tem sim, tem sim.

Depois, ele puxou mais uma vez o cachimbo, seguindo com o olhar as volutas de fumaça azul. Minha mãe, submersa em sua confusão, desajeitada, não conseguia deixar de observá-lo dissimuladamente, fascinada pelo personagem e perturbada por aquele *tête-à-tête* imprevisível com o homem mais poderoso do mundo. Em seu olhar, a uma impressão de serenidade, para não dizer de sabedoria, sucedia sem transição uma raiva mortífera que parecia buscar uma saída.

— Você sabe que sou a pessoa mais bem informada deste país. Não conheço cada homem e cada mulher do povo, mas, se quiser, posso ter acesso a todos eles. Disseram-me que você era médica, urologista, não é? Não tenho nenhum problema urológico. Em compensação, dizem-me que você tem um verdadeiro poder nas mãos, um poder de magnetizador.

— Exageram, camarada Stálin — retorquiu minha mãe, sentindo o risco que corria ao reconhecer essa disposição. — Só as feiticeiras possuem esse tipo de dom, e faz muito tempo, graças ao poder soviético, que varremos todas essas crenças ridículas que cegam o povo e o fazem crer que o poder está em outra parte e não entre as próprias mãos.

— Bem respondido — disse ele com uma vozinha acompanhada de um esboço de sorriso para lhe mostrar que não era nem um pouco bobo. — No entanto, o magnetismo é uma realidade. Alguns o têm nos olhos e você o tem nas mãos. Mas você não está entendendo aonde quero chegar. Não mandei trazer você aqui para lhe comunicar que é uma inimiga do povo. Você acha que, com as minhas responsabilidades, eu tenho tempo para convocar pessoalmente os inimigos do povo um por um para lhes dar uma lição de moral antes de enviá-los a campos de trabalho a fim de que paguem pelos seus erros? Acha isso mesmo?

— Ah não, camarada Stálin.

— Então, vamos direto ao assunto. Acabo de despedir meu médico pessoal, que é suspeito de pertencer a um complô de médicos que teriam feito mal a personalidades de alto escalão. Falam até de assassinatos, mas não posso lhe contar mais por enquanto, pois essas pessoas estão sendo interrogadas. Parece, pois a investigação está em curso, que teriam fomentado um complô cuja causa estaria ligada à nacionalidade. Além de não ter confiança em médico algum, razão pela qual não os tenho mais, o fato de todo mundo saber que nenhum desses homens está ao meu lado proporciona-me muitas vantagens políticas. Meus inimigos pensam: "O velho está doente, essa é a verdade. Ele não se trata mais, pois detesta os médicos. Logo, não vai demorar a bater as botas." Surpreendidos por essa abertura inesperada, os ratos saem da toca. Quando digo "meus inimigos", ainda não sei quem são, mas estou criando as condições para que se declarem. Reconhecê-los é a minha grande força. Sem mim, o país morrerá, pois os outros dirigentes são como gatinhos, cegos, recém-nascidos, não vêem o inimigo. Tomemos, por exemplo, essa questão da nacionalidade que nos causa tantas preocupações. Todo mundo sabe que não sou anti-semita. Não é minha natureza, não se abandona nenhum dos filhos, é um princípio. Tive que multiplicar as garantias de meu filo-semitismo, as regulamentações protetoras, para que finalmente eles traíssem o povo soviético comportando-se feito espiões a serviço dos americanos que tomaram sob sua dependência esse pequeno Estado hostil com o qual agora sonham. Mas pode você me dizer o que Israel oferece a eles de melhor que a União Soviética? É humilhante, e não me humilham impunemente. Apesar de nunca ter tido essa idéia antes, peço um relatório sobre os judeus de Moscou. Fico sabendo que, embora sejam um milhão e meio, se não mais, monopolizam as profissões médicas, infiltram os sindicatos dos músicos e dos escritores. Que não seria insignificante a influência que exercem nas redes comerciais, e o relatório por fim conclui que um único punhado deles de fato é útil ao Estado. Aliás, uma questão de menor importância, você é dessa nacionalidade?

— N... não — gaguejou minha mãe.

— É divertido, você hesitou. Não é vergonha ser. Aliás, quem vai ficar na história como o grande protetor deles?

— Não sei — respondeu ela, confusa.

— Veja o problema de outro modo. Quem foi o primeiro a editar uma regulamentação que pune com prisão os ditos ou os atos anti-semitas?

— O senhor, camarada Stálin.

— Sim, eu — disse ele, suspirando.

Antes que Stálin prosseguisse, minha mãe notou que ele falava como os narradores orientais, colocando em destaque cada sílaba, com uma voz doce e pausada, repleta de entonações tranqüilizadoras.

— Fui a última muralha do povo judeu da União Soviética contra o extermínio nazista. Foi o Exército Vermelho que libertou os campos de concentração ao preço de sacrifícios humanos consideráveis. Logo após a revolução, quando eu já era comissário das nacionalidades, agi de modo que os judeus fossem uma nacionalidade, plena e inteira como qualquer outra. Propus-lhes até uma terra, o Birobidjan, de que eles fizeram pouco, e não guardei mágoas. Quando os sobreviventes dos campos de extermínio voltaram para a Ucrânia, por exemplo, os ucranianos lhes haviam roubado todos os bens e não queriam devolver. Khruschov, primeiro secretário na Ucrânia, achava aquilo perfeitamente normal e tive que intervir pessoalmente para que as restituições ocorressem. Impus a nossa lei à república mais anti-semita da União Soviética assim como às outras. Logo, não podem me tachar de sê-lo eu mesmo, você concordará comigo.

— Claro, camarada Stálin.

— No entanto, fico sabendo por grandes jornais, como o *Pravda*, que, depois da revolução, milhões deles mudaram de nome. De que isso podia servir, se eu já havia garantido a segurança deles? Eles queriam se fundir na massa não para aderir aos nossos ideais, mas para se preparar para trair na hora certa. Alguns, em particular a partir do nascimento de Israel que apoiei arduamente, sentem agora ter uma alma de cosmopolitas, chegam até a se considerar judeus antes de serem soviéticos e se comportam com uma ingratidão condenável. Você sabia disso?

— Nem um pouco, camarada Stálin. Aliás, não me dedico à política.

— Faz bem — continuou ele no mesmo tom de cansaço. — Para quem tem um trabalho científico, é melhor dedicar-se a ele do que fazer política. Aprovo a sua escolha. É por isso que você não tem razão alguma de temer o que for caso você seja dessa nacionalidade. Olhe o velho Kaganovitch, filho de sapateiro; está a meu lado desde os primeiros dias da revolução, você acha que ele se sente ameaçado? Do fundo da minha alma, estou lhe dizendo, nada tenho contra povo algum em particular. Não pensei um minuto sequer no fato de que Trotski era israelita quando mandei assassiná-lo no México. É um povo que sofreu muito.

Ele então se interrompeu, mergulhando em pensamentos tão profundos que era como se ninguém pudesse despregá-lo deles. Acendeu o cachimbo que se apagara, depois retomou como para si mesmo, num tom desiludido:

— Mas ainda tem que sofrer. Pois nosso povo, em sua grande maioria, não gosta dele e tenho que tirar uma vantagem política disso, a contragosto.

Ele de repente pareceu acabrunhado e puxou pequenas baforadas sucessivas do cachimbo, cuspindo a fumaça feito uma locomotiva. Minha mãe notara que certas palavras o deixavam furioso e que seu rosto então ficava vermelho. Mas também ficava calmo rapidamente e a cólera não parecia deixar nenhum rastro. Ele usava os silêncios como uma arma e só os interrompia quando o mal-estar havia desfeito seu interlocutor.

— Então, você tem um dom?

— Um pequenino dom, camarada Stálin.

— Meus serviços me garantiram que você tinha um. Causou espanto, no hospital onde você trabalha, que a fila de espera fosse muito mais comprida que em qualquer serviço de urologia de Moscou e arredores. Aliás, alguns dos seus colegas passaram a ter um certo ciúme de você. Você não sabe, mas muitos dossiês de queixa aterrissaram na polícia política. Você escapou por um triz de um processo. A sua sorte quis que um dos relatórios viesse parar na minha mesa. Nele estava escrito que você usava desse dom com modéstia, apenas para o bem dos outros. Você não procurou criar uma aura para si. Ela a teria conduzido a colocar as mãos em trilhos de trem insensíveis aos seus prodígios na Sibéria. Estou lhe falando com conhecimento de causa; o tsar me deportou para lá.

Ele virou e bateu o fornilho do cachimbo num enorme cinzeiro de ferro fundido, depois inspecionou-o meticulosamente. Voltou-se em seguida para minha mãe. A luz de uma lâmpada varreu o seu rosto, clareando brutalmente a pele destruída. Depois sorriu para minha mãe.

— Uma curiosa experiência a dos campos. Devo reconhecer que não sofri de fato. Éramos um pequeno grupo bem livre em nossos movimentos. Eu lia muito. Não posso dizer que tenha feito muitos amigos. Não é minha natureza, o culto da amizade é uma maneira de ter a consciência tranqüila para detestar o restante da humanidade, e não preciso disso. Não, na Sibéria a vida nunca foi outra coisa senão dura. Contam-me que o regime dos prisioneiros endureceu muito nestes últimos tempos. É verdade que introduzimos uma noção de reparação do prejuízo causado ao povo que não existia naquela época.

Minha mãe viu Stálin sacudido por um começo de riso que ele reprimiu, para dizer sorrindo:

— E com razão; na época do tsar, o próprio tsar não sabia o que a palavra trabalho significava; quanto ao povo...

Ele se interrompeu mais uma vez, instalou-se numa poltrona e ficou prostrado dois longos minutos antes de retomar:

— Eu dizia que, na Geórgia, costumamos utilizar os magnetizadores. Ainda que, no estado atual dos conhecimentos científicos, não situemos muito bem o fenômeno, é preciso se acomodar a ele. Fui obrigado a me afastar dos médicos do Krêmlin, daqueles pretensos grandes especialistas que nada encontraram de melhor que me prescrever repouso total. Aqui entre nós, é ao que aspiro. Houve um tempo em que desejei me aposentar, pois já dei ao povo cem vezes mais do que a natureza me permitiu. Mas eles não quiseram. Ninguém no partido nem no Politburo quis. Eles insistiram. Tenho desprezo por eles, pois nenhum é capaz de me suceder. É por essa razão que estou condenado, repito, bem condenado ao poder. Ninguém se imagina no meu lugar. Todos têm qualidades, mas nenhum tem visão de conjunto. O bom dirigente de um império deve ser como um gato gordo, com uma paciência infinita, olhando uns e outros se agitarem febrilmente. Depois, quando ninguém mais é capaz de imaginar aquela bola gorda saltitante, ela se desdobra. O poder exige que passemos a sensação de que estamos elevando uma aparente mediocridade ao nível de uma arte. Mas a minha superioridade, visto que é preciso reconhecê-la, foi ter estabelecido uma nova relação entre a verdade e a mentira. Que uma gota de verdade seja despejada num oceano de mentira, e essa verdade basta para dar ao conjunto a cor do autêntico. Não tenho maior inimigo que o instinto elementar de cada indivíduo em querer conhecer a verdade. Acontece com a autonomia o mesmo que com a independência. Puno as duas com severidade à minha volta, pois são o sinal manifesto de uma falta de confiança em mim, portanto no povo.

Ele parou nesta última palavra para tomar fôlego. Apesar da penumbra, minha mãe notou que ele havia empalidecido.

— Para o bem do povo, devo prosseguir incansavelmente. No entanto, se os médicos foram embora, as dores não os acompanharam. Conto com os seus dons para ajudar o povo a manter seu guia à sua frente. É uma enorme contradição histórica. Eu que formei grandes médicos neste país, aqui estou reduzido a utilizar uma medicina oficiosa para ajudar a minha velha carcaça a conduzir esse povo que não pode ficar sem mim. Você deve me ajudar a continuar, cara Olga, minha idade e minhas dores não se opõem ao povo. A culpa é minha, eu deveria ter sido infinitamente mais precavido e ter preparado minha sucessão com muito mais cuidado em vez de fazer crer a cada um que ele poderia tanto me suceder ou desaparecer e perder a vida. O resultado é que fiquei cercado apenas de lacaios, que se enfiariam no chão para me agradar. Mas se não tivessem sido convencidos de poder perder a vida a qualquer instante, teriam se comportado como herdeiros sem hesitar um segundo em acelerar as coisas para tomar o meu lugar. Assim, nunca vou conhecer o repouso nesta terra, terei que trabalhar sem descanso.

Ele fez uma nova pausa, os olhos esbugalhados.

— Eu me esgoto lutando contra os fatos. A explicar que os fatos não são nada, que devem nos ser submissos, para que subsista unicamente o objetivo que estabelecemos. É uma tarefa dura, extenuante. Se entendi bem, sofro de graves problemas circulatórios que são a causa de minhas dores nos braços e nas pernas e de terríveis dores de cabeça. Remédio algum dá jeito. Então, se recorrermos a uma medicina paralela para ajudar o povo, quem poderá nos censurar por isso? Veja, neste momento sinto muita dor na coxa esquerda. Venha, mostre-me se consegue fazer algo.

Ele se deitou no divã.

— Aproxime-se e não tenha medo. Você não vai botar as mãos no Cristo!

Minha mãe se agachou junto dele e pousou aos duas mãos juntas sobre a região dolorida. Ele fechou os olhos. Parecia estar no leito de morte em seu mais belo terno de tecido escuro. Durante uma boa meia hora, os dois não conversaram e minha mãe pensou que ele dormia. Depois, ele se pôs a falar lentamente, de olhos fechados.

— Você está me tomando por um ícone, não é? E, no entanto, sou feito como os outros, de carne e sangue. Essa sacralização, esse culto da personalidade, eu nunca quis para mim mesmo. Aceitei-os para o bem do povo. Depois do grande Lênin, ele precisou de um guia, devotado totalmente a ele. Os homens precisam do sagrado para progredir, para lutar, para se dedicar ao bem de corpo e alma. É a idéia que fazem de mim, a imagem que têm de minha pessoa que os conduziu à vitória contra os nazistas. Pois transmito a eles a imagem que querem contemplar de si mesmos.

De repente, revigorado pelo próprio discurso, ele arregalou os olhos.

— Sabe, o capitalismo é o modo de desenvolvimento mais natural ao homem, aquele que lisonjeia seus pendores mais instintivos, guiados pelo interesse e a cupidez. É particularmente verdade na Rússia, o país do mundo onde a tradição é mais arraigada, nunca dividir dinheiro nem poder. Quanto ao dinheiro, daqui por diante a coisa está feita; quanto ao poder, é prematuro.

Ele fez uma última pausa antes de sussurrar:

— Não repita isso, nós fizemos por Cristo mais que qualquer um. Ao expulsá-lo das consciências pervertidas por dois mil anos de Igrejas corruptas, nós trouxemos a humanidade para seus preceitos fundadores. Era preciso matá-lo para que ele ressuscitasse. Ao matá-lo uma segunda vez para instaurar o comunismo, estamos desta vez lhe assegurando a vida eterna para valer. Quem lhe fala é um antigo seminarista.

Com essas palavras, ela teve a impressão de que ele adormecera de verdade. Com olhadas de pássaro que toma cuidado para nunca se demorar, com medo de que ele a surpreenda, ela observou cada centímetro de seu rosto. Pela primeira vez desde que entrara no antro do mestre um odor de velhice misturado ao tabaco frio vinha a seus sentidos, pesado pela umidade. O Vojd respirava profundamente feito um velho na hora da sesta numa poltrona à sombra de uma cerejeira, nos primeiros dias de calor primaveril.

Minha mãe se inquietou, pois mais meia hora havia se passado e o mestre continuava a dormir. Não podia prosseguir a imposição das mãos por mais tempo sem arriscar queimar-lhe a pele. Como Stálin continuava sem dar sinal de consciência, ela se levantou sem fazer barulho e sentou-se na poltrona que ficava de quina para o divã e ali ficou, discreta, feito uma leitora de outrora. Seis ou sete horas se passaram. O Vojd havia permanecido na mesma posição e só roncos intermitentes e alguns ventos libertadores mostravam que ele estava vivo. Se estivesse morto, ela seria responsabilizada, e seria seguramente o fim da envenenadora magnetizadora, apedrejada nos porões do Krêmlin ou sangrada com uma faca enferrujada como no tempo de Ivã, o Terrível. Minha mãe lutou a noite inteira contra a bexiga que, aliada ao estupor daquela situação irreal, a impedia de dormir. Quando o dia clareou, não agüentando mais, quando um pouco de líquido lhe escorria pelas pernas molhando as calças de lã, ela saiu sem fazer barulho em busca do toalete. Depois, voltou a sentar-se junto a Stálin. Já eram quase 10h quando o Vojd abriu um olho. Fixou-se em minha mãe e, depois de relembrar os acontecimentos da véspera, disse:

— Então eu adormeci. Lembro-me de um doce calor que tomou o lugar da dor, depois de uma sensação, a de que todos os meus nervos se acalmavam para me atrair para o fundo do divã.

Ele se levantou lentamente para se sentar, recompondo-se um pouco.

— Você tem decididamente um dom prodigioso. Estou acordando na mesma hora que de hábito, mas a noite me pareceu tão apaziguante que concluo que você exerce uma ação benéfica sobre mim. O povo pode lhe ser reconhecido por isso.

Ele se pôs de pé, passou a mão pelos cabelos negros ralos, puxou o paletó para ajustá-lo e clareou a voz antes de acrescentar:

— Você vai voltar. Mas antes de liberá-la devo chamar a sua atenção para o fato de que ninguém deve ser colocado a par deste encontro. Tudo isso fica exclusivamente entre nós, você imagina. Caso se afigurasse que você está tornando pública a nossa relação, eu não teria, e você entende bem isso, nenhuma outra solução a não ser mandar sumir com você. Você imagina que, em se tratando do interesse do povo, meus escrúpulos serão bem pequenos. Na época dos expurgos, quando a situação assim requeria, às vezes sugeri várias dezenas de milhares de prisões no mesmo dia, que, na maioria, se transformaram em execuções, para o bem de nossos desígnios. Alguns pensam que a utilidade dos grandes expurgos como os de 37 era eliminar inimigos, erradicá-los. Ao contrário, tratava-se apenas de criar novos. Um sistema como o nosso não pode ficar sem inimigos. Eles são o nosso combustível. Você notará que a hostilidade de nossos amigos é infinitamente mais sutil e difícil de descobrir que a de nossos inimigos. Minha relação com as pessoas de que gosto sempre foi para mim mais difícil de gerir que o contrário. O que me conduziu a me livrar de muitos deles, com medo de que fossem tentados a abusar de meus bons sentimentos para com eles.

Stálin então se interrompeu, preocupado:

— Mas por que, diabo, estava eu lhe falando disso tudo? Ah, sim! Agora me lembro. As circunstâncias hoje são diferentes, embora eu sinta surgirem novos inimigos do interior, mas você compreenderá com facilidade que não posso deixar que digam qualquer coisa. Criticar Stálin, trair sua confiança, com freqüência perdoei, contanto que não ficasse sabendo que, por trás do homem simples que permaneci apesar de todos os lisonjeadores e os cortesãos, não visavam o representante do povo. Então, escute bem o meu conselho de não se abrir com ninguém sobre o nosso encontro.

Ele se aproximou da escrivaninha, abriu um dossiê que ali se encontrava para dele extrair uma simples folha de papel impresso.

— Vejo que você é casada com um funcionário ministerial cientista. Hum! Eu, se fosse você, não falaria disso com ele. Você confia nele?

— Ah, sim, camarada Stálin.

— É justamente o que eu temia. Você não pode e não deve ter confiança nele. Acredite na minha experiência. O casamento é um conceito burguês, pois pressupõe sem o menor fundamento a confiança entre dois seres. Que confiança posso ter naquele que trabalha ativamente para mim se sei que ele está ligado a uma pessoa estranha a nossos objetivos? A fidelidade a um homem ou a uma mulher no casamento revela uma propensão considerável a me trair. É por isso que tolerei muita depravação entre os camaradas. No entanto, todos sabem, sou um homem recatado. Prefiro vê-los brincar, passar de corpo em corpo, de amante em amante em vez de se confiar a uma só mulher. Desde a revolução, mandei prender, deportar, às vezes executar muitas esposas de meus principais colaboradores, que entenderam muito bem, pois sabiam que eu não fazia isso para prejudicá-los. Muito pelo contrário, eu queria libertá-los do risco de ver o juízo alterado por cônjuges que não podem ter o sentido do Estado como eles. Sofri muito com a morte de minha mulher, há vinte anos, que encontrou o meio de subtrair-se à vida, um ato abominável. Não se faz justiça com as próprias mãos e ainda menos a si mesmo. Ela me deixou sozinho com meus filhos. Tomei isso como uma traição. Com um tiro de revólver na cabeça, ela abandonou o povo e aquele que o representa. Talvez ela tenha pensado que um casamento com um homem como eu podia ser uma união comum. Hoje, felicito-me por não estar ligado a ninguém. Acredite na minha experiência, não conte nada a seu marido. Você com certeza pensa que pode contar a ele o segredo das tumbas e que nem sequer um fogo-fátuo dali sairá. Teoricamente, talvez você tenha razão. Se esse homem ama você, ele não terá nenhuma intenção de pôr a sua vida em perigo. Mas o que você não domina é um elemento sobre o qual nem ele nem você tem domínio. Olhe! Imagine que amanhã ele seja parado pela polícia secreta por ser suspeito de conspirar. Na Lubianka, os homens que tratam dos dossiês e fazem os interrogatórios são colaboradores zelosos, mas não são de muita fineza, é o emprego que exige assim. O chefe dos interrogatórios é um pigmeu, tão pequeno que parece estar longe. Ele sofreu muito por causa do tamanho e da situação social. Hoje, usufrui da posição: graças ao sistema, o camponês atrasado virou um torturador de qualidade. Além disso, ele tem o sentido da fórmula: "A sua prisão basta para estabelecer a sua culpa, e não quero a mínima discussão a esse respeito." Ou então: "Diga-nos tudo, e esclareceremos nós mesmos o que é verdade do que é mentira." Imaginemos por um instante que o seu marido caia nas mãos dele e que, acidentalmente, pois tem medo e entendemos bem isso, para se proteger desse homem, ele acabe tirando proveito da relação que nos liga. Seria um erro, pois é sabido na Lubianka que não sou adepto do clientelismo, que me mexerei ainda menos por um amigo que por um estranho, pois o amor e a amizade do homem Stálin não podem ir contra os interesses do povo. Tão logo pronunciamos o nome Stálin, causamos interesse. Então, nós o fazemos falar mais e mais, até que toda a Lubianka fique sabendo que utilizo uma médica por dons independentes de seus conhecimentos científicos. O que diriam então? E como censurar o seu marido por ter falado sob tortura? Ele não pode falar sobre os fatos que lhe atribuem e que levaram à sua prisão, pois ele provavelmente nada tem a se censurar.

Embora visse Stálin inebriar-se com o próprio discurso, minha mãe não pôde reprimir sua admiração por aquela exaltação política que o transportava desde as primeiras horas do dia.

— É algo que entendi muito cedo quando tomei as rédeas do país. Para manter a coesão entre nacionalidades tão fortes e tão orgulhosas, e dobrá-las ao maior avanço da história da humanidade, é preciso manter um nível aceitável de terror. E o que é o terror? É a certeza, para todo homem da União Soviética, do mais humilde ao mais poderoso, do anônimo ao amigo íntimo de Stálin, de que nada o protege de uma ordem de execução que pode vir a qualquer instante sem base verdadeira. Os homens devem aceitar que, a qualquer momento, sem razão precisa, possam ser reduzidos a essa forma absoluta de modéstia que é a morte. Assim, para retomar o meu exemplo, como o seu marido não teria sido preso por fatos graves e reais, mas por causa de um boato, ele vai ser obrigado a falar de você esperando que a nossa relação seja o guarda-chuva protetor contra a irradiação ardente de seus torturadores. Os quais não se privarão de espalhar a notícia de que o camarada Stálin voltou a práticas pré-revolucionárias, quando a tsarina recorria a Raspútin para mitigar a hemofilia de seu filho querido, o tsarévitche. E, através de mim, é o povo que será ferido. É isso, minha cara, não há pressa, mas acho que você deve refletir.

— Não vou dizer nada a ele, camarada Stálin.

Stálin olhou para minha mãe como um pai olha para o filho. Seu sorriso, primeiro benevolente, em seguida fez-se ligeiramente sardônico.

— Sei que você não lhe dirá nada. Mas não é disso que estou falando. Você deve analisar a situação de modo mais metódico, e usar da melhor dialética possível para se perguntar se a nossa relação não implica legitimamente que você se separe de seu marido. Nesta fase, só a estou aconselhando, pois acho você inteligente o bastante para chegar a essa conclusão por si mesma e eu me sentiria mal influenciando-a. De um ponto de vista prático, nossa organização será a seguinte. Mandarei buscá-la quando precisar de você. Em geral, gosto que as noitadas se prolonguem até tarde da noite, até de madrugada mesmo. Gosto de levar meus homens para ver um ou dois filmes após um bom jantar georgiano. Libero-os pelas 3 ou 4h. Quase sempre é a essa hora que me retiro para ficar só. Deixo de lado as músicas folclóricas para escutar Mozart, com freqüência o Concerto nº 23. Nenhuma outra música consegue me relaxar a esse ponto, e se você estiver ali para apaziguar o meu corpo, será um grande benefício para o nosso povo. Mandarei buscá-la nessa hora da noite. Mas poderá igualmente ser a qualquer hora do dia, se minhas dores me incomodarem em meu trabalho. A ordem é clara, não revele nunca a razão pela qual está aqui, e se um dia eu tiver que me justificar direi que você se tornou minha urologista porque nós expulsamos os médicos judeus conspiradores e que era preciso continuar a tratar das minhas pequenas infecções urinárias, não é? Você pode ir embora. Fique na antecâmara, vou dar um telefonema e vão levá-la para casa.

*

Minha mãe deixou o Krêmlin esgotada, as pernas bambas entre dois guardas sombrios que a botaram num carro. Um frio muito intenso se instalara na capital, lacerando seu rosto cansado por aquela noite sem sono. Os guardas a conduziram para o lugar onde a tinham seqüestrado, no hospital, sem se preocupar se ela precisava lavar-se ou trocar-se. Era a primeira vez desde que conhecia meu pai que ela passava a noite longe dele, sem avisá-lo. Ela imaginava seu medo, sua angústia, seu sofrimento, e consolava-se pensando que à noite poderia livrá-lo disso. Meu pai era um homem que sempre esperava o pior. Para ele, ela já devia estar morta, o rosto cianetado no fundo de uma limusine entre dois torturadores desequilibrados. Ela queria poder tranqüilizá-lo. Nessa época, não era fácil telefonar. Se tivesse conseguido, não teria sabido lhe dizer nada sem colocá-lo em perigo, pois seu telefone de trabalho estava sob escuta.

Ela voltou ao serviço, onde seus pacientes já haviam formado uma longa fila de espera. Estava vestindo o jaleco no consultório pintado de um amarelo governamental quando o chefe do departamento de urologia entrou. Ele segurava o queixo como que para soltar apenas palavras pesadas com cuidado.

— Você acha que o caso dos médicos judeus pode ultrapassar o ambiente do hospital do Krêmlin? — disse a ela, sufocado de inquietação.

Minha mãe assumiu um ar ingênuo para responder:

— Não sou enfronhada o bastante nas altas esferas para poder lhe responder, Aleksandr Vladímirovitch.

Ele a olhou, circunspecto.

— Quer dizer que aquele homem que veio buscá-la ontem não tem nada a ver com isso?

— Nada.

— Você entende que eu me questione. Vejo você sair ao lado de um tchekista,[1] voltar no dia seguinte, bastante pálida, mas isso seguramente não me diz respeito, não é?

— Não direi que isso não lhe diz respeito, mas não vejo relação com aquilo que o preocupa.

— Você me tranqüiliza. Veja, essa cabala contra os médicos judeus me inquieta um pouco. Pois tenho um nome que parece judeu embora não tenha qualquer ascendente dessa nacionalidade e não gostaria que uma mistura infeliz...

— Entendo.

Ele se levantou enquanto a inquietação que o havia curvado se atenuava.

— Você pode me dar a razão de sua saída prematura ontem e a de sua chegada tardia hoje?

— Não vejo a utilidade.

— Vou ser obrigado a fazer um relatório para a administração. Lamento muito, mas você conhece a regra. Não posso cometer erros, sobretudo sem conhecer a verdade. Diga-me o que aconteceu.

— Entendo muito bem, mas não tenho nada a lhe dizer.

De tarde, terminadas as consultas, minha mãe adormeceu num quartinho, sobre um monte de roupa suja. Uma enfer-

[1]Agente do KGB. (*N. da T.*)

meira caucasiana surpreendeu-a naquele estado lastimável e olhou-a com desprezo. Minha mãe em seguida fez sua ronda noturna dos doentes antes de voltar para casa de metrô. Quando entrou em casa, meu pai estava sentado na mesa da cozinha. Não havia tirado o paletó. Uma nuvem grossa de cigarro envolvia seu rosto e, com a mão que não fumava, ele segurava um copo de vodca a meio caminho entre a garrafa e a boca. Teve um sobressalto ao ver minha mãe e quase se jogou a seus pés de felicidade. Sem ceder a seu entusiasmo, ela colocou tranqüilamente o casaco no gancho do pequeno corredor que leva à cozinha, na direção da qual o empurrou. Depois, sorriu para ele. Meu pai recuou com a expressão de um homem que se pergunta se não imaginou a situação pior do que era.

— Você não pode saber como estou feliz. Faz duas horas que estou tentando me convencer a sobreviver ao seu desaparecimento. Cheguei à conclusão de que não conseguiria. Eu me perguntava como faria para acabar com tudo. Sentia raiva de mim por não lhe ter pedido uma cápsula. Não tenho uma arma. Sobrava o enforcamento, mas a porcaria da luminária do teto com certeza me teria traído. Eu não conseguia tomar a decisão de cortar as veias, é demorado demais ver o sangue escorrer assim.

Minha mãe não respondeu nada, aproximou-se do lavabo, deixou a água escorrer da bica para molhar o rosto. Deixou-a correr por alguns segundos antes de responder:

— Lamento que você tenha pensado que a minha vida estivesse em jogo. Não era nada disso.

— Mas, então, o que aconteceu?

Minha mãe sacudiu as mãos e agitou-se na cozinha fingindo recolocar no lugar alguns objetos.

— Acho que você tem bastante confiança em mim, Vassíli, para ter um pouco de paciência. Não posso lhe dizer nenhuma mentira e ainda menos a verdade por enquanto. Estamos os dois há tanto tempo privados de liberdade que podemos bem ficar sem ela mais um pouco. Não acha?

Meu pai olhou-a, espantado. Como resposta, minha mãe mostrou-lhe sua orelha com o indicador e apontou as paredes. Depois, caminhou até ele, mais calma. Colou-se contra seu peito e pôs a mão em seus cabelos, remexendo-os.

— Você poderia me dar algo para beber, também estou precisando. Acho que não temos muita coisa para comer.

— Vamos nos virar com o que sobrou, não se preocupe.

Os dois se sentaram à mesa sob a luz fraca e minha mãe suspirou:

— Temos sorte, você não acha?

— Que sorte?

— De não morarmos num apartamento comunitário, de não dividir este aqui com ninguém.

— Só faltaria a gente ter que dividir. É tão pequeno que seríamos obrigados a dormir pendurados num cabide.

— Eu sei, mas mesmo assim temos nossa intimidade, você não é obrigado a tapar minha boca quando fazemos amor. É um privilégio.

— É verdade.

— Esse grito, só esse grito, parece tão insignificante e no entanto ele nos faz viver. Esqueci de lhe dizer, mas há algumas semanas o porteiro me transmitiu a queixa de nossos vizinhos.

Fechei-lhe o bico perguntando-lhe por que eles não tinham se manifestado mais cedo. Mas tenho medo de tê-lo ofendido.

— No entanto, parece que o nosso quarto dá para a cozinha deles. Se eles passam a noite ali, então deveríamos fazer amor na cozinha que dá para o quarto deles. É um enigma. Em todo caso, uma coisa é certa: se um dia conseguirmos ter um filho, teremos que fazer um pedido para um novo apartamento.

— Ainda não estamos neste ponto, infelizmente.

— É verdade que penso nisso com freqüência. Ainda mais neste momento. Tenho a sensação de que podem tomar as nossas vidas a qualquer instante e acho que, se tivéssemos um filho, pelo menos deixaríamos alguma coisa, uma marca genética da nossa passagem. Sabe, não entendo nada dessa repentina perseguição aos judeus. Isso não parece coisa de Stálin. Acredito mais num acesso de paranóia do bando que está em volta dele. Enfim, isso tudo não nos diz respeito. Nem eu nem você somos judeus, ainda que seu pai o fosse.

— Exceto que, por enquanto, trata-se tanto de médicos quanto de judeus.

— Porque parece que os médicos judeus do hospital do Krêmlin mataram Jdánov. E Jdánov era o preferido de Stálin. Então, na minha opinião, as pessoas ao redor de Stálin apressaram-se em atacar os médicos judeus, para mostrar a ele que nada tinham a ver com a morte de Jdánov.

— Ninguém tem nada a ver com a morte de Jdánov. Era um obeso cardíaco condenado a morrer sufocado. E, de qualquer modo, um dia ou outro, Stálin lhe arrancaria a pele.

— E por quê?

— Porque Jdánov sabia que Stálin gostava dele, e Stálin não suporta que aqueles de quem ele gosta se comportem como favoritos.

Meu pai achou que a conversa estava indo longe demais e, por sua vez, apontou as paredes com o indicador. Depois, o silêncio instalou-se. Minha mãe, com os cotovelos sobre a mesa, recomeçou a torcer as mãos. Meu pai quis tranqüilizá-la.

— Não se preocupe, Olga querida, isso tudo não nos diz respeito. Nós dois sabemos que não é necessário estar envolvido com um assunto para ser assassinado ou deportado, concordo com você. O sistema às vezes é um pouco difícil de entender, mas não vejo a relação entre um caso de médicos da Nomenklatura do Krêmlin e uma simples urologista de um hospital de subúrbio.

Ele abaixou a voz antes de continuar:

— Mesmo que eles tenham interrogado você, pois estou convencido de que interrogaram. Eles têm o hábito de ir fuçar longe. Por causa de um infeliz corte no dedo, eles nunca hesitaram em amputar um braço. Mas a sua volta é a prova de que eles de fato nada mais têm contra você. Racionalmente, não devemos temer nada. Sempre podemos ser vítimas de pulsões irracionais. Nem mais nem menos que antes. Não acha?

Durante toda a conversa, minha mãe estava ausente, absorvida pelos tormentos que ela dissimulava de meu pai. Estava roída pelo dilema e a necessidade de tomar rapidamente uma decisão.

Para acabar, ela se levantou e começou a dar voltas na cozinha, mãos nas costas, olhos voltados para o chão. Quando enfim parou, aprumou-se diante de meu pai:

— Tenho que lhe dizer a verdade.

Meu pai, surpreso, levantou-se e virou a palma das mãos para o céu antes de apontar as paredes com o indicador.

Minha mãe balançou a cabeça lentamente, como alguém que se prepara para pronunciar uma sentença.

— Não se preocupe, não estão nos escutando. Fiz você pensar isso para ganhar tempo.

Ela se interrompeu um pouco mais para juntar os pensamentos. Não era mais a mulher que, não fazia muito, naquela manhã mesmo, se preocupava com o marido ao pensar que ele pudesse imaginá-la desaparecida.

— Não fui presa, e menos ainda interrogada.

— Mas então?

— Eu chego lá. Vou lhe causar muita dor e sei que você não merece isso. Bom, eu dormi fora.

— Você dormiu fora? Você quer dizer que vagou de noite por Moscou, feito uma alma penada?

— Não, Vassíli, eu dormi na casa de outro homem.

Meu pai ficou petrificado, os olhos no vazio. A época se prestava às notícias mais desconcertantes, porém esta o deixava sem voz.

— Sei que não é correto, e que não tenho razão alguma para trair você — retomou minha mãe. — O fato de que não conseguimos ter filhos também não importa. Você não deve buscar uma justificação racional para a minha atitude. É assim, Vassíli, cruel e injusto. Uma loucura própria de uma mulher.

Meu pai levantou-se e, tonto, apoiou-se na parede gasta. Em seguida, encarou o chão como alguém que se resigna a morrer enquanto uma bala esvazia seu sangue. Depois, recuperando a lucidez, pegou uma cadeira e sentou-se. Apertou a cabeça com as duas mãos antes de soltá-la para falar suavemente e sem raiva:

— Isso vai lhe parecer estranho, mas estou quase tranqüilo. Eu não podia acreditar que você tivesse abandonado nosso lar por vontade própria. Estava certo de que eles tinham prendido você, torturado, e que você não queria me dizer nada para me poupar. Curiosamente, estou me sentindo praticamente aliviado. A política não tinha nada a ver com a sua ausência. É uma boa notícia. Seguida de outra, espantosa.

Ele se interrompeu de novo para retomar uma segurança que imaginava ter perdido.

— É coisa bem comum, hoje, ver os casais se desfazerem. Pertencemos ao povo em primeiro lugar e, em segundo, a outra pessoa. Devo ter cansado você com minhas maneiras de cão fiel. É o problema desta sociedade. Ela oferece tão poucas alegrias imediatas que nos sentimos obrigados a acreditar no amor para suportar o cotidiano à espera desses dias melhores que justifiquem nosso sacrifício. Ou a cultivar o prazer animal por trás do biombo do pudor coletivo, como alguns de nossos dirigentes degenerados. Você deve achar que reajo bem, mas, no fundo, estou devastado. Sabe qual é o sentimento que me anima agora, aqui? Saudade. Saudade dos tempos felizes que tornavam todo o resto secundário. Evaporaram-se. Com você, eu alcançava uma espécie de quietude no mais fundo de mim mesmo, filme protetor contra as aberrações de uma revolução à qual permanecemos fiéis. Felizmente, resta-me a dialética para entender. Que eu nunca a mereci é uma hipótese plausível. A que me faria menos mal é simplesmente que você me responsabilizasse por nossa incapacidade de ter um filho e que o seu corpo tivesse resolvido abandonar um homem a quem a sua mente e o seu coração nada têm a reprovar. Espero, pelo menos. Você talvez vá achar que eu estou sendo complacente demais. Mas eu não queria que essas circunstâncias fossem um pretexto para fazer entrar em nós a brutalidade que está lá fora. Aposto que você foi ao encontro desse homem sem realmente querer, guiada por um instinto de vida. Após dez anos de tentativas inúteis, é difícil para mim censurá-la por não crer em mim. E esse homem que me toma minha única razão de viver, quem é ele?

Minha mãe baixou a cabeça.

— Alguém com cargo alto no partido.

— Não é judeu, pelo menos? Eles foram em cima dos médicos judeus, mas quem sabe se amanhã ser judeu não será motivo de exclusão do partido?

— Não, ele não é judeu.

— Me preocupo por você, Olga. Sei que não sou o homem ideal mas tenho muitas vantagens. Sou invisível, e os caras como eu são os últimos a serem perseguidos. Quando são presos, é por puro azar, não se pode nada contra os caprichos da sorte. Um homem bem colocado no partido, é certo vê-lo um dia descer de seu pedestal, e com ele toda a família para que nenhuma testemunha sobreviva a ele. A morte só existe se alguém ficar para fazer o luto do desaparecido. Um assassinato supostamente nunca aconteceu se ninguém dele guardar lembrança, daí esse ímpeto de eliminar famílias inteiras.

Meu pai tinha essa curiosa maneira de dar a volta por cima nos momentos de grandes desvarios falando muito e racionalizando outro tanto.

— A gente não precisa falar dele — respondeu minha mãe.
— É inútil tentar entender o que está acontecendo hoje. Quero simplesmente me desculpar e passar a outra coisa. Encontrei outro homem e é assim, a gente nem sempre faz o que quer na vida...

— Estamos relativamente bem colocados para saber isso, considerando as circunstâncias históricas, mas eu achava justamente que a esfera privada era o último lugar onde podíamos ser nós mesmos, ter uma influência sobre o curso das coisas...

— Pois é, você está enganado, Vassíli, não há mais domínio reservado.

— Você se sente obrigada a trazer a sua contribuição para o repovoamento da União Soviética sangrada pela guerra mais mortífera de sua história, é isso?

— Talvez, inconscientemente.

— É estranho, você não é mais a mesma mulher. Esse homem exerce uma incrível fascinação sobre você para metamorfoseá-la deste jeito em tão pouco tempo. A não ser que o caso seja bem mais antigo e que a formidável atriz que você é não faça mais questão do papel. Você não é mulher de mudar radicalmente a vida em poucos dias, não é?

— Não quero saber mais sobre mim mesma, Vassíli, só devemos nos preparar para nos divorciar.

— Você vai embora morar em outro lugar.

— Em breve.

— Bom. Dia desses, arriscando a vida, um de meus colegas me murmurou: "Estamos vivendo anos sombrios." Na hora, eu o contradisse, mas agora lamento.

O olhar de meu pai perdeu-se no vazio, depois ele soltou para terminar:

— Tenho a impressão de não ter mais medo de nada. O terror parece ter-me deixado feito um papel de parede velho que cai em virtude da umidade. Não tenho mais razão para ter medo. Que leveza não estar apegado a nada nem a ninguém! Não podem mais tirar nada da gente. Não podem mais nos fazer mal. A gente vira um pequeno dono do mundo.

Dois dias depois, enquanto meu pai dormia na cozinha e minha mãe no quarto que também servia de sala, bateram na porta do apartamento. Eram 2h. O homem que estava na soleira tinha o olhar lavado pelo tédio. Meu pai abriu a porta.

— Vim buscar Olga Ivánovna Atlina — soltou ele, dono de uma voz de barítono-baixo.

Meu pai olhou-o de viés.

— Veio prendê-la, não é?

O miliciano observou meu pai com uma lentidão calculada, dos pés à cabeça.

— Se eu tivesse vindo prendê-la, camarada, eu já estaria no lugar onde ela dorme. Eu a puxaria pelos cabelos, a arrastaria de camisola pelas escadas e pela neve, antes de jogá-la no carro com pontapés na barriga, você entendeu?

— Entendi, camarada — respondeu meu pai, tremendo.

— Claro que não, camarada, eu estou brincando. Se eu viesse prendê-la, agiria da mesma maneira, ficaria diante da porta e esperaria que ela se aprontasse antes de levá-la à Lubianka.

— Então?

— Então, nada disso. Eu lhe disse que não estou aqui para prendê-la, estou aqui para conduzi-la a algum lugar, mas não vou ficar por causa disso criando raiz diante desta porta.

— Vou avisá-la, camarada — disse meu pai, mostrando sua solicitude em fazer bem.

Minha mãe, que tinha ouvido tudo, vestia-se às pressas quando meu pai entrou no quarto onde a deixava dormir sozinha desde o anúncio da separação.

— Acho que seu figurão mandou alguém buscar você. É estranho, por um instante pensei que vinham prendê-la e estava quase tranqüilo porque tudo voltava a ser como antes. E aí, ver você ir embora com um miliciano que vai se aproveitar de você é um sentimento muito estranho. Não vai pegar as suas coisas todas?

— Não, hoje não. Vou certamente voltar para dormir aqui ainda por uns dias antes de ir embora em definitivo.

— Enquanto isso, você não poderia me deixar a sua cápsula de cianeto?

— Para fazer o que com ela? Você não está querendo...

— Ah, não, mas eu pensava... Nunca se sabe. Mesmo abandonado, humilhado, o seu amante poderia mesmo assim ficar tentado em mandar me prender.

— Em hipótese alguma, eu não permitiria, Vassíli.

— Então, fique com a cápsula. É verdade que é bem possível que precise mais dela do que eu, no mundo onde você vai evoluir. Esse homem poderia arrastá-la em sua decadência mais rápido do que você pensa, ainda dá tempo de pensar, Olga, não é tarde demais.

— É sim, Vassíli, é tarde demais.

— Estou seguro de que não é a paixão mas antes a razão que fala. Você não ama esse homem, mas como ele botou o olho em cima de você, está com medo de resistir a ele e de contrariá-lo. Para ele também a vida é efêmera, e você pensa que ele está disposto a tudo para satisfazer um desejo compulsivo, inclusive o de nos enviar para a Sibéria, então você está dando um jeito de nos salvar. É bem plausível o que eu estou lhe dizendo.

— Mas não é verdade, Vassíli. Eu não vou voltar para você.

O miliciano entrara na cozinha.

— Então, vamos nos apressar?

Minha mãe apareceu diante dele toda vestida.

— Lamento tê-lo feito esperar, camarada. Estou pronta.

Ela então fez um pequeno sinal com a mão para meu pai, pálido por trás de seus óculos redondos e espessos.

*

Ao chegarem ao Krêmlin, seguiram o mesmo dédalo de corredores, escadas e portas. Ela reconheceu a sala de espera pelo cheiro. Uma mulher diferente da última vez fazia as vezes de sentinela. Mandou-a sentar-se e, quando julgou que era hora, mandou-a entrar na cabine, pediu-lhe para tirar as roupas que verificou uma a uma revirando os bolsos e apalpando as costuras. Depois, apalpou-lhe os seios e o interior das coxas com cara de nojo. Para terminar, fez-lhe sinal para se vestir. A espera começou então, até as 5h. Um soldado a conduziu até o escritório no canto do prédio. Abriu-lhe a porta e ela encontrou Stálin sentado atrás de sua escrivaninha.

Ele segurava o cachimbo apertado entre os dentes, mas não estava aceso. Levantou-se para ir a seu encontro, apertou-lhe a mão e mandou-a sentar numa poltrona enquanto ele se instalava feito um príncipe oriental que ele era no divã, cuidando do conforto de sua posição. Minha mãe ficou impressionada com seus olhos, alegres e injetados de sangue, incitados pelo álcool para fora das órbitas, que, no entanto, estavam bem mascaradas por suas pálpebras de raposa. Ele, aliás, não escondeu isso.

— Exagerei um pouco esta noite. Só bebo vinho da Geórgia cortado com água, mas devo ter tomado litros. Nunca bebo a ponto de ficar bêbado. Isso me privaria do prazer de ver as pessoas à minha volta perderem o controle no terceiro ou quarto copo de vodca. Vejo-os então como são: crianças. Passamos uma noite agradável, rimos muito, aprendi novas piadas. Não histórias licenciosas, não as aprecio mais, houve uma época em que me divertiam, mas isso passou. Ficamos cinco horas à mesa, mais de dez pratos, não comi de tudo, mas estava mesmo assim com bom apetite. Depois levei todos para a sala de cinema e assistimos a dois filmes, um excelente faroeste americano e um Charlie Chaplin. Rimos muito. Meu ministro da Cinematografia, Bolchakov, é um covarde. Nunca vi alguém tão aterrorizado quanto ele. É demais, veja você, há uma fase em que o terror é contraprodutivo para a nação e em que somos tentados a nos livrar desse tipo de indivíduo, pois, paralisados de angústia, é claro que não são mais capazes de nenhuma iniciativa, fazem tudo mal e despejam sua bile falsificada sobre os subordinados. É preciso matar um cavalo que não tem medo de nada, pois ele vai contra os instintos da raça. Um cavalo medroso, também é preciso matá-lo, senão um dia é você que ele vai matar num movimento precipitado para fugir. Acontece o mesmo com os homens. O terror requer uma dosagem sutil, caso contrário somos obrigados a matar gente demais, e eu repetia isso ainda esta manhã no Politburo, ele deve ser percebido como um fenômeno irracional do ponto de vista de suas vítimas, mas é um fenômeno quase científico do ponto de vista daqueles que o infligem, caso contrário é qualquer coisa. Quando projetamos filmes estrangeiros que pessoalmente selecionei, creio saber que Bolchakov, meu famoso ministro da Cinematografia, trabalha várias semanas antes com um tradutor profissional. Ele em seguida decora a tradução e a recita para nós durante o filme, à medida que passam os diálogos. Mas esse pobre homem não tem sentido algum de dramaturgia, então ele nos lê o texto com uma voz monocórdia semelhante à de um diácono que recita um evangelho sem entender o sentido, e com freqüência esse estúpido atrasa, atrasa tanto que acaba nos declamando a tradução quando o filme já terminou há pelo menos dez minutos. Mas devo louvar a memória desse homem, ele deve ter os diálogos de pelos menos uns cem filmes na cabeça. Aproveito para lhe indicar algumas censuras. Os americanos sabem fazer filmes, é preciso reconhecer. Nem tudo é negativo neles, estaríamos errados em achar isso. Se você permitir, vou tirar os sapatos e deitar-me no divã.

— Quer que eu o ajude, Iossíf Vissarionovitch?

Stálin olhou-a com um olho mau.

— Você acha que sou velho demais para desamarrar meus cadarços ou está propondo abaixar-se para desamarrá-los para mim?

— Nem um nem outro, mestre — respondeu minha mãe, púrpura de confusão.

— O que foi que você disse aí, "mestre"? Todos esses esforços para chegar à igualdade absoluta entre os homens e você me chama de "mestre"? — retomou ele com uma voz sem cólera e quase divertida.

— Escapou-me, camarada Stálin.

— Deixemos para lá — disse ele.

Depois de livrar-se dos sapatos, ele se deitou ao comprido colocando duas almofadas sob a nuca.

— Onde é que eu estava? Ah, sim, eu lhe falava dos americanos. Eu gostava muito de Roosevelt, um homem muito culto, que saberia ficar de pé, diria eu, se não tivesse ficado paralítico das pernas. Vi-o em Teerã e em Yalta, era de uma grande fineza. Nada a ver com o vendedor de camisas que o substituiu, aquele comerciantezinho do Truman. Revejo aquele embrião de burguês insignificante em Potsdam, todo orgulhoso de me falar que tinha a bomba atômica. Ele parecia um desses policiais fraquinhos que estufam o peito porque seguram um cão de fila na coleira. Era para me dar medo, e foi unicamente por isso que lançou a bomba sobre o Japão. Os japoneses estavam dispostos a se render havia um bom tempo quando ele deu sua demonstração de força. Essa bomba é uma coisa ruim. Eu nunca tive problema em matar, mas sempre fiz isso pelo progresso da humanidade. Depurei mas não erradiquei. A bomba atômica nunca vai servir para progresso algum da humanidade, ela só serve para fazê-la desaparecer. Tudo o que eu faço é para me inscrever na história e nunca farei nada que possa aniquilar a própria história, compreende?

— O senhor tem razão, camarada Stálin.

— Tínhamos relações melhores com os Estados Unidos quando éramos aliados. Mas, desde Truman, as coisas mudaram.

Ele se interrompeu por alguns segundos antes de continuar.

— A nossa última sessão me fez muito bem. Não tive mais dores durante vários dias, ou, para ser sincero, essas dores diminuíram. Mas agora estão voltando. Minhas artérias estão entupidas e o sangue circula nelas com tanta dificuldade que deve comprimir os nervos para achar lugar. Você tem um verdadeiro poder sobre a dor, mas entendo bem que não pode muita coisa quanto à origem. A imposição das suas mãos não basta para fluidificar meu sangue. Eu deveria fazer mais exercícios, imagino, mas não é da minha natureza. Parei de fumar, penso que isso vai me fazer bem, 55 anos de tabaco não devem ter ajudado nada. Eu deveria me cuidar, se não quiser acabar como Lênin. Lênin, ele pelo menos tinha a mim como sucessor, mas eu, quem tenho para me suceder? Béria? Esse homem, quando me vir morto, vai baixar as calças até os tornozelos para cagar em cima de mim. Pensei em me livrar dele. Seria de uma facilidade desconcertante. Ele não se pertence, logo me pertence. É um obcecado sexual que violenta mocinhas na própria *dacha* a menos de 20 metros da casa onde vive com a própria mulher. Mas é um trabalhador. Ainda que seja terrivelmente pessoal, mostrou que tinha o sentido do interesse do povo. Malenkov também é fiel, a cara de pudim de ovos o prejudica, mas passa a imagem daquilo que é: um homem gelatinoso. Mólotov? Não tenho total confiança nele, ainda que deva ser mais confiável agora que o livramos da esposa judia que assumia poses de rica herdeira americana dona do destino. Khruschov é um fiel, um verdadeiro proletário, mas um grosseirão, e às vezes tenho a impressão de que ele tem mais parafusos e pregos no crânio que neurônios. Mas por que lhe faço todas essas confidências? Você deve pensar: "Ele é tão só no exercício de seu imenso poder que precisa se expandir e faz isso com a primeira que aparece, pois é menos perigoso que confiar-se a um homem ou uma mulher que tem importância no sistema." E acrescentar: "Mas por que ele faz isso, por que ele me põe assim em perigo, pois se amanhã lamentar a nossa conversa, não terá para o bem do povo nenhuma outra solução a não ser desaparecer comigo?" Será que me engano?

— Acho que se engana, camarada Stálin.

— É uma frase que você pronuncia com uma naturalidade bem agradável. Outros consideram que sugerir que eu me engano é suicídio. Mas embora eu me engane, como você pretende, você escutou os meus conselhos, guardando estritamente para você os nossos encontros?

— Escutei, camarada Stálin, não falei deles com ninguém.

— Nem sequer com seu marido?

— Nem sequer com meu marido.

— Como explica a seu marido que você tem de deixá-lo durante a noite para ir a um lugar secreto, desconhecido?

— Eu disse a ele que tinha um amante e que em breve ia deixá-lo de vez.

— Que duplicidade impressionante. Cá entre nós, é verdade que vocês, mulheres, têm um incrível talento para isso. Você conversou com ele sobre o divórcio?

— Conversei sobre isso, Iossíf Vissarionovitch, e convenci-o.

— Não são só as suas mãos que são dotadas, você tem um estranho talento de atriz. Mas você tem um verdadeiro problema. O divórcio não adianta nada se você não se separar fisicamente. Como pensa em agir?

— Ainda não sei, camarada Stálin. Não encontrei solução, não tenho meios e...

— Eu nem sequer posso ajudá-la. Não tenho poder de atribuir um alojamento, sou apenas Stálin, aliás acredito que estamos em falta e imagino que o bando que me cerca apressou-se em dar à sua gente os que estavam livres. Você vai ter que encontrar uma solução se quiser que esse divórcio seja real, você me falará sobre isso... Agora, cuide de minhas pernas, que estão doendo.

Minha mãe então pousou as mãos sobre as pernas de Stálin, no lugar onde o sangue tinha dificuldades para circular em artérias e veias esclerosadas em virtude de anos de banquetes pantagruélicos. Como da vez anterior, mal os primeiros efeitos da manipulação se fizeram sentir, o Vojd mergulhou num sono profundo. Minha mãe, que sabia que ele só acordaria oito horas mais tarde, também adormeceu, um sono leve.

O Vojd só acordou no fim da manhã. Quando viu minha mãe a seu lado, disse:

— Mas você ainda está aí! Que horas são?

Ele lançou um olhar a um relógio de pêndulo: 11h!

Ele sorriu, depois continuou:

— Estou melhor esta manhã, não sinto sobre os ombros o peso das forças maléficas que me cravam no chão. Dormi bem. Você notou que ninguém nunca vem me acordar? Às vezes, as circunstâncias fariam com que me tirassem do sono mais cedo. Mas ninguém assumirá jamais a responsabilidade por isso. Aconteça o que for, são os acontecimentos que têm de esperar. Quando os alemães invadiram a União Soviética, eu só fiquei sabendo na hora em que acordei. E o que isso mudou? Você pode me dizer? Nada, realmente nada. Eles nem por isso deixaram o nosso país com três ou quatro horas de atraso. Bom, você está liberada. Vou, de qualquer modo, pensar no seu problema de alojamento.

Um gesto para despedi-la acompanhou essas palavras pronunciadas sem consideração por aquela que o velara sentada, com o pescoço torto, acordando a cada cinco minutos, tanto a atmosfera daquela sala prestava-se pouco ao repouso.

*

Era quase meio-dia quando minha mãe conseguiu chegar no hospital, onde, naquele dia particularmente, muitos homens e mulheres esperavam seus milagres. Alguns tinham acabado por se sentar no corredor, outros estavam de pé.

A vigilante do andar, ao vê-la chegar, fez uma cara de reprovação. Pela segunda vez, ela se ausentara uma manhã inteira sem se desculpar nem se justificar. Minha mãe agravara seu atraso ao fazer um desvio passando em casa para se lavar antes de retomar o trabalho e livrar-se do cheiro acre do velho que lhe colava na pele.

O chefe não demorou muito a correr até seu consultório e, sem consideração pela velha paciente que estava diante de minha mãe, saltou-lhe em cima, os olhos fora das órbitas por trás dos óculos de míope cujo vidro espesso aumentava as verrugas que tinha em volta dos olhos.

— Você é irresponsável, Atlíneva. Mas o que passa pela sua cabeça, aparecer com uma manhã de atraso como se não fosse nada, sem dar explicação? É a segunda vez. A primeira, eu não disse nada. Vi um miliciano levá-la, pensei que tinha desaparecido para sempre. A sua responsabilidade não podia ser colocada em jogo. Quando você voltou no dia seguinte, concluí que havia sido solta e fiquei feliz por você e pelo serviço. As coisas não foram mais longe. Mas agora, pela segunda vez, você desaparece pela manhã e volta como se não fosse nada. Você deve saber muito bem que sou obrigado a fazer um relatório à direção do hospital e você sabe o que arrisca, não preciso lhe explicar. Vão mandá-la embora e, em seguida, isso evidentemente não é da minha alçada, imagino que o fato de deixar o hospital vai bastar para alinhá-la entre os inimigos do povo. Você poderia pelo menos me dar uma pequena justificativa para suas ausências?

— Não tenho nada a dizer, camarada — respondeu minha mãe enquanto apalpava a bexiga da velha senhora.

O chefe de serviço ajeitou os óculos sobre a testa e empinou-se, antes de concluir:

— Bem, sei o que tenho de fazer: escrever um relatório. Mas não vejo nada a pôr ali que possa incitar à clemência de seus leitores.

E saiu da sala esbarrando na enfermeira que trabalhava.

Minha mãe foi convocada na semana seguinte pelo diretor do hospital, um homem cujos olhos agitados contrastavam com feições pacíficas. Não era bonito nem feio, e, se não tivesse sabido quem ele era, minha mãe não o teria reconhecido. Mostrou-se muito cortês.

— A senhora diria que o princípio de uma segunda chance é um princípio burguês?

Minha mãe pensou antes de responder.

— Não tenho de fato opinião sobre o assunto, camarada diretor.

— Algo me diz que dar uma segunda chance a alguém não está muito em moda. Dar-lhe uma segunda chance ou colocá-la em dificuldades? Essa escolha só pertence a mim. A senhora e eu praticamente não nos conhecemos, e no entanto nossos destinos estão muito ligados.

— É mesmo! E por quê?

— Não sei como lhe dizer isso de outra maneira, liguei a minha vida à sua.

— Ah, sim?

— Há algum tempo, um dos seus colegas, cujo nome vou omitir, solicitou-me uma entrevista. Queixou-se de que a senhora faz uso de um dom. Esse dom, segundo ele, é fictício, mas assegura aos seus pacientes, por motivos puramente psicológicos, uma taxa de cura superior à dos outros médicos. Ele se inquietou com a eventualidade de a senhora usá-lo para uma próxima promoção, embora o método seja desleal. Isso consistiria, segundo ele, em prevalecer-se de um talento que não passa de impostura. Mas, como as pessoas do povo estão dispostas a acreditar em qualquer lorota, ele afirma que os seus métodos têm um efeito sobre a mente dos pacientes, o que os ajuda a se curar. Nesse sentido, sempre segundo ele, a senhora incentiva no povo tendências ao irracional.

— E o irracional é um crime?

— É uma senhora regressão, pelo menos do ponto de vista das autoridades. A senhora conhece o trabalho gigantesco que elas realizaram para desviar o povo de tabus, superstições e outras crenças sobrenaturais. A nossa revolução é positiva. Ela combate todos os desvios irracionais. Guardei a queixa dele comigo.

— Obrigado, mas por quê?

— Eu nunca lhe falaria disso se nossos caminhos não arriscassem se separar para sempre. Eu amo você.

Ele se interrompeu por alguns segundos para ver o efeito de sua notícia no rosto de minha mãe. Encantado com seu espanto, ele retomou:

— A senhora não imaginava, é claro?

— Como eu poderia imaginar? — respondeu-lhe minha mãe com candura.

— Eu não passei adiante o seu dossiê. Mas aquele que lhe quer mal achou por bem passar por cima de mim. E estão me pressionando. Obrigam-me a explicar por que não passei adiante a queixa de seu colega. Retorqui, então, que a considerava infundada. Responderam-me: "Mas não cabe a você julgar isso, camarada diretor de hospital. Imagine o que aconteceria com a União Soviética se fosse da competência de um diretor de hospital julgar a qualidade de amigo do povo de um de seus subordinados? É claro, se você estava convencido disso, poderia tomar a iniciativa de denunciá-la, mas como você pode se opor a que um de seus subordinados faça isso? É loucura!" Observei-lhes que na expressão inimigo do povo cabe tudo, que é uma lata de lixo do ódio corrente, a arma branca de uma minoria que sofre de mania de perseguição. Espero a sanção por meu comportamento. Imagino que o seu inimigo vai apressar-se em denunciar suas ausências injustificadas. Ele vai querer dar o bote.

— O que vai fazer então?

— Nada.

— Nada?

— Não, nada. Eu amo você, Olga. Se eu a tivesse denunciado desde o início, um dia ou outro, eles de qualquer modo teriam encontrado um meio de me matar ou me deportar. Mas teria sido sem classe. Agora, conservarei uma certa estética, compreende, há uma estética da vida e sou mais ligado a ela que ao povo. Só essa frase já poderia me levar ao fuzilamento. É certamente o que vai acabar acontecendo. Um dia, um eminente quadro da polícia política me falava da execução de um homem. "O que ele fez?", perguntei-lhe com ingenuidade. "Nada", ele me respondeu. "Mas preparou-se para morrer como alguém que cometeu um erro. É magnífico, e isso é o ápice do sistema." É por isso, cara Olga, que insisto em esperar, enquanto ainda for tempo, poder morrer como alguém que não é culpado de nada. Não lhe peço nada em troca, pois isso tudo só diz respeito a mim. Problemas você terá, mas não virão daqui.

Depois levantou-se, acompanhou-a até a porta e apertou-lhe a mão sem emoção.

Ao deixá-lo, minha mãe teve o pressentimento de que o via pela última vez. Surpreendeu-se lutando contra a idéia de que ele era louco. Mas não saberia ter dito por quê.

Uma semana não tinha transcorrido quando bateram à porta do apartamento certa noite por volta de uma hora da manhã. Era o mesmo homem que da vez anterior, o mesmo olhar de bezerro anêmico que arrasta seu tédio num mundo do qual tem uma consciência limitada. Mas, curiosamente, o carro não tomou a direção do Krêmlin. O percurso foi muito mais longo. Em nenhum momento veio à mente de minha mãe perguntar aonde a levavam. Só no último momento foi que descobriu, iluminada pelos faróis da limusine, uma impressionante *dacha* de arquitetura em estilo e cor indefiníveis. Soube mais tarde que estava em Kuntsevo, a residência do Vojd em Moscou. O percurso que a levou à sala de espera, proporcionalmente ao tamanho da casa, foi muito mais curto que no Krêmlin. A *dacha* lhe deu uma impressão sinistra, como se a vida a tivesse deixado havia muito tempo. Só faltavam lençóis sobre as poltronas para fazer daquilo uma casa abandonada. A espera não foi muito longa, apenas uma hora, e a revista reduzida, executada por um homem que olhava o teto para não ter de cruzar seu olhar quando suas mãos se perdiam. Quando ela entrou, o Vojd já estava deitado no divã num quarto frio mas de tamanho razoável. Sem dizer nada, ele lhe fez sinal para aproximar-se e sentar-se. Disse-lhe, com uma voz cheia de cólera contra seus males:

— Não percamos tempo, estou sofrendo o martírio hoje.

Minha mãe agiu. Viu-o fechar os olhos. Tranqüilizada, pensou que ele adormecera mais uma vez e que ela podia preparar-se para sua noite de cão de guarda na poltrona. Mas, uma vez passada a meia hora de imposição das mãos, o Vojd abriu os olhos e sentou-se com dificuldade.

— Você me faz um bem enorme — disse ele, atravessando-a com seu olhar sombrio.

— Fico muito feliz por isso, camarada Stálin.

— Você se tornou indispensável para mim, não acha?

— Ah, não, camarada Stálin, ninguém é indispensável.

— Ah, sim: eu — ele estourou de rir, esticando os braços para se sentar. — Você tem razão, ninguém é indispensável, nem mesmo eu, e, quando estiver morto, confio em meus sucessores para que procurem provar isso. Você é uma pessoa modesta como eu. O povo acredita que sou ligado às honras, mas não é nada disso, as honras são uma criação das pessoas à minha volta.

Ele se interrompeu um momento, atravessado por um sonho, depois pôs-se a ofegar como se uma angústia repentina o apertasse.

— Dizem-me que as pessoas têm medo. Mas o que elas sabem das minhas angústias, dessa terrível sensação de ser permanentemente alvo de um complô? Às vezes, fico com o peito dilacerado pelo meu coração que bate a ponto de arrebentar por um medo indizível, inexplicável, que me previne de sei lá que perigo iminente. Se eu não tivesse aterrorizado os outros, há muito tempo já seria só um cadáver comido pelos vermes.

Ele deu um sorriso de profundo desamparo, mas esforçou-se por mostrar-se alegre.

— Enfim, estou aqui e me sinto melhor. Tenho uma notícia para lhe dar. Acho que resolvi o seu problema de alojamento, sem me comprometer a conseguir um privilégio. Veja bem, preciso de calor e de voltar a meu país, a Geórgia. Vou morar lá a partir da semana que vem, no Riacho Fresco, minha residência preferida. Você vem comigo. Lá estarei melhor para trabalhar e a atmosfera é muito menos opressora que em Moscou. Posso viver no meio de verdadeiros proletários, indivíduos valorosos que não esperam nada de mim, amigos de sempre que nada entendem de política, mas que me divertem, que bebem e que cantam. Ainda tenho que resolver o problema do sigilo da sua residência nessa propriedade, pois, mais do que tudo, faço questão que a sua presença não se torne pública. Pode se preparar para partir por pelo menos dois meses, levo-a para o meu bem, do mesmo modo que as águas minerais de Narzan. Grandes tarefas me esperam. Devo preparar o deslocamento dos judeus. Eles querem a nação deles. Pois vão tê-la, já os estou expulsando de Moscou. A polícia política se prepara para recenseá-los, estamos mobilizando os vigias de prédios, os mesmos meios que os nazistas, mas por objetivos mais nobres. Vamos criar para eles um segundo Israel a leste, na Sibéria, no meio dos mosquitos e das sanguessugas. Eles vão entender o que significa trair a minha confiança e de que maneira trato as burguesias nacionalistas. Conheço bem esses grandes trabalhos de depuração e creio ser o único a ter o método para levá-los a cabo. Recoloquei uns bons 20 milhões de desencaminhados no caminho certo, aquele que conduz ao cemitério, e agraciei cerca de uns 50 milhões ao lhes oferecer trabalho em nossas grandes extensões de tensa virgem. Os judeus vão ser, infelizmente, não tenho ilusão alguma, meu último grande canteiro de obras contra a reação. Eu, que sempre fui um russo impecável, guardei para a minha Geórgia uma ternura particular. E estou contente por levá-la comigo para que você lá descubra aqueles perfumes que o frio de Moscou reprimiu com selvageria, ainda que eu me esmere em plantar belas flores no jardim desta casa. Vamos ficar bem, pois lá terei tudo para ficar em paz, um verdadeiro projeto político, a doçura do sul e a eficiência dos seus cuidados. Mas antes de nos despedirmos para nos encontrarmos em breve, devo relatar-lhe uma pequena decepção. Meus serviços fizeram investigações sobre a sua família e parece que, bem antes de se casar, o seu pai, no entusiasmo da perspectiva dos novos dias, trocou o nome por um de militante com aparência russa. O nome antes da modificação era Altman, mas, e é a aposta que faço, talvez você nunca tenha sabido. É bem possível, famílias inteiras se emparedaram numa negação da sua nacionalidade para abraçar a causa fazendo pouco das suas origens. Depois que aceitei a idéia de que você não sabia nada sobre o antigo nome de seus pais, uma outra informação veio alimentar a minha inquietação. Disseram-me que, no primeiro dia em que você aliviou as minhas dores, uma guardiã a revistou e encontrou numa zona íntima uma cápsula que ela levou ao chefe, que mandou analisá-la. E o que fico sabendo? Que era cianeto, o mesmo veneno fulminante com o qual o *entourage* de Hitler se suicidou. E se fizermos uma leitura dos fatos unicamente de acordo com as aparências, o que se vê? Uma mulher, médica, seguramente judia, que entra no Krêmlin com uma cápsula de cianeto na calcinha. Não é algo comum em pleno caso dos jalecos brancos; o que você diz disso?

— Cam...

— Não diga nada. Com um dossiê igual na Lubianka, eles não precisariam arrancar um a um seus pêlos pubianos para fazê-la confessar que é um modelo de terrorista que projetava assassinar a maior autoridade da União Soviética. Você está de acordo?

— Eu...

— Não diga nada. E no entanto você poderá um dia testemunhar, se sobreviver a mim, o que espero considerando a sua idade, que o camarada Stálin, se é o que é, é porque sua profunda clarividência e sua imensa lucidez, levando em conta a sua idade, lhe permitem evitar as armadilhas mais infantis. Você é médica, não se discute. Você não sabia que era judia, entendido, não voltemos a isso. Aliás, vamos nos entender bem, que você o seja não me incomoda em nada, em compensação, que você tente me dissimular a sua verdadeira nacionalidade, isso eu tomaria por um ultraje. Agora, quanto à história do cianeto, ao contrário dos imbecis que povoam a minha polícia política, não acho que você queria me assassinar. Porque não podia saber, quando um de meus homens veio buscá-la, que ele ia conduzi-la até o camarada Stálin. É impossível. Logo, a minha tese é a seguinte. Quando viu que vinham buscá-la em seu ambiente de trabalho, você pensou que vinham buscá-la para levá-la para a Lubianka. Erro, minha filha, as prisões políticas sempre acontecem durante a noite. Pois assim essas prisões se transformam em rumores que impedem os outros de dormir, e a insônia vem lembrar àqueles que teriam esquecido que eu velo por nosso povo, noite e dia. Não, eu explicaria o veneno como uma idéia esquisita que você pôs na cabeça; mas qual, não tenho a resposta. Pois se você não conhecia a sua verdadeira nacionalidade, como pôde se imaginar presa e torturada como os médicos do Krêmlin foram? É este ponto que não consigo esclarecer, pois, se você não é uma médica criminosa, do que pode ter medo para andar com uma cápsula de cianeto no bolso? É o que eu preciso esclarecer. Tenho a minha ideiazinha. Você talvez pensasse que não tinha nada a se censurar, mas, como boa comunista, admitia a idéia de que possam vir prendê-la por crimes que você ainda não havia imaginado. Devo ainda aprofundar a questão. Mas não há pressa. Você tem a semana para se divorciar, vou organizar a sua viagem para a Geórgia e, durante dois meses, você vai estar livre de toda preocupação material. Depois, veremos.

Um carro reconduziu minha mãe até em casa essa noite.

Quando o medo se infiltra num organismo, este não tem mais a percepção neutra do sangue que o alimenta. A sensação que doravante domina é a de um líquido ácido e ardente. Nessa noite, em seu leito improvisado no chão para permitir que meu pai dormisse o quanto quisesse, minha mãe entendeu o que antes nunca pudera ver claramente: a razão pela qual homens e mulheres que se sabem vítimas de um mal incurável nunca tomam a iniciativa de pôr fim eles mesmos a seus dias e preferem aceitar aquela decadência que se oferece como um laço entre a vida e a morte. Não dormiu o restante da noite e, no dia seguinte, foi para o hospital, esgotada. Seu trabalho transcorreu normalmente até o fim da semana. Para evitar cruzar com meu pai, ela ficava no hospital até tarde da noite, aceitando plantões que não lhe cabiam a ponto de chamar a atenção dos colegas. Eles não entendiam que, depois de duas ausências injustificadas, ela chamasse a atenção por uma presença exagerada e portanto suspeita. Quando voltava, tarde da noite, encontrava meu pai adormecido debaixo da mesa da cozinha. O lugar exalava um cheiro forte de álcool. Um dia, bateram à porta às 2h. Minha mãe não teve a menor dúvida quanto ao fato de que vinham buscá-la, mas para levá-la à Lubianka desta vez. Sem nenhum sinal de pânico, resignada e quase aliviada, abriu a porta com a mesma naturalidade que para convidados. Eram vários milicianos de casacos compridos e minha mãe pensou que a patente não é nada sem a farda. Pelo número, concluiu que o destino final não era o Riacho Fresco mas os locais nauseabundos da polícia política.

Mostrando-lhe um papel qualquer, o mais graduado dos três lhe disse:

— Temos ordem de prender Serguei Serguêievitch Slutchin. Ele está?

— O senhor deve estar enganado — disse minha mãe —, sou eu quem vocês vêm prender.

Olhando seus seios que apontavam no decote da camisola, o oficial lhe respondeu com uma voz grossa de pedra que cai num poço:

— A senhora não tem cara de quem se chama Serguei e não tenho ordem contra a senhora.

Minha mãe despertou meu pai, com dificuldade, que lutou mais tempo contra a náusea que contra a notícia. Ela estava transtornada. Não soube lhe dizer nada enquanto ele se vestia, apressando-se para não irritar seus futuros torturadores, como se precauções pudessem mudar alguma coisa no tratamento. Ele fez um pequeno sinal com a mão ao partir e lançou à minha mãe um olhar desesperado; depois, resistindo um momento a um guarda que o empurrava para a saída, disse:

— Não gostaria de saber que o seu amante se serviu desta arma para me afastar do caminho dele.

Minha mãe quis soltar um grito, mas não conseguiu.

No dia seguinte, ela cruzou com o porteiro, que fingiu não estar a par da prisão de seu marido. Contentou-se em felicitá-la em nome dos vizinhos e em seu próprio nome pelo retorno à normalidade sonora.

— Nenhum grito de prazer escapa mais do seu apartamento, prova de que a quietude está de volta entre vocês. Em compensação, soube que uma espécie de estertor, proveniente de voz masculina, foi ouvido por seus vizinhos. Foi o que me disseram, mas, como eles não pareciam estar chocados, não considerei esse fato como um incômodo.

*

Pela primeira vez, ela teve pressa que viessem buscá-la para levá-la até o Vojd. A viagem começou no domingo seguinte, num trem no qual foi acompanhada por uma mulher. Dez mulheres como aquela pesariam uma tonelada, e, da viagem, minha mãe não perdeu de vista suas mãos, que não puderam encontrar luvas de seu tamanho na produção soviética. Ela não dizia nada, como todas as pessoas que se sentem investidas de uma grande tarefa e duvidam estar à altura. Minha mãe pensou que certamente ela estava à altura, mas que era a tarefa que estava abaixo dela.

O Riacho Fresco era uma grande casa a meio caminho entre a casa colonial e o refeitório de um orfanato de filhos dos inimigos do povo. Já em sua primeira visita ao Vojd, minha mãe não pôde deixar de lhe falar de meu pai.

— Você é bem uma mulher. Levo-a para longe das geadas moscovitas, para um lugar mágico onde a natureza conserva todos os seus direitos, onde eu esperava que você exaltasse a minha boa aparência, e você me vem com problemas domésticos.

Você me diz que ele foi preso pela polícia política. É bem provável, não é nada extraordinário em Moscou nos tempos que correm. Mas sou apenas Stálin. O que posso fazer? Se o prenderam, é que têm lá suas razões. Ele deve ser suspeito de alguma coisa. Se for inocente, vão soltá-lo. Além disso, você tinha a intenção de se divorciar. Então, o que muda? Se ainda tivesse filhos com ele, eu compreenderia que ficasse comovida, mas não se trata disso. Vou ver se me informo, mas será que vou me lembrar agora que a minha memória está indo embora a cada dia? Por favor, não fique me falando disso cada vez que nos encontrarmos.

Minha mãe compreendeu que não devia mais levantar o assunto. Tinha sido instalada ao abrigo dos olhares numa dependência da qual não tinha o direito de sair, uma cabana de quatro metros por quatro com uma pia e sanitários, e um leito de campanha. Traziam-lhe comida e bebida em horas determinadas, e livros da biblioteca do Vojd. Este achou divertido a eles acrescentar *O homem da máscara de ferro*, de Alexandre Dumas, um de seus autores prediletos. O homem que lhe trazia as refeições era o cozinheiro do guia. Chamava-se Plotov. Raramente dirigia-lhe a palavra, a primeira vez para lhe dizer seu nome, porque ela lhe perguntara. Ele parecera contrariado. Evidentemente, tinha ordem de lhe falar o mínimo possível, mas não resistiu ao prazer de lhe anunciar, certo dia, o nascimento de um neto chamado Vladímir. Ninguém podia prever na época que aquele menino, que ele já descrevia louro com cachos sedosos, seria 47 anos mais tarde presidente da Rússia.

*

— Recebi notícias de Moscou, um relato de um de meus homens a respeito da detenção do seu marido. Não o li, e vou descobrir o que contém ao mesmo tempo que você. Foi enviado por um homem de confiança meu. Vou receber amanhã ou depois um relatório oficial do qual só vou me servir por comparação, pois por enquanto me contento com a relação dos fatos, elaborada por meu emissário. O que diz ele? Em geral, não lhe falta estilo, como você verá. "Na Lubianka, seus torturadores vestiram seus longos aventais. Amarraram-no numa cadeira. O torturador-chefe começa prevenindo-o de que toda pessoa que não passou por suas mãos é um recém-nascido à dor. Depois, ele pega um papel para assegurar-se de que não está tomando um caminho errado em suas pesquisas: 'Camarada', diz ele lendo com dificuldade em razão da alfabetização recente, 'você vai ser maltratado, isso você já sabe. O que esperamos de você são confissões completas sobre duas coisas: primeiro, a verdadeira nacionalidade da sua mulher, que não conhecemos e que você é o único a conhecer. A segunda questão diz respeito às suas atividades: às vezes, ela sai de noite ou de madrugada, gostaríamos de saber o que ela faz, pois se perguntamos isso a você é porque ignoramos. Você tem, é claro, a possibilidade de responder antes de ser torturado. E não será torturado se a resposta que der nos for conveniente.' 'Eu poderia saber que resposta lhe conviria?', diz o acusado. 'Lamento não poder satisfazê-lo, camarada, seria fácil demais, você entende.' 'Então, posso lhe dizer que minha mulher é russa, de longínqua origem polonesa e que não sei absolutamente o que ela faz quando sai.'

"O torturador olhou-o com uma cara de decepção. 'As suas respostas caem muito mal, camarada, não é absolutamente o que esperávamos; então, ao trabalho.' 'Mas você não afirmou que não sabia?' 'Certo, não conhecemos a verdade, mas somos perfeitamente capazes de discernir, neste caso, o que não tem relação alguma com ela. Não conhecer a verdade não exclui saber o que é mentira.' 'Então, você vai me torturar.' 'Acho que sim, mas para você vou fazer uma exceção.' 'Qual?' 'Vou fazê-lo sem prazer. Mas, antes de qualquer coisa, faço questão de informá-lo que você não é um caso entre tantos outros.' 'O que isso quer dizer?' 'Você é um suspeito de importância, mas a sua importância lhe escapa.' 'Em que eu sou um prisioneiro importante?' 'As suas respostas interessam às altas esferas.' 'Eu imaginava.'"

Nesse momento da leitura, Stálin abaixou o papel que tinha diante dos olhos e, sem olhar minha mãe, interrogou-se:

— Essa resposta me intriga. Como ele pode imaginar que as respostas interessam às altas esferas?

Minha mãe apressou-se em responder:

— É que eu fiz com que acreditasse que o estava deixando por um homem bem situado no partido, para de certo modo impressioná-lo.

— Entendo melhor, mas que espertinha você é! Quando suspeitamos da malícia da mulher, nunca imaginamos a metade do que são capazes.

Ele fechou a pasta que continha o relatório e colocou-a num canto da mesa.

— O resto é menos interessante, dispenso-a. Por enquanto, gostaria de levá-la para visitar o jardim. Se não me falha a memória, é a primeira vez que nos encontramos de dia. Descubro uma bela mulher de ossatura sólida, com belos cabelos ondulados, uma verdadeira russa de que podemos ter orgulho.

Uma vez no jardim, ele lhe pareceu radiante.

— A água e o sol fazem milagres, se um deles faltar, tudo se torna desolação. A natureza produz tanta beleza. Ao mesmo tempo, pode ser tão injusta, sobretudo com os pobres, que não podemos ter confiança total nela. Devemos sujeitá-la. Se você se lembra, o Antigo Testamento faz referência a essa sujeição. Mas você não é de uma geração que leu o Antigo Testamento. A natureza é muito semelhante aos homens, ela costuma tramar complôs em silêncio e não se queixa ao ser reprimida brutalmente. Esteve durante muito tempo do lado do poder contra o povo, levando-o ao frio e à fome. Agora, conosco, lambe-lhe as botas.

Percorreram lentamente as aléias. Diante de cada canteiro de uma espécie diferente, ele ficava maravilhado. Parou diante de um maciço de rosas e seus olhos se encheram d'água. Como minha mãe o encarava, estupefata, ele desviou o olhar. Então, disse numa voz trêmula:

— Nunca celebrei a vida a este ponto e nunca você esteve tão perto da morte. Sentiu a carícia dela no seu pescoço?

*

Durante uma semana, minha mãe não o viu mais. Stálin entregava-se a orgias com seus velhos camaradas georgianos até tarde da noite. Em seguida, queria logo dormir. Levantava-se cada vez mais tarde. Mas as dores esquecidas por uns dias reapareceram com força. Minha mãe foi para junto dele uma noite em que o álcool nada pudera para adormecer seus sofrimentos. Quando ela acabou de lhe impor as mãos, ele se levantou e num andar de velho foi até a escrivaninha.

— Tenho notícias do seu marido — disse pegando o dossiê.

— Então, o que me dizem?

Desta vez, ele leu para si mesmo, alternando expressões divertidas e espantadas.

— São notícias boas. Ele foi torturado durante um bom tempo, mas não abriu o bico sobre a sua nacionalidade nem sobre as razões das suas escapadas noturnas. No entanto, pelo que diz meu emissário, eles não o trataram com luvas de pelica, e conheço o nosso homem, ele não é do tipo a tornar o quadro mais negro.

Stálin continuou a percorrer o texto:

— Certos diálogos entre o torturador e o seu marido merecem a nossa atenção: "Eu não tinha nada a lhes dar e no entanto vocês me tomaram tudo", lhe diz o seu marido. "Falta a sua dignidade", lhe responde o interrogador. "Dou-lhe de presente, não precisa mais se preocupar." Finalmente, a boa notícia para você, é que ele não confessou nada, nem a sua nacionalidade nem a razão das suas escapadas noturnas. Logo, é que não sabia nada, pois com o procedimento da eletricidade é possível fazer um avô confessar que não passa de um bebê. Disso concluo que você não disse nada a ele, nada de nada. Você é digna de confiança. Eu realmente não imaginava, para ser sincero.

— Ele então vai ser solto, não é?

— Provavelmente, mas é um pouco cedo. Algo me contraria, como dizer? Em primeira análise, acho que você não lhe disse nada. Acho também que é impossível resistir ao tratamento que lhe foi reservado. Resta mesmo assim uma possibilidade, embora ínfima, de que a tortura não tenha sido mais forte que ele. Para saber, estou pensando alto, isso me parece bem simples. Logicamente, acho que seria preciso questioná-lo novamente sobre um assunto de que sabemos que ele tem a resposta. Eu me explico. O seu marido sabe que você tem um amante. Se, sob o suplício, ele não confessa isso, é que não confessou que conhecia a sua verdadeira nacionalidade e a sua relação comigo. Por outro lado, estou dividido, pois, se ele entregasse os pontos e se pusesse a contar tudo para os homens da Lubianka, esses homens poderiam ficar sabendo ao mesmo tempo que você tem um amante, mas também a sua verdadeira nacionalidade e, o cúmulo de tudo, que você trata de Stálin enquanto estamos de olho em gente da sua espécie. Sem esquecer que você me trata com métodos sobrenaturais herdados do antigo regime. Suprimi-lo não serviria para nada, pois eu continuaria sem ter certeza de que você não me traiu. Suprimir vocês dois é perder a preciosa ajuda dos seus dons. É um verdadeiro problema político que tenho que resolver.

Seguiu-se um longo silêncio durante o qual Stálin ficou dando voltas na sala. Minha mãe pôs-se a chorar. Ele a olhou como uma curiosidade.

— Camarada Stálin, eu queria lhe implorar...

Ele a cortou sem esperar.

— Por piedade, não me implore nada, você não sabe que reação isso pode desencadear em mim. Não falsifique o meu juízo, não me dê nenhuma prova do amor que você tem por ele, pois eu seria capaz de... Seque as suas lágrimas e retomemos. Não me force para as soluções mais radicais.

Ele refletiu por alguns instantes no silêncio da sala, que ficou pesado por minha mãe segurar as lágrimas.

— Vou mandar interrogá-lo. Se ele confessar que você tem um amante, ele vai se safar. Você sabe, ele é jovem e tem boa saúde. Temos exemplos de homens e mulheres que morreram sob tortura. Mas tratava-se apenas de pessoas fracas ou velhas, predispostas a morrer.

Os três dias seguintes se passaram sem que Stálin solicitasse os cuidados de minha mãe. Somente na noite do quarto dia ele a chamou, quando ela dormia profundamente, esgotada pelas insônias sucessivas. Ela o encontrou deitado no divã, as mãos juntas sobre a barriga como se estivesse se preparando para morrer.

— Você notou que não mando mais a revistarem?

— Notei, camarada Stálin.

— Espero que aprecie esta prova de confiança. Tenho excelentes notícias para você. Seu marido acabou confessando. Após três horas de um interrogatório, feito, segundo as minhas fontes, conforme as regras da arte, ele acabou dizendo o que eu desejava ouvir. Soltou que você tem um amante, bem situado no partido, cujo nome ele não conhece. Eles acharam a postura dele em afirmar que não sabia o nome um pouco suspeita. Então, "examinaram-no" mais uma hora, depois uma hora ainda para voltar à sua nacionalidade. Não obtiveram mais nada. Podemos agora dizer que um certo nível de confiança instaurou-se entre nós. Pedi que o liberassem. Como você sabe, sou apenas Stálin, mas tenho grandes esperanças de que sigam a minha recomendação.

Ele sorriu e suspirou profundamente, como se estivesse aliviado.

— Olhei o relatório profissional dele. Esse homem a quem concedo um certo crédito doravante pode nos ser útil. Lancei um grande projeto de submarino nuclear. Peregudov, um cientista de talento que apodrecia num campo desde antes da guerra, recebeu a tarefa de levar a cabo esse projeto. Vou encaminhar seu marido a ele. Ele disporá no local de um alojamento, o que permitirá a liberação do apartamento de Moscou, que ficará para você. Quanto a você, dizem-me que está sendo procurada pela polícia como "inimiga do povo" por ter abandonado o trabalho. Vou usar de meu pequeno poder para que suspendam as buscas. Mas você não vai mais ser paga, não seria muito ético receber salário, uma vez que foi mandada embora do hospital. De volta a Moscou, lembre-me de tentar encontrar uma solução para lhe garantir um trabalho que não a afaste de mim.

Stálin soltou então um longo suspiro olhando a ponta dos sapatos, e minha mãe descobriu que, sentado naquele divã, seus pés mal tocavam o chão.

— Quando, mais tarde, falarem de mim, espero que você esteja presente para testemunhar que a minha força era a capacidade de tomar grandes decisões tanto quanto a de cuidar dos detalhes, embora ficasse próximo dos mais humildes a quem nunca parei de servir. Para acabar com toda essa história, tenho uma pergunta: o seu marido bebe?

— Não era o hábito dele, camarada Stálin, mas devo reconhecer que, desde que anunciei a minha partida, ele começou a beber.

— Fiz esta pergunta porque um relatório me diz que, para o pessoal alocado em projetos em que se sofre forte radioatividade, a única defesa conhecida é o álcool, que protege contra os raios ionizantes. Contam-me, também, que temos um verdadeiro problema para projetar submarinos com homens que viram a noite bebendo vodca. Ora, se os proibimos de beber, vão para uma morte certa. Nisso, vejo um inconveniente: se eles morrerem antes de o nosso projeto de submarino nuclear ter chegado ao fim, será uma catástrofe para o país. Você entende o dilema. Pois bem, é isso a política, está vendo, é preciso constantemente tomar decisões, estou cansado, e não vejo ninguém que possa fazer isso no meu lugar. Daqui a dois dias, voltamos para Moscou. É com tristeza que vou deixar o Riacho Fresco. Já estou com saudades deste lugar, que proporcionou meus raros momentos de quietude. Algo me diz que não vou revê-lo. E algo me diz que você vai sobreviver a mim. Algo inesperado no início. Você teria apostado?

Semanas mais tarde, Stálin foi vítima de uma hemorragia cerebral. Ela o deixou consciente, sem voz nem movimento, mas numa posição que inspirava temor a ponto de ninguém ousar tocá-lo. Deixaram que se encharcasse na própria urina até a chegada da morte, na qual ninguém conseguia acreditar. O caso dos médicos acabou com a libertação dos profissionais judeus acusados injustamente de complô. O projeto de deportação dos judeus foi enterrado.

Minha mãe dirigiu-se ao hospital do subúrbio. Foi recebida pelo novo diretor, que a informou que o antigo havia sido preso e que morrera durante o interrogatório na Lubianka, com certeza de um pequeno problema cardíaco. O novo diretor confirmou-lhe que ela não era mais procurada como inimiga do povo após uma intervenção das altas esferas. Em compensação, estava fora de questão reabilitá-la em suas funções.

Ela nunca me falou do reencontro com meu pai. Ambos permaneceram bons comunistas. A volta a uma vida comum após ter sido supliciado era normal para a época. Como o era não ser muito rigoroso com o regime. O desvio de alguns em nada sombreava o projeto revolucionário e a fé que se tinha nele. Poucos homens eram então capazes de acrescentar ao sofrimento da tortura o da desilusão.

Quando os primeiros submarinos nucleares zarparam, meu pai foi transferido para uma base do mar de Barents a fim de assegurar o acompanhamento técnico da frota nuclear. Foi ali que nasci em 1957. Os embates amorosos dos dois recomeçaram com intensidade, mas foram necessários mais três anos à minha mãe para que seu ciclo menstrual se restabelecesse. Mil novecentos e cinqüenta e sete também foi o ano da morte de meu pai em conseqüência do alcoolismo.

Minha mãe e eu ainda ficamos muitos anos na base. Ela era encarregada de um dispensário para as famílias dos submarinistas. Os próprios marinheiros tinham então seu próprio serviço de saúde. Ela era um pouco mais que enfermeira, mas não inteiramente uma médica, e passava por uma terapeuta medíocre. Não praticava mais a imposição das mãos, seus resultados em conseqüência decaíram, pois ela perdera muito em conhecimentos teóricos. As famílias dos submarinistas não gostavam de minha mãe porque ela raramente acertava. Jamais a criticavam abertamente, mas sua pretensa incompetência chegava-me aos ouvidos pelos filhos das mulheres que ela tratava, ao ponto de toda essa comunidade de parentes de submarinistas ser insuportável para mim. Por ódio àquele ambiente, eu era, sem a menor dúvida, o único menino que não sonhava com as profundezas do mar nem com a glória que elas traziam. Um dia, a mulher de um suboficial censurou-lhe a incompetência em público. Minha mãe ficou tentada, para fascinar a comunidade, a recomeçar a usar seu magnetismo. Ela o teria feito por mim, para que eu ficasse orgulhoso dela e que parassem de criticá-la na minha presença. Pensou nisso longamente e na noite em que o encarou foi o momento em que me contou toda a sua história com uma riqueza de detalhes. Em seguida foi incapaz de pregar o olho a noite inteira, e ouvi-a dar voltas no quarto pois, não sei por que acaso, se nosso apartamento era antigo, tínhamos um quarto para cada um. No dia seguinte, nas primeiras horas da manhã, ela acendeu o fogo de nosso aquecedor com a lenha suplementar, cuja fumaça escapava por uma chaminé improvisada na parede da cozinha. O grito que ouvi em seguida pareceu-me muito estranho. Um berro misturado de prazer parecia sair bem do fundo de sua feminilidade. Levantei-me sobressaltado. Encontrei-a quase sorridente, as mãos queimadas pelas placas vermelhas, voltadas para o céu.

Semanas mais tarde, quando o inverno já pintara a natureza com uma espessa camada de branco, fui tomado por dores de origem misteriosa. Como nenhum medicamento fazia efeito, no delírio da febre no fim da tarde, vi minha mãe aproximar suas mãos martirizadas de minha barriga e, levantando um pedaço de meu pijama, colocá-las sobre a minha pele ardente. No dia seguinte, a dor havia desaparecido.

VERDES ANOS

Quando bateram na porta, o jovem oficial compreendeu que era o sinal de que estava encerrada sua entrevista com o superior. Levantou-se enquanto este último ia a passos largos na direção da porta para acolher o visitante. Um homem de estatura média, ombros largos, entrou. Apertou calorosamente a mão do anfitrião, acompanhado por um tapinha no braço. Este o ajudou a tirar o sobretudo enquanto o jovem oficial manifestava sua deferência ao recém-chegado. Vendo isso, o homem lhe fez sinal de que podia ficar à vontade. Depois, examinou-o com um olhar penetrante. Observou no rapaz os olhos de um azul pálido, pouco móveis e fugidios, os lábios rosa sobre um queixo retraído. O conjunto dava-lhe uma cara de fuinha nervosa em busca de algum bichinho para sangrar. O jovem oficial, depois de ter cumprimentado o general, sumiu sem fazer barulho, fechando a pesada porta acolchoada atrás de si.

— Bom recruta? — perguntou o general, aproximando-se da poltrona que lhe designava seu interlocutor.

— Ainda não sei — respondeu o coronel, voltando a seu lugar atrás da escrivaninha. — Não é um rapaz fácil de compreender. Um pouco impulsivo. Acho-o ambicioso, decidido, mas meio secreto.

— Corruptível?

— Não o conheço o bastante para ser categórico, mas aposto que a ambição o vacinou contra isso.

— Quando eu cuidava de recrutar e treinar, já lá se vão anos, tive uns garotos assim que não se dobravam a nada. Nem ao álcool, nem às mulheres, nem às liberalidades. Com o tempo, criei uma doutrina. Ou são os melhores, ou são os piores de nossos agentes. Os agentes sem alma desabam de uma só vez, fazendo estragos consideráveis. Mas deve-se reconhecer também que, nessa categoria de ascetas, tivemos alguns homens notáveis. É o primeiro posto de risco dele, não é?

— É. Estava lotado em São Petersburgo. Encarregado da caça aos dissidentes, para a qual mostrou ótima disposição. Mas não tinha razão alguma para ser abordado por nossos inimigos políticos, tinha muito pouco a dizer que já não soubessem.

O coronel levantou-se e foi na direção de um armário de madeira exótica e barata para de lá tirar dois copinhos de fundo grosso e uma garrafa. Os dois homens brindaram se encarando e beberam de um trago só.

O general esfregou o queixo olhando pela janela como se buscasse reunir as idéias. O coronel, que o conhecia bem, deixou-o concentrar-se olhando pela janela também. Nada se via além de uma cidade do leste da Alemanha com o tempo cinzento.

— Em breve vamos precisar saber com quem podemos contar.

O general falava agora a um velho companheiro que só obscuras circunstâncias burocráticas haviam deixado um pouco mais longe na hierarquia. Ambos sabiam que o ofício que exerciam excluía a confiança em terceiros, porém havia anos que não podiam deixar de se tratar como amigos.

— Nosso sistema não vai conseguir perdurar do jeito que está por mais muitos anos. O sinal virá no dia em que decidirmos sair do Afeganistão. Somos incapazes de continuar aquela guerra, mas sair corresponde a aceitar a derrota da União Soviética diante de uma nação dez vezes menor e cem vezes menos armada.

O coronel devia estar esperando uma notícia bem pior.

— Isso nós todos sabemos, Guenádi. Vai ser preciso reformar o sistema, lutar contra a corrupção que gangrena todos os escalões do partido, prosseguir com energia no caminho traçado por Andropov...

O coronel parou, pois, diante dele, o general balançava a larga cabeça enfiada entre os ombros, demonstrando que ele estava completamente por fora.

— Não, Piótr, não se trata mais de reformar. Gorbatchov nisso se esmera. Ele está apanhando dentro de um petroleiro gigante cujo casco teria sido furado por um iceberg. Os Estados Unidos nos arruinaram mantendo o preço do petróleo a um nível miserável. Eles nos levaram a uma corrida armamentista que nos deixa exauridos, ao mesmo tempo que pressionam nossos recursos com a cumplicidade dos países produtores de petróleo do Oriente Médio. Ao lado disso, concentram seus esforços para nos complicar o trabalho no Afeganistão e fazer dele o nosso Vietnã. Não vim lhe falar de reformas, vim conversar com você sobre o fim do comunismo.

O coronel fixou-o, incrédulo. Em seguida, o general retomou, com uma voz que se esforçava em convencer sem dramatizar:

— Cá entre nós, já que estamos sozinhos, podemos reconhecer que a ação dos americanos para nos deixar de joelhos só faz precipitar um mal-estar estrutural que, de qualquer modo, conduzia inexoravelmente ao fim do sistema.

— Mas, Guenádi, como você pode dizer uma coisa dessas?

— Não sou o único a dizer isso. Mas isso nada tem de subversivo nem de contra-revolucionário. O que me interessa, Piótr, não é saber qual será o próximo sistema. Preocupo-me antes em imaginar qual será o nosso lugar nesse novo sistema. Tenho outra preocupação a curto prazo.

— Qual?

— Qualquer que seja a evolução do nosso regime e a forma que ele assumirá, alguns camaradas e eu temos duas preocupações: não quero ouvir falar nem de uma grande limpeza nem de um novo Nuremberg. Os ocidentais adoram esses atos de contrição coletivos, mas isso não é concebível entre nós. Por outro lado, não devemos perder nosso poder. Quando mais avançar no tempo, mais o mundo ficará dividido entre os que sabem e os que crêem saber.

— É o que nos distingue dos ocidentais, nós nunca fizemos crer às massas que elas sabiam.

— Partilho a sua opinião, Piótr. E acrescentarei... eu talvez vá chocá-lo, mas você não vai demorar a me entender... que aqueles dentre nós que sobreviverem melhor, e temos que fazer parte deles, nunca acreditaram realmente no comunismo.

Penso, de minha parte, que é um modo de dominação como outro qualquer, que corresponde a uma realidade histórica, a um sonho que era desejável acalentar.

O general se interrompeu por um curto instante para olhar novamente pela janela, como se pudesse perceber naquele cinza cor de zinco um elemento novo.

— Você já pensou no que é um inimigo do povo? Foi o conceito mais genial que inventamos. Às vezes passeio na grande floresta em volta da minha *dacha* perto de Moscou e olho as árvores. Outro dia, parei diante de uma imensa conífera que subia majestosa na direção do céu, segura de si. Aproximei-me de sua casca e murmurei: "Tome cuidado, árvore magnífica, você tem todos os sinais exteriores que fazem de você um inimigo do vento." A nossa era apenas uma maneira de ver as coisas, desde o fim dos anos 20. Com a queda do comunismo, e ele vai cair, acredite, teremos de resolver o que somos: uma ordem numa natureza por essência caótica. Uma ordem nascida do conhecimento. Não acho que devamos nos desgastar indo no sentido contrário da história. Sei que muitos de nossos camaradas serão tentados a fazê-lo, mas é improdutivo. Quanto mais resistirmos à queda deste sistema, menos chances teremos de conseguir figurar num bom lugar no próximo.

Piótr balançava a cabeça com pequenos movimentos sucessivos para se convencer das palavras do amigo.

— Mas o que você está dizendo, no plano operacional dá em quê?

— Não dá em nada de particular por enquanto. Temos que procurar criar uma comunidade unida que atravessará os acontecimentos com um ponto de vista e modalidades de ação comuns.

— Você quer dizer que vamos criar um segundo KGB no interior do KGB?

— Não chegamos a esse ponto. Temos que nos contentar em observar e apreciar os quadros que evoluem à nossa volta. Vamos ter muitas deserções. O fascínio da maioria. Com o fim da ideologia, deve-se esperar ver o "interesse pessoal" exprimir-se de modo mais vivo.

— Logo, nada muda por enquanto.

— Nada de nada, Piótr, temos que estar vigilantes, e ser numerosos. Os ocidentais fazem milagres para aliciar nossos agentes. É um período propício para medir a fidelidade, não ao sistema, mas à Casa. O único conselho que tenho para lhe dar, se você estiver no jogo, é experimentar os seus quadros e identificar aqueles que serão dignos de participar da próxima aventura. E, mais do que nunca, não entregar nada aos americanos, que gostariam de passar por nossos amigos de amanhã.

Terminada a conversa, os dois homens deixaram o escritório do coronel para irem almoçar. Só na rua é que este último retomou a conversa:

— Que mensagem você queria passar aos nossos inimigos ou aos nossos aliados, há pouco? Você imagina que a Stasi faz o possível para grampear o meu escritório e que, talvez com a cumplicidade de um de seus agentes duplos, a CIA é capaz de fazer o mesmo?

O general assumiu um ar circunspecto.

— Duvido que estejamos sob escuta. Se for o caso, é grave para você. Mas o que os nossos amigos têm para saber da nossa conversa? Eu diria que eles esperam um desabamento do império. Se uma mensagem pôde ser transmitida, foi a de que de modo algum nos agarraremos aos destroços deixados por esse naufrágio. Vamos ficar nas beiradas. Um dia talvez eles não sejam os mesmos inimigos, mas posso lhe assegurar uma coisa, a não ser que a Rússia eterna desapareça, eles permanecerão nossos adversários. Em compensação, um país que não tem mais inteligência estruturada não é mais inimigo de ninguém, e é o que eles desejam para nós.

Ele parou para acender um cigarro. Puxou uma tragada profunda, soltou a fumaça, ajustou o chapéu desarrumado pelo vento e depois retomou:

— Quanto a... como é que ele se chama mesmo?

— Plotov.

— É isso, pois bem, quanto a Plotov, não há só as mulheres e o dinheiro que podem perdê-lo, há também a atração por um novo modo de vida e, não esqueça nunca, o rancor, essa profunda maceração que dá aos traidores uma fé cega. O cientista que acabam de prender em Moscou tinha justamente esse perfil. Informava a CIA por vingança. Você não pode imaginar a energia que ele usou para fazer isso. Você acha que ele estava querendo vingar os pais? Nem isso, ele queria fazer com que pagássemos os anos de *gulag* dos sogros.

O coronel soltou uma risadinha.

— Você imagina que, se a mulher não quis que o marido encostasse nela durante todos os anos de encarceramento dos pais, esse homem devia estar irritadíssimo com o regime.

Mas você tem razão, vou dar uma olhada nos antecedentes familiares dele.

Os dois homens puseram-se a caminhar pela calçada de uma avenida projetada depois da guerra, após deixarem o terceiro bloco de prédios e então pegar uma transversal que os conduziria a um restaurante de fachada austera. Antes de entrar, o general, que até ali havia seguido seus pensamentos sem dizer nada, segurou Piótr pela manga.

— De qualquer modo, não vivemos todos esses anos para aceitar uma rendição disfarçada de confraternização, pois é isso que nos espera. Não estou muito preocupado com a vontade deles de triturar a memória. Os comunistas ou ex-comunistas da Europa ocidental não vão nunca aceitar que certos procedimentos sejam comparados aos dos nazistas. Pois são sobretudo os europeus que têm essa mania de memória. Os americanos não têm gosto pelos mortos dos outros. Além disso, eu não gostaria de encontrar um dia um de nossos caras num banco de praça, garrafa na mão, esquecido de todos como aqueles soldados de Napoleão após 1815.

O coronel já estava com a mão na maçaneta da porta quando o general o deteve pela última vez.

— Se quiser saber qual é o grau de resistência de Plotov às mulheres, não o investigue num contexto comum. Não adianta nada. Espere ou provoque condições excepcionais de pressão ou de medo. Medo físico ou, na falta, pavor psicológico. Nesses momentos, o desejo se desenvolve, por compensação. Quando a morte ou a decadência está por perto, a tentação de compensar com pulsões de reprodução é forte. Esse homem é um especialista em caça a dissidentes, sabe semear o terror, mas não conhecemos sua reação se for ele mesmo a vítima. Simples sugestão, caro Piótr.

— Temo não encontrar aqui as condições ideais para essa prova, Guenádi.

O restaurante não era muito amplo e era difícil imaginar os dois homens sentados à mesa bem no meio. E se até aqui não demonstrara suspeita, o general não dissimulou muito seu embaraço. Um *maître* de rosto comprido e desiludido conduziu-os até uma sala na parte de trás onde havia duas saletas. O coronel perguntou-lhe em alemão:

— É a sala que o senhor nos reservou?

— Exatamente, senhor — respondeu o funcionário.

Para sua surpresa, o coronel retorquiu:

— Há outra livre?

— Temo que não, senhor.

Sem uma expressão particular, deu-lhe ordem para falar com os ocupantes da outra sala. O que foi feito sem tardar, e o casal deslocado obedeceu sem reclamar.

O coronel pediu uma garrafa de *schnaps* e que pusessem música alta o bastante para encobrir a conversa dos dois, e se instalaram.

— Para sua informação, não enviamos mais iscas aos ocidentais — disse o general.

— Eu havia notado, mas qual é a razão?

— Eles são fáceis demais de trocar de lado. Os jovens em particular são muito fáceis de corromper. Para nós, uma maneira de reconhecer a realidade.

— Que realidade?

O general pegou uma fatia de pão preto e respondeu, com a boca cheia:

— Ideologia é quando a gente tenta fazer as massas acreditarem que outra coisa além da ambição pode conduzir o mundo. Ela sempre fica por cima e alguns analistas de longo prazo da Casa apostam confidencialmente comigo que as ideologias vão desaparecer com este século. No Afeganistão é diferente; aqueles homens têm fé e ela os faz temíveis.

— Por que não vamos embora?

— Todo mundo está convencido disso em todos os níveis da direção do Estado, mas ninguém tem a coragem de enfrentar a realidade. Os americanos têm meios de aceitar uma derrota como no Vietnã, pois o sistema deles permite isso. Para nós, é outra coisa, uma derrota lançaria o império no fosso. Mas, insisto, a principal razão é que os homens do Krêmlin não têm a coragem de confessar que os nossos soldados morreram por nada. Me parece que estamos dispostos a todas as concessões para salvar as aparências. Ao contrário do que se diz, os americanos não querem que deixemos o Afeganistão se tivermos que fazer isso de cabeça erguida.

O garçom trouxe as entradas, maionese de ovos, que os dois homens olharam com gula. O general esticou o guardanapo sobre a frente do paletó, cujas mangas ele arregaçou ligeiramente, como um camponês preocupado em poupar a roupa de festa.

— De fato conheci bem essa gente. Quando a primeira Diretoria enviou-me à *rezidentura* em Washington, eu temia me misturar àquele modo de vida que combato desde a juventude.

A apreensão de ser seduzido, para ser honesto, o medo de minha reação diante da abundância. Na verdade, reagi com indiferença e fiquei aliviado. Vi que no fundo não tinham indulgência alguma com a subversão. Contentavam-se em recuperá-la, em fazer dela um mercado. O que importa se um cantor com uma guitarra vomite sobre a América diante de uma platéia de milhares de jovens descabelados? Em alguns meses, ele é transformado em produto e o contestador acaba benfeitor de uma associação de caridade. Deve-se reconhecer que eles negociaram muito bem a virada da rebelião dos anos 70. Acrescente-se a isso uma capacidade excepcional de fazer crer ao eleitorado reacionário que uma ideologia do bem guia os interesses mais fundamentais dos americanos. Quando fui embora, via-se bem que aquele país degeneraria por sua obsessão pelo consumo; a obesidade é o sinal disso, em breve nem um só americano poderá andar.

O general parou para engolir o conteúdo de seu prato em duas garfadas. O coronel observava-o, ar incrédulo. Amigo de longa data, o general continuava sendo um enigma para ele. A carreira brilhante não deixava dúvida alguma quanto ao juízo que tinham dele nas altas esferas. Mas seu lado franco-atirador, quase livre-pensador, nunca deixara de preocupar o coronel, que, apesar dos esforços sinceros, não podia deixar de considerar a ousadia do amigo um pecado contra-revolucionário. Entretanto, ele havia constatado que, a despeito das aparências e de uma retórica quase subversiva, o general sempre voltava a uma linha ainda mais dura, uma vez que resultava de sua própria reflexão e não de uma simples obediência à doutrina. De mais a mais, se uma patente os separava, e que patente, é que gostavam dele em Moscou.

O coronel pousou o garfo que segurava com a mão esquerda e enxugou o canto dos lábios.

— E essa missão de inspeção, quanto tempo vai durar?

— Não sei. Encarregaram-me de avaliar o estado dos locais de nossas estações nos países deste lado da Cortina de Ferro para saber a quantas andam os nossos aliados, o nível de mobilização, os riscos de defecção, a reação dos serviços secretos à subversão, o nível de formação dos homens, todos esses assuntos que devem dar lugar a um relatório.

— E depois?

— Vão me dar um posto em Moscou, imagino. Para ser sincero, não tenho vontade alguma de voltar para o exterior nem de cuidar de operações especiais, perdi um pouco o gosto pela ação. Por outro lado, gostaria de tomar conta da gestão e da formação dos quadros superiores. Um posto de observação útil nos próximos meses.

O general serviu ao amigo mais um copo de *schnaps*, depois encheu o próprio. Ficou rodando a base como se observasse seus reflexos.

— Eu estava pensando em algo que pode lhe ser proveitoso.

Ele se interrompeu enquanto continuava a girar o copo entre os dedos roliços. Depois, continuou:

— Há uma questão teórica. Ela tem a sua importância para a formação dos quadros: "O que se pode esperar de um agente que matou ou assassinou por motivos de serviço?" O problema não se colocou para as antigas gerações que conviviam diariamente com a morte. Mas, hoje, muitos de nossos agentes podem poupar-se dessa pena. Tenho uma teoria: há mais a esperar de um agente que nunca matou que de outro acostumado a isso. Pois, mais tarde, quando estiver em situação de tomar decisões estratégicas que às vezes implicam um grande número de mortos, aquele que matou vê-se sem saber diante de uma alternativa: perpetuar a morte para convencer-se de que aquelas que ele mesmo praticou não têm importância, ou deixar de agir por pavor. O que fazia a força de Stálin e Hitler? Nunca mataram com as próprias mãos. Pense nisso para os seus novos recrutas.

O coronel concordou, depois fez um brinde acompanhado de um sorriso. Pensou que o general nunca seria levado à mais alta função na organização. Havia nele uma criatividade intelectual que lhe dava uma liberdade que sistema algum podia consagrar tendo-o à frente. O KGB no entanto não podia ficar sem ele, sem sua visão prospectiva e sua determinação em agir para a salvaguarda de seu poder. Sua agilidade intelectual destoava em seu corpo de trabalhador rural, envelhecido. O general, disso ele tinha certeza, não postulava a mais alta das funções. Sentia prazer em estar numa posição de elétron livre a serviço de uma instituição que era nada menos que sua vida e que conhecia poucos exemplos de uma devoção como aquela.

Tão logo terminaram o copo, o coronel serviu nova dose. Tinha o nariz grená, e a lente dos óculos pousados por cima aumentava-lhe os poros violáceos.

— E aqui, então, como anda?

— Nada de especial. Os americanos sempre procurando infiltrar os alemães, mas estes últimos não lhes deixam espaço algum.

— A Stasi?

— Não só, todo o povo alemão está por trás de sua polícia política, o menor fato anormal lhe é relatado. Em toda a Europa oriental, eles são sempre os primeiros da classe. Os ocidentais fazem também um trabalho enorme para estabelecer trocas entre as nossas tropas estacionadas aqui. Vale dizer que toda a nossa atividade está centrada na contra-espionagem, ainda que o inimigo não consiga um décimo do sucesso que obtinha em Moscou quando eu servia lá.

— E a oposição política?

— Há menos que em qualquer outro lugar no bloco do Leste. O capitalismo não os tenta, mas restaurar a grande Alemanha, aí é outra história.

— O nacionalismo contra a ideologia; é a eterna questão, não é?

— Se posso lhe dar um conselho, não perca tempo demais com os alemães. Essa gente qualquer hora vai sair da nossa órbita. Concentre a sua energia em nossos quadros, ainda temos um bom pedaço de caminho a seguir com eles.

Os dois acabaram a garrafa de *schnaps* junto com o fim da refeição. O coronel pediu ao *maître* que lhes servisse um último copo. O general viu-se pensativo. Só saiu de sua reflexão quando seu copo vazio pousou sobre a mesa.

— Com certeza vou voltar dentro de três meses. Espero de você um levantamento sobre os agentes com os quais vamos poder contar. Eu queria um perfil psicológico bem preciso de nossos quadros com uma anotação detalhada e comentada. Esses dossiês por enquanto serão oficiosos, só dizem respeito a você e a mim, e só comprometem a sua opinião pessoal no quadro de nossa relação.

— Você quer dizer que o KGB...

— Não podemos deixar o boato se espalhar, no interior do KGB, de um levantamento paralelo dos quadros da organização em vista de uma evolução provável de nossa sociedade. Nesta fase, na cabeça de muitos camaradas, isso teria o efeito de uma bomba.

Os dois homens levantaram-se da mesa, enfiaram o sobretudo e saíram do restaurante. Ao reencontrar a luz natural, o general olhou à volta, espantado com a harmonia daquele mundo sem cores. Uma vez na rua, uma idéia lhe atravessou a mente.

— Acho que seria útil eu lhe mandar as gravações das entrevistas feitas com o seu Plotov quando se integrou ao KGB. Podem ser ricas de informação.

— Você já foi recrutado por nossos serviços; logo, não se trata de uma entrevista de emprego. Desejamos apenas avaliá-lo e ouvi-lo. Na prática, é preferível que um homem da informação fale pouco, exceto quando a linguagem serve aos interesses do serviço. A fala é quase sempre um início de traição. As palavras enganam o nosso pensamento e raramente são adequadas à realidade. Mesmo assim, em muitas ocasiões, nossos agentes devem saber convencer, orientar e manipular. Tivemos na França, na década passada, um agente de alto nível, comunista convicto, é desnecessário dizer, que se tornou conselheiro em economia liberal do primeiro-ministro. Os franceses sempre se sentiram pouco à vontade com o liberalismo, e o nosso homem impôs-se como um dos melhores especialistas da doutrina junto às mais altas instâncias do Estado. Ele tinha, imaginamos, acesso a informações preciosas para nós e a vantagem considerável de estar acima de qualquer suspeita, indetectável. Foi assim que um de nossos espiões fez a política liberal da França. Além das qualidades intelectuais, esse indivíduo era com certeza um grande doente. Como não ser para se tornar eminente economista liberal quando se é um comunista convicto? Era uma espécie de esquizofrênico. Não digo que esperamos isso de você, eu só queria lhe dar um exemplo de infiltração bem-sucedida. Um bom agente, era o caso dele, é alguém que sabe se calar, é claro, mas deve igualmente se mostrar à vontade ao se exprimir. Outro aspecto importante a ser avaliado num agente, do meu ponto de vista é a sua relação com a realidade, a percepção que tem dela. Do nosso laço com o real depende o laço com a mentira. Não estou aqui para fazer você passar por um interrogatório. O seu recrutamento é um fato e a nossa conversa não vai mudar isso. Mas desejamos conhecer você melhor para utilizar melhor as suas qualidades. É claro, noventa por cento do trabalho de avaliação vai ser efetuado no campo, mas mesmo assim somos obrigados a um mínimo de confronto. Vou ser transparente com você. Vamos falar do seu passado. Você já sabe que o conhecemos em detalhe. Mas interessa-me comparar o que sabemos com a maneira como você irá contá-lo. O que permitirá uma discussão livre, não tome isso como um exame. Em geral, nosso próprio passado é o que melhor conhecemos. No entanto, você ficaria surpreso com as distorções constatadas entre o que aconteceu e a lembrança que se tem disso.

O coronel apertou a tecla vermelha do gravador, acendeu um cigarro e olhou pela janela. O cenário era sempre o mesmo, o de uma cidade administrativa de um país do Leste. A arquitetura era a de um sistema no qual ele tinha vivido desde os primeiros dias. A visita do amigo, havia agora mais de um mês, o deixara perplexo e ansioso ao mesmo tempo. Sentia uma espécie de vertigem intermitente e a impressão de que o chão desaparecia sob seus pés quando caminhava. Moscou a vários milhares de quilômetros fazia dele um exilado longe do Centro, de suas intrigas, mas também da provável mudança radical que se preparava. Antes de encontrar Guenádi, ele jamais imaginara que o sistema soviético pudesse ruir. Tinha mais dificuldade ainda em conceber aquele que poderia substituí-lo. Quis manter a esperança, mas com toda evidência o amigo tinha razão, eles estavam próximos da falência. Não era realista pensar que uma nova reforma pudesse salvar o socialismo. Andropov, seu mestre como o de todos os quadros de sua geração, bem que tentara, mas o império continuara a afundar, infiltrado pelos negocistas, a corrupção, o despertar das nacionalidades e uma burocracia tentacular. De repente sentiu-se esvaziado pela ausência de perspectiva. Com mais de cinqüenta anos, estava corroído pelo álcool, pelo cigarro e pela falta de exercício. Censurava-se pela falta de ambição e o devotamento que faziam dele um homem que tinha tudo a perder com as mudanças anunciadas. Não era do gênero de sentir pena de si mesmo. Suas responsabilidades, mesmo relativas, prevaleciam rapidamente sobre as inquietações. Depois de dar uma longa tragada no cigarro que consumira pela metade, apagou-o num cinzeiro e retomou a escuta da fita que o amigo lhe tinha enviado de Moscou.

*

— Vou começar com uma pergunta simples: por que escolheu o KGB?

O chiado da fita animou o silêncio que se seguiu.

— Comandante, eu não escolhi o KGB, o senhor sabe bem. Não se postula o KGB, é ele que nos recruta.

— Logo, é um acaso.

— Ah, isso, não. Quando era estudante, eu conhecia um homem que trabalhava na antena de São Petersburgo e faleilhe de meu interesse. Só no fim dos meus estudos é que fui abordado por um agente.

— Você sempre quis trabalhar na informação?

— Desde que me lembro, eu queria ser espião.

— Por quê?

— Quando criança, esse era um sonho de glória. Eu queria ser herói. Esse desejo mais tarde foi reforçado por uma reflexão segundo a qual, em certas circunstâncias, um homem do KGB pode fazer por seu país mais que um batalhão inteiro.

— Então você é individualista?

— Não é individualismo, comandante, pois os agentes da informação fazem parte de um conjunto.

— Quando se serve no KGB, segundo você, a quem se serve?

— À pátria, ao socialismo e a seu corpo.

— Nessa ordem?

— Não acredito que seja possível distingui-los.

— Você sabe que a Casa, sob outro nome na época, conheceu, sob a influência de pessoas que processamos, excessos por vezes criminosos. O que acha disso?

— Os desvios são repreensíveis, mas não devem pôr em questão as instituições.

— A que você atribui essa deriva?

— A um culto da personalidade inadequado à nossa ideologia.

— No entanto, ainda que tenhamos feito o processo de Stálin, ele fez grandes coisas, você não acha?

— Com certeza, e devemos a ele a vitória sobre os nazistas. O mundo inteiro deve a vitória a ele.

— É o bastante para perdoar-lhe os excessos, não é? Aliás, li em seu dossiê que o seu avô, cozinheiro talentoso, trabalhou para Stálin.

— É verdade.

— Devia ser um bom cozinheiro para ter ficado tanto tempo nesse posto e ter passado pelos expurgos.

— Ele era.

— O seu pai integrou as forças combatentes do KGB durante a guerra. Imagino que isso deve ter influenciado a sua vocação.

— Com toda certeza.

— E de que maneira aquele homem tão estruturado aceitava a fé ortodoxa da sua mãe?

Um silêncio se instalou, em seguida o interrogado retomou:

— Ele aceitava isso muito mal.

— E você?

— Eu a respeito.

— No entanto, você está de acordo que essa fé é contrária a todos os nossos princípios. Não falo nem das religiões que sempre foram o auxiliar da classe dominante, evoco a contradição de ser ao mesmo tempo comunista e religioso. O que acha disso?

O interrogado raspou a garganta, esse barulho confundindo-se com o chiado da fita.

— Reconheço aí uma atitude contraditória.

— Por quê?

— A religião quase sempre é superstição e, sendo assim, questiona os fundamentos científicos de nossa abordagem. Concordo totalmente que não temos necessidade alguma de espiritualidade.

— Você estaria disposto a dizer isso à sua mãe?

— Evidentemente.

— Você compreenderia que ela fosse incomodada por causa da fé?

— Ehh... em teoria sim, mas na prática ela não causa mal algum ao socialismo, e sua prática religiosa é muito discreta.

— Nossos serviços nos vêm falando de um retorno de muitos cidadãos soviéticos à religião. O que acha disso?

— Na minha opinião, é sinal de um relaxamento de nosso trabalho ideológico; quando digo nós, falo do partido.

— O que você acharia da eventualidade de uma nova onda repressiva?

— Só teria interesse se coincidisse com um trabalho ideológico mais amplo. Conheci casos de fervor religioso que repressão alguma sufocou.

— Por exemplo?

— Judeus que partilhavam nosso apartamento comunitário em São Petersburgo; e não era simples, as altercações com meus pais nos dias de festas religiosas não eram raras.

— E você, criança, o que pensava dessa família?

— Eram pessoas muito boas, mas muito retraídas, em razão da nacionalidade e da crença.

— Muitos gostariam de deixar a União Soviética. O que você acha disso?

— Uma vez que receberam uma educação elevada que lhes permite intervir em nível estratégico em nosso país, a partida deles seria uma traição. Outros não têm utilidade, é diferente.

— Não têm utilidade?

— Penso que não temos razão alguma para deixar grandes cientistas depositários de segredos de Estado partir, mas, quanto a seus congêneres que não são qualificados, sou de opinião de deixá-los ir embora, a natureza deles é o comércio, não precisamos disso.

— Você faz uma distinção entre os nossos inimigos e os opositores internos?

— Faço. Acho os opositores mais repreensíveis que os nossos inimigos, pois, além do mais, são traidores.

— Mas não se deve atenuar um pouco a responsabilidade deles?

— Como?

— Considerando que são alienados e tratando-os como tais.

— Evidentemente, acho que, para se tornar dissidente, é preciso perder o sentido comum, e isso merece mais uma terapia que um castigo; que nada muda na pessoa.

— Volto à sua inclinação para os serviços secretos. Você dizia que um espião pode prestar a seu país os serviços de um exército inteiro. Mas o militar em geral mata apenas vítimas anônimas. Em nosso ofício, mata-se pouco, mas não se deve ter problemas de consciência no momento de agir. E às vezes é preciso assassinar alguém com quem se manteve laços, mês após mês, ano após ano, olhando direto nos olhos. O que acha disso?

— Para isso me preparei e o assumo perfeitamente.

— Você não parece ser um homem que tem problemas de consciência.

— Não tenho.

— Deve ser "de pavio curto" em certas oportunidades, engano-me?

— Não.

— Acha que é compatível com o seu trabalho? A cólera é comandada pela emoção, que não é o melhor aliado de um agente de informações. Parece que você tem um bom nível em judô. Por que escolheu as artes marciais? Para controlar melhor a agressividade? Para superar complexos? Pouco importa a resposta. Também sinto que você não tem muito medo de perigo.

— É verdade.

— Pode ser uma deficiência, quem não tem medo costuma assumir riscos excessivos. Ao nível do nosso território, nossos melhores agentes de informações são pessoas comuns. Informam-nos porque têm medo. Sem eles, não seríamos nada.

— Sei, comandante, a qualidade da vigilância interior depende da capacidade de sua polícia política de "aterrorizar" a população de modo que esta se sinta obrigada a informar àquela que a vigia.

— É a teoria da reciprocidade. Bom, acho que terminamos. Se eu devesse avaliá-lo, o que não é o caso, diria que você é alguém cínico e inteiro ao mesmo tempo, talvez um pouco inteiro demais ainda, mas com a experiência... Ainda uma pergunta antes de nos separarmos: o que você acha do modelo ocidental?

— É um modelo que leva a um impasse, pois é fundado na acumulação de riquezas por uma minoria.

— Uma maneira como outra qualquer de exercer o poder.

— Não é a que prefiro.

— Muito bem, paremos aqui. Ah, eu estava me esquecendo; você, que estudou direito, acha que possa ser justificado o KGB agir fora do quadro da lei?

— Não. Sou a favor do respeito à lei, o que quer que aconteça. O KGB não deve exonerar-se do direito, ainda que arriscando fazer o direito ele mesmo se necessário.

— Compreendo.

*

O coronel, homem meticuloso que era, rebobinou a fita antes de guardá-la numa das gavetas da escrivaninha. Tinha a sensação de que nada ficara sabendo de interessante sem no entanto ter perdido tempo. Sentia-se cansado. Não tinha vontade alguma de começar nova tarefa. As palavras de Guenádi o haviam desestabilizado. Devia acreditar nele? E até onde? A profecia do general ia se realizar? Podia ele desde já aderir a essa facção que se projetava num futuro incerto sem comprometer seu fim de carreira e arriscar um dia ou outro passar por traidor? No entanto, o que lhe pedia o amigo nada tinha de comprometedor. Ele não arriscava nada avaliando seus quadros, testando o apego que tinham à instituição, a capacidade de adaptação, detectando em seus quadros superiores aqueles que breve seriam capazes de privilegiar a Casa em detrimento de um sistema extenuado, sem cair do outro lado da barreira aliando-se ao inimigo de hoje. Apesar do que aquilo lhe custava, acabou convencendo-se de que Guenádi tinha razão, o KGB de amanhã seria o de uma terceira via.

*

Semanas mais tarde, o coronel e seu subordinado caminhavam na rua sob um sol pálido, à beira da avenida principal da cidade. Para surpresa do rapaz, o coronel bifurcou numa aléia transversal.

— Não vou no restaurante de sempre. É um novo endereço. Escolhi-o porque estou convencido de que a Stasi plantou microfones lá. Quando estivermos lá, faremos passar as mensagens que nos interessam, mas proponho que nosso verdadeiro assunto, este, seja abordado nos trajetos de ida e volta, mesmo que tenhamos que levar um pouco mais de tempo que o necessário para chegar lá. Como vai a sua instalação?

— Muito bem, coronel, estamos bem alojados, temos espaço e a nossa vizinhança é tranqüila.

— Mesmo assim, fiquem vigilantes. Os alemães orientais não são nossos inimigos, longe disso, mas sempre tive por princípio que não temos amigos nos países irmãos. O seu trabalho não deve ser muito apaixonante, não é?

— É um trabalho clássico de coleta e classificação de dados, imagino que é uma passagem obrigatória para um oficial como eu que recebe sua primeira nomeação no exterior.

— Vou ser direto, pois acho que você também é. Dei uma olhada no seu dossiê do Instituto da Bandeira Vermelha. Parece que você passou raspando na seleção. Se tenho um conselho a dar, tente ser mais sociável. Eles encrencaram um pouco com o seu caráter introvertido e a dificuldade que você tem de se comunicar. Em resumo, achavam que você cheirava a espião a 100 metros. Julgaram que era arriscado demais deixá-lo no Ocidente, razão pela qual o mandaram para o menos exótico de nossos países aliados. Se houvesse uma única regra na espionagem, seria parecer o menos possível o que se é. Razão pela qual muitos de nossos quadros superiores em Moscou que são oriundos do partido podem ser reconhecidos sob qualquer disfarce. Como era, em São Petersburgo?

— A matéria era mais viva. Os dissidentes são uma caça que se mexe mais.

— Sobretudo porque o número certamente não está diminuindo.

— Eles se sentem apoiados pelos serviços secretos e os meios de comunicação do Ocidente. Às vezes me pergunto se não têm um sentimento de impunidade.

— Até que parem num hospital psiquiátrico e que, após uma ou duas injeções, o ego deles tenha recebido um tal golpe que se sintam culpados quando forem mijar sozinhos.

— O senhor tem razão, coronel.

— Sinto que as suas predisposições para a ação estão um pouco refreadas aqui.

— Não me queixo.

— Talvez eu tenha um caso grande para você que lhe permitiria demonstrar suas qualidades de campo. Ele nos vem da antena do KGB em Berlim.

— E se posso me permitir, em que nos diz respeito?

— A alemã oriental que está envolvida foi recrutada aqui, pois, além de ser um agente da Stasi, parece ser uma mulher belíssima.

O coronel lançou um olhar discreto por cima do ombro. De sua posição, via o topo da cabeça coberto de cabelos louros e finos que não iam tardar a ficar raros. O jovem oficial caminhava num passo cadenciado e, enquanto um de seus braços adotava um movimento pendular, o outro parecia fugir da simetria por uma estranha crispação. O maxilar apertado acentuava a fuga do queixo na direção do pescoço.

— Vamos andar um pouco por aí, se você não achar inconveniente, ganharemos tempo, não penso que nossos amigos tenham instalado microfones nos postes de luz. Essa mulher, portanto, foi enviada a Berlim Ocidental como isca para recrutar um informante. É um homem que trabalha na Otan. Ele parece ter acesso a informações de primeiro nível quanto a especificações técnicas da frota de submarinos de vários países europeus. Ela primeiro o abordou da maneira habitual, com seus encantos que não são os nossos. Depois, quando julgou oportuno fazê-lo, propôs-lhe recrutá-lo. O sujeito está fascinado, mas não o bastante para trair apenas pelos belos olhos da garota. Começou pedindo dinheiro, é clássico, muito dinheiro. O homem é hábil, o dinheiro não lhe basta, ele não quer uma relação unilateral.

— Isto é?

— Ele quer instalar-se num jogo duplo para se cobrir. Em resumo, ele quer fazer crer à sua hierarquia que foi ele quem recrutou a alemã. Para ser crível, ela deve por sua vez lhe fornecer informações consistentes sobre as tropas do Pacto de

Varsóvia. É claro, os europeus vão desconfiar, pois são raros os casos de deserção de agentes da Alemanha Oriental. Mas é hábil da parte dele, pois se cobre descobrindo-se, você entende?

— Acho que entendo.

— Essa relação, no entanto, tem o inconveniente de tornar ambos incontroláveis. Cada um supostamente deve transmitir o mínimo de informações para tornar-se crível, mas veja você, nesse tipo de jogo duplo, no fim, não se sabe mais muito bem quem trai de fato. Podemos imaginar que a nossa alemã, a pretexto de dar o troco, forneça informações sérias sobre as tropas do Pacto de Varsóvia e que, em contrapartida, as informações recebidas sejam pequenas. Também podemos conceber que o homem e a mulher se entendam para arrancar o máximo de dinheiro de cada lado fornecendo informações de grande valor, depois decidam partir juntos e deixarem-se esquecer em algum lugar na Patagônia. Nesta última hipótese, ficaríamos sabendo muito sobre os submarinos europeus da Otan e o inimigo recolheria informações utilíssimas sobre a situação de nossos mísseis na Alemanha Oriental. É o que se chama um jogo empatado, exceto para os dois protagonistas. É uma situação complexa e perigosa. Gostaria que você cuidasse dela.

— E como, coronel?

— Não tenho a mínima idéia. Quero que reflita e me proponha intervir sem que percamos a oportunidade de coletar informações sobre a frota da Otan. É preciso controlar a moça sem fazer o conjunto explodir. É bem delicado, é preciso ter êxito numa operação de contra-espionagem sem comprometer uma operação de espionagem, o tipo de tarefa que pede um certo sentido de estratégia.

O rosto do jovem oficial fechou-se um pouco mais. Após alguns metros percorridos em silêncio, o coronel acrescentou:

— Essa operação é uma chance para você, uma oportunidade que talvez não se repita.

— E por quê? — perguntou o jovem oficial, intrigado.

— Temo que os anos dourados tenham ficado para trás. A Guerra Fria está perdendo fôlego, não vamos conseguir manter esta tensão entre os dois blocos indefinidamente, esta escalada é desastrosa para nós no plano econômico. Acho que ela compromete seriamente as chances de se concluir o projeto socialista. Nos próximos anos, você verá que os agentes das nossas estações nos países "irmãos" vão passar a maior parte do tempo tentando conter o aumento da dissidência e produzindo papelada, sempre mais papelada que aterrissa em Moscou, onde é classificada por analistas que nunca saíram do escritório. Para não lhe esconder nada, é por isso que estou muito feliz com este caso que nos traz de volta aos fundamentos de nosso ofício. Deixo-o refletir. Pense também no que vamos dizer um ao outro no restaurante que possa ser ouvido por nossos amigos da Stasi. Um assunto que não lhes revele nada, embora lhes dê a impressão de que estamos ativos em algo, caso contrário eles arriscam perceber que sabemos que estão nos escutando e... você conhece a música.

Chegaram ao restaurante dez minutos depois sem terem trocado uma palavra a mais. Antes de entrarem, o coronel disse a seu subordinado:

— Não quero que pense que tudo é negativo no seu dossiê. Lá também está assinalado que você é fiel na amizade, o que é uma qualidade. Você talvez tenha me achado meio sombrio há pouco quanto às perspectivas da Casa. Mas quero lhe dizer que, em qualquer circunstância, ela continua sendo o lugar onde é preciso estar. Dali você nunca perderá nada do espetáculo e sempre saberá mais que o comum dos mortais. Olhe a América, o único presidente da história deles que quis se meter com os serviços secretos, eles o fizeram pagar muito caro. O assassinato de Kennedy foi um aviso aos dirigentes do mundo inteiro.

*

O dia seguinte era o primeiro dia do fim de semana. Plotov decidiu levar a família ao campo. A esposa e as duas crianças subiram na Jiguli. A natureza sorria, um sol tímido acariciava os campos e o mato alto curvava sob o vento. O carro, solitário, serpenteava na paisagem. O rosto de Plotov estava fechado, mais que de hábito. Era a regra. Um homem do KGB nunca devia confiar-se à mulher, qualquer que fosse a gravidade de suas preocupações. Plotov estava mais que preocupado. O caso que o coronel lhe confiara o obcecava. Ele tinha a sensação, na resolução dessa intriga, de estar jogando a carreira, tanto quanto a estima que tinha por si mesmo. Pela primeira vez desde que integrara a Casa, achava-se investido de um cargo de importância no centro do enfrentamento entre os dois campos, confrontado com um verdadeiro jogo duplo que testava suas qualidades de homem de informações.

— Não estou contrariado, simplesmente concentrado. Não posso lhe dizer mais que isso, mas terei que enfrentar imensas responsabilidades.

— Eles estão lhe confiando a decisão de apertar o botão atômico? — lançou sua mulher, satisfeita com brincadeira.

Plotov fez um esforço para não dar importância àquilo. O silêncio se interpôs entre eles por um bom momento, apenas perturbado pelas brincadeiras das filhas no banco de trás do carro. A mulher, julgando que durara o bastante, decidiu pôr fim ao silêncio:

— É de fato um belo país, não acha?

O oficial aquiesceu sem abrir a boca.

— Como você explica que nada falte às pessoas aqui, ao contrário do nosso país? — retomou ela.

— Não sei — respondeu o marido, contrariado por obrigar-se a responder. — Eles devem ser mais organizados.

— E quanto à limpeza, que diferença, os alemães são muito higiênicos.

— Os russos são tanto quanto eles, a diferença é que temos à nossa volta esses povos que mal saíram da Idade Média.

— Diga-me, Volódia, os problemas que o preocupam, eles poderiam ter conseqüências sobre a nossa vida?

— Não sei. Mas imagino que, se eu fracassar, não vão demorar a nos mandar para algum lugar na URSS.

— Seria uma pena. Tive um pouco de dificuldade no início, mas começo a me acostumar com a nossa vida aqui. O nosso apartamento é espaçoso, há muita comida e variada. Mas não há razão alguma para você não ter êxito, Volódia, nunca vi você fracassar em nada. Só que, se me permite, você deveria dar uma maior impressão de facilidade em seus sucessos. A gente tem sempre a sensação de que você os arranca, dos outros mas também de você mesmo. Além do mais, você demonstra muito a sua rabugice.

— Acabou?

— Não digo isso para contrariá-lo, Volódia querido, mas acho que sou a pessoa que melhor o conhece. Sei que você é emotivo e, se não fosse, eu não teria me casado com você. Mas às vezes parece que as suas emoções o submergem e, nesses momentos, deve-se reconhecer que você quase dá medo. Não em mim, é claro, mas entendo que você inquiete os outros.

Embora nenhum obstáculo se erguesse diante deles, Plotov freou bruscamente. Já lamentava sua raiva quando disse à mulher com uma voz surda:

— Escute. Tenho que ver o coronel segunda de manhã e não tenho sequer o início de uma solução para o problema que ele me confiou. Então, faça a gentileza de me esquecer um pouco.

— Tudo bem — respondeu ela em voz alta. — Meninas, o pai de vocês está conosco, mas a gente faz como se ele não estivesse aqui, combinado?

— Combinado — responderam as crianças em uníssono.

*

Na segunda seguinte, pela manhã, Plotov estava no escritório do coronel, enfraquecido por um início de enxaqueca. Ele parecia a ponto de chorar quando confessou a seu superior que ainda não tinha a mínima idéia da maneira como ia operar.

— É normal — respondeu o coronel —, este caso não é simples. Censurei-me este fim de semana por tê-lo deixado ir embora assim, só com uma parte dos dados. O problema essencial é a confiança que a Stasi tem nessa mulher. Se, por uma razão ou outra, eles descobrirem que a estamos testando sem o acordo prévio deles, vamos melindrá-los e eles vão se queixar em Moscou pela via política. Por outro lado, na qualidade de chefe desta estação do KGB, não posso me satisfazer com uma dúvida. Se essa mulher muda de lado, são todas as forças do Pacto de Varsóvia que vão estar nuas em troca de informações sobre a frota da Otan que não serão forçosamente tão decisivas. Se me disserem que essa mulher passou para o Ocidente, vou me sentir plenamente responsável por essa mancada.

— É claro que a solução mais simples seria submetê-la ao detector de mentiras e fazer-lhe duas perguntas: "Você está pretendendo passar para o Ocidente e você pretende ser remunerada pelo inimigo?" Mas como o senhor disse, coronel, seria uma declaração de guerra à Stasi.

— Também poderíamos fazê-la passar pelo detector de mentiras em Berlim Ocidental por uma equipe do KGB que se faria passar por seus correspondentes ocidentais buscando assegurar-se de sua retidão. Mas correríamos o risco de deixá-la desconfiada e criar uma confusão que bloqueie todo o processo, pois não esqueçamos que somos compradores de informações sobre a frota submarina européia da Otan. Então, o que propõe?

— Não vejo outra solução a não ser uma abordagem um contra um. Eu me aproximo dela. Ela vai imaginar que se trata de uma vigilância, mas não cabe a mim adormecer sua vigilância.

— Eu diria até que, para ganhar tempo, você deveria lhe dizer de imediato que o KGB está preocupado com essa transação e que você está entrando em contato com ela para discuti-la livremente e sem a menor suspeita. Ela vai entender. Acrescentarei até que, ao contrário, ela não compreenderia que o KGB se desinteressasse de uma operação dessa importância. Vai ser preciso ter paciência e ser mais macio, Plotov. Você terá que representar, dê a medida de seus talentos de manipulador. Mas não se engane, é ela a figura de romance de espionagem. É muito bonita e de inteligência notável. Você vai ter que se descontrair um pouco, ser um pouco mais sedutor. Não é você o infeliz nesta história. Exceto se isso tudo se revelar um fracasso, e estou convencido do contrário. E não se esqueça de que existem noventa chances em cem de que essa mulher faça muito bem o seu trabalho.

— E ela é tão bonita assim?

— Ah, sim! Tão bela quanto as mais belas mulheres de Voronej. E para coroar tudo, ela finge que não sabe.

*

Na semana seguinte, Plotov estava a postos. Vestira roupas menos austeras e fora a pé até o local onde trabalhava a agente da Stasi. Seu físico denotava ausência de exercício, porque todos os lugares ligados à Inteligência eram próximos. Ele nunca andava mais de 150 metros para ir de casa até o escritório ou do escritório às instalações da Stasi. Como teria feito um diplomata num país de risco, ele vivia num perímetro limitado, mas nem sequer tinha o temor do perigo e a inquietação que caminha junto para impedi-lo de engordar. Sabia que uns gramas a mais seriam fatais para seu guarda-roupa. A caminho, compôs o personagem de um homem relaxado, afável, que se proíbe comportar-se como inquisidor. A fim de que seu personagem não fosse traído pelas próprias inquietações, procurou convencer-se de que sua carreira não estava em jogo. Ele havia conhecido outras. Em particular no dia em que, no metrô em Moscou, se atracara com uma espécie de *punk*. Em vez de desprezá-lo como teria feito qualquer oficial do KGB e de chamar a segurança para espancá-lo até a morte, partira para cima dele. Saíra da refrega com um braço quebrado, ele, o ex-campeão de judô. Por sorte, sua hierarquia não reagira ao incidente.

O laço de vassalagem entre a URSS e a Alemanha Oriental lhe teria permitido convocar a jovem, mas ele nada fez. No pior dos casos, seria o fim de sua carreira de espião no exterior e a perspectiva de ser um dia nomeado para uma das estações ocidentais. Essa inaptidão não impedia que o reclassificassem para a vigilância do território em São Petersburgo ou em Moscou, ou então em qualquer outro lugarejo do império. Mas Vladímir Vladímirovitch Plotov execrava acima de tudo o fracasso, e a simples perspectiva deste fazia com que transpirasse sob a roupa de má qualidade. Na luta contra a própria crispação, deu-se conta de que, a despeito dos esforços que fizera, um dos braços continuava a não querer contrabalançar o outro. Parou então na esplanada na qual o prédio da Stasi estava construído. Ajustou os dois membros ao longo do corpo e voltou a caminhar observando a simetria do balanço que faziam. Sempre insatisfeito, imobilizou-se novamente com um olhar impiedoso por aquele braço que não lhe obedecia. Da janela, a jovem alemã o observava, intrigada.

*

Plotov entrou no escritório da jovem com um sorriso de pura formalidade. Notou que ela era bem mais alta que ele e este fato o contrariou. Esforçava-se bastante para tornar o rosto impenetrável, mas não tinha idéia alguma do que o topo do crânio pudesse revelar sobre ele mesmo. Não gostava que uma mulher pudesse decifrá-lo. Depois de uma curta troca de gentilezas, durante a qual, discretamente, observou a jovem, ele notou que ela assumia a expressão de uma mulher atenta ao que ele ia dizer.

— Simples visita de cortesia, camarada. O KGB não pode ficar completamente por fora de uma operação importante. A Stasi tomou a iniciativa, o que só pode nos deixar felizes. Estamos aqui para acompanhá-la e informar regularmente Moscou do desenrolar deste caso. Fui designado por minha hierarquia para ser seu correspondente.

Ele pronunciou uma frase que não tinha naturalidade alguma em sua boca:

— Estou encantado em conhecê-la e certo de que vamos trabalhar em bom entendimento.

A jovem contemplou então o homenzinho mais do que ele a olhou.

— Estou certa disso — respondeu ela, com um sorriso que revelava belos dentes regulares.

O oficial de repente sentiu uma satisfação cuja origem não entendia bem até o momento em que compreendeu que ela não lhe agradava. Aquela mulher de fato era bela, desejável, mas não lhe agradava. A perfeição de suas formas era perturbadora. Em nenhum momento ele temera essa hipótese, mas achava-se de qualquer modo tranqüilo ao dar-se conta de que aquela plástica não tinha poder algum sobre ele.

— Como quer que procedamos, camarada?

Ela falava um alemão bem pronunciado com uma lentidão natural, o que tranqüilizou Plotov que ainda não tinha fluência na língua.

— Proponho que me diga tudo o que quiser sobre este caso e, em seguida, se certos pontos merecerem ser aprofundados, a eles voltemos juntos. Não é um interrogatório, compreende? Prefiro que nossa relação guarde algo informal enquanto for possível. É conveniente para você?

A jovem balançou a cabeça sem responder, depois concentrou-se para decidir por onde ia começar.

— Há quatro anos sou agente de informações em Berlim Ocidental sob uma falsa identidade e uma falsa qualidade. Oficialmente, dirijo uma empresa de serviços de informática. Passo lá a maior parte do ano e tento entrar em contato com pessoas influentes suscetíveis de nos fornecer informações estratégicas. Entro nas administrações sob a cobertura de minha empresa e nelas permaneço graças à relação pessoal que crio com certos homens. Essas relações em geral são construídas a longo prazo, e o físico desempenha nisso, é claro, um papel preponderante, mas uso-o com muita parcimônia, não quero ter a reputação de uma mulher fácil. Aliás, a maioria dos homens que encontro contentam-se com o encanto e o orgulho de passar uma noite com uma bela mulher de negócios considerada inacessível. Dou um passo a mais se o homem me parecer ter as responsabilidades, o perfil psicológico e, acrescentarei, até sexual para me dar informações importantes.

— O que você entende por perfil sexual?

— Falo de grau de dependência, o que é fundamental para ganhar alguém.

— Ah, entendi.

— E, recentemente, decidimos ir mais longe ainda, tentando recrutar esse homem que tem acesso privilegiado a informações da Otan.

— Você informou a antena do KGB em Berlim Ocidental sobre isso?

— Informei, e eles me deram carta branca pedindo-me que informasse a estação de Dresden. Preferem que nos encontremos o menos possível em Berlim para não me queimar.

— Como as coisas aconteceram com esse informante?

— Já lá se vão vários meses, para não dizer dois anos, que eu tentava recrutá-lo. Apostei tudo nele. Temos uma relação afetiva desde o início. Há pouco menos de três meses, pus as cartas na mesa, propus-lhe recrutá-lo em troca de importantes somas de dinheiro. Ele não está longe da aposentadoria. Sabe, camarada, só os meus encantos não me teriam permitido aliciá-lo. O dinheiro tampouco. Mas a conjunção dos dois com a chegada da aposentadoria permitiu uma alquimia positiva.

— A configuração prevista no início complicou-se um pouco.

— Complicou-se, ele quis se proteger fazendo crer que foi ele quem me recrutou e que é o único a poder se aproximar de mim.

— E para dar substância às alegações dele, você está forçada a lhe transmitir informações convincentes sobre as forças do Pacto de Varsóvia. O que nos obriga a um mínimo de controle sobre as informações que vão ser reveladas.

Plotov levantou-se da cadeira desconfortável onde a jovem o instalara.

— O que você diria de uma caminhada? É uma questão financeira importante para mim. Se eu não fizer um pouco de exercício, vou ter de mudar todo o meu guarda-roupa e não tenho recursos para isso. Mas quem sabe você pode me ajudar?

— O que quer dizer?

— Imagino que não vai informar os ocidentais de graça.

A jovem lançou-lhe um olhar furioso antes de responder:

— Ainda não se falou de dinheiro, mas não deve demorar.

— Se não pedir dinheiro, não vão acreditar em você. A não ser que lhe proponham outra coisa, por exemplo, regularizá-la no Ocidente sob uma verdadeira identidade com um trabalho na informação na Alemanha Ocidental.

— Não está pensando nisso? — perguntou a jovem, chocada.

— Não, não estou dizendo que você aceitaria, mas que eles proponham isso parece-me certo, e que você finja aceitar, lógico.

Desceram pelas escadas e saíram na esplanada. Um chafariz pobre animava o centro ao pé de uma estátua erigida à glória dos trabalhadores. Puseram-se a andar devagar, como dois intelectuais que conversariam sobre o estado do mundo. A jovem olhava para a frente, nem tensa nem crispada. Plotov a observava com o rabo de seu olho azul desbotado. Teve, por um curto instante, que se convencer de que não questionava uma dissidente, mas de fato um agente dos serviços secretos de um país irmão e não o menor, já que ele oferecia a fachada mais vantajosa do socialismo.

— E como é o Ocidente? — retomou Plotov, com a voz de um homem que conduz o jogo.

— Por quê? Nunca foi lá, camarada? — respondeu ela esboçando um sorriso.

Plotov, mordido, retorquiu friamente:

— Nunca, e para ser sincero, não me faz falta.

A jovem encurtou o passo, vendo que o oficial não estava na mesma freqüência.

— Se eu devesse resumir, camarada, diria que eles têm tudo em aparência, mas, em relação a nós, falta-lhes o essencial, um projeto.

Plotov aprumou-se:

— Está bem respondido, camarada, mas você acha que ainda temos mesmo um projeto?

— O que você quer dizer?

— Com a perestróica, não se pode mais falar de projeto, mas de acomodamento de um sistema a uma realidade que a cada dia cresce em detrimento da ideologia. Nesse contexto, podemos compreender que uma jovem mulher como você seja tentada pelo Ocidente.

— Não é o caso, camarada. Aqueles que não conhecem o Ocidente não têm idéia da dureza das relações humanas que prevalece entre eles. É preciso o tempo todo lutar para sobreviver.

— Chego a outro assunto: você não tem família?

— Tenho, é claro que tenho uma família...

— Não, quero dizer uma família no sentido de um marido e filhos.

— Não, sou solteira.

— Seria indiscreto perguntar por quê?

— Provavelmente porque a minha função não me deixou tempo para isso.

— Em geral, me parece que é antes o contrário. As mulheres que não querem um lar escolhem uma profissão que as impeça de construir um.

Plotov imobilizou-se por um curto instante para gozar de seu efeito.

— Para encerrar as questões indiscretas, se me permite, não é um pouco difícil... como dizer, ainda que seja pelo socialismo e a pátria, dar-se assim, a homens que você está proibida de amar?

A jovem esforçou-se por não olhá-lo para responder:

— Nada é difícil quando se cumpre o dever.

Plotov plantou-se diante dela e, levantando a cabeça para interceptar seu olhar, lançou-lhe, num tom definitivo acompanhado de um sorriso para atenuar a aspereza:

— Se posso confessar minha convicção, acho que você não gosta de homens.

Com o sol na cara, a jovem respondeu sem piscar os olhos:

— Acho que posso convencê-lo do contrário, se desejar.

Por resposta, Plotov emitiu um pequeno "hum" difícil de interpretar. Escolheu esse instante preciso para dar meia-volta.

No caminho, não falou e pareceu sucessivamente pensativo, preocupado e chocado. Evidentemente, não conseguia exprimir emoções que se misturavam na sua mente, incapazes de se exteriorizarem. A jovem não pareceu perturbada em nada. Diante da entrada do prédio, Plotov decidiu deixá-la, julgando que aquela primeira entrevista havia durado o bastante. Ela enviou-lhe um sorriso educado mas, antes de desaparecer no saguão, virou-se e disse sorrindo:

— Afinal, não caminhamos muito. Você vai ter de renovar o guarda-roupa. Se precisar de dinheiro, não hesite em falar comigo.

*

Plotov olhava a ponta dos sapatos. Considerando seu tamanho, os olhos dele não tinham um longo caminho a percorrer. O coronel desabotoara o colarinho e acabava de acender um cigarro. Ele inspirou a plenos pulmões antes de soltar uma fumaça pesada de contornos alaranjados e azulados à qual se misturaram as seguintes palavras:

— Está certo disso?

— Não tenho a menor dúvida, coronel. Essa mulher, por suas insinuações, tentou me corromper. Primeiro ao me propor seus encantos, depois, dinheiro. Quanto ao resto, sobre o que acontece em Berlim Ocidental, não fiquei sabendo muito. Mas estou convicto: essa mulher não gosta de homens. Acrescento que ela os despreza o bastante para lhes oferecer o corpo sem escrúpulos. Não estou longe de concluir que prefere as mulheres.

— O que o leva a dizer isso?

— Perguntei-me por um longo tempo por que eu não achava ela sedutora. A resposta é que nada na atitude dela traduz um desejo sincero pelos homens.

— Qual é a sua conclusão?

— Acho que nunca vamos saber realmente o que ela está aprontando com seu correspondente no lado ocidental, mas, na falta de uma verdade plena e inteira, tudo nos incita a desconfiar. Nada detém essa mulher na Alemanha Oriental. Ela não tem marido nem filhos. Habituou-se às facilidades da vida no Ocidente e acho-a capaz de viver sem perspectiva ideológica. Acrescento que preparar-se para uma arrumação radical do socialismo juntando desde já uma boa graninha no exterior é uma maneira de não ser pego desprevenido. Para encerrar, existem os fatos. Ela claramente me propôs dormir com ela, da mesma forma que me ofereceu dinheiro, de maneira muito hábil, num tom de brincadeira.

O coronel, como se uma inspiração pudesse lhe vir do cenário desesperadoramente sombrio que se oferecia a seus olhos, olhou através da janela, impressionado com a ausência de cores, como se o céu tivesse fornecido os materiais de construção dos prédios administrativos que obstruíam a perspectiva. Ele batucou os dedos na placa de vidro que recobria a escrivaninha.

— Qual é a sua proposta?

Plotov crispou-se. Para disfarçar, empinou-se no assento e fechou o primeiro botão do paletó. Apertou em seguida os maxilares antes de soltá-los:

— É preciso prevenir a Stasi e colocá-la fora de condições de prejudicar. Há poucas chances de que estejamos errados. Essa mulher vai transmitir, estou convencido disso, malas de documentos sobre as tropas do Pacto de Varsóvia.

— E nós receberemos outro tanto da Otan, não?

— Certo, mas...

— De qualquer modo, é uma traidora.

— Temos indícios suficientes para pensar isso.

— Se informarmos a Stasi, ela não fará nada, estou convencido. Desde a perestróica, eles consideram que estamos amolecendo e a confiança desgastou-se um pouco. As conseqüências podem ser terríveis se certas informações passarem para o lado ocidental.

— Então, o que propõe?

— Temos que eliminá-la.

O coronel, por única reação, franziu as narinas. Depois de ter recuperado o fôlego, soltou:

— Prefiro a idéia de um desaparecimento, mas não sejamos mesquinhos, o resultado é o mesmo. Vou propor essa solução à minha hierarquia. Quem cuidará disso?

— Na minha opinião, seria mais discreto mandar os nossos agentes operarem no lado ocidental.

— Você está seguro do que pensa, não é? Não estamos agindo um pouco rápido demais?

— Sempre há um risco, coronel, uma margem de incerteza, mas as verdadeiras decisões não admitem hesitação.

— Logo, você assume.

— Assumo, coronel.

O coronel pareceu pensativo. Não como um homem que amadurece uma decisão, mas antes como alguém que rumina os detalhes de sua execução.

— Pergunto-me se é uma boa idéia ela ser suprimida por agentes estacionados no lado ocidental. Eles vão ter a polícia criminal pelas costas e arriscamos incomodar nosso dispositivo global. Liquidá-la no território alemão oriental é expor-se a uma explicação de textos com a Stasi que não quero ter. A Stasi deve crer que ela foi eliminada por serviços de informações da Alemanha Ocidental. Prefiro que você vá até lá abatê-la e que volte logo. Qual é o seu ponto de vista?

Plotov inchou feito uma criança que se prepara para bater seu recorde de apnéia no banho:

— O senhor tem razão, coronel, é a melhor solução. Entretanto algo me incomoda.

— O quê? Tem medo de não ir até o fim?

— Nada disso — defendeu-se Plotov. — O que me preocupa é que vamos perder a oportunidade de obter informações sobre a frota submarina da Otan.

— Concordo, mas não se pode ter tudo. Vou acompanhá-lo até Berlim Ocidental, de modo a servir de isca para a contra-espionagem ocidental e apoiá-lo em caso de problemas. Vou prevenir a hierarquia. Talvez achem que estamos indo um pouco rápido no trabalho. Mas o que são a vida dessa mulher e uma promessa de informações sobre submarinos da Otan, comparados ao risco de divulgar informações consideráveis sobre dispositivos do Pacto de Varsóvia?

— Nada.

— Nada, exceto que o Pacto de Varsóvia provavelmente vai estar morto no mais tardar dentro de alguns meses — acrescentou o coronel, sonhador.

— É verdade, coronel, mas se olharmos a história, quantos homens morreram no último dia da guerra? Para que a guerra acabe, é preciso um último dia. Ou então seria preciso uma convenção internacional proibindo que se matasse no último dia de guerra — acrescentou Plotov, contente com suas palavras.

— Mas como saber, na véspera do último dia de guerra, que esta vai acabar no dia seguinte? É esta a verdadeira questão — acrescentou o coronel sorrindo. — Chega de brincar. Exceto se você tiver dúvidas, não temos razão alguma para recuar.

*

O apartamento dos Plotov pertencia a uma residência construída para alojar funcionários dos países irmãos no meio de quadros modelos da informação militar da Alemanha Oriental. Blocos de concreto feios por fora, o interior dava a ilusão de conforto. Ao chegar ali, a família se esbaldara. O oficial se lembrava, como a mulher, dos dias em que, com a primeira filha, dividiam 26 metros quadrados com os pais num prédio vetusto, longe do centro de São Petersburgo. Sua mulher suportara relativamente bem aquela coabitação com os sogros, ainda que às vezes tivesse a sensação de que só tinham olhos para o filho. Tinham por ele um amor imenso mas pudico e sentiam por cada um de seus atos um imenso orgulho. Consideravam a nora na medida em que toda a sua ação concorresse para também valorizar o filho. Nem todos os agentes do KGB tinham permissão para viajar. Certo, teria sido mais prestigioso ter sido nomeado para uma capital ocidental no coração da guerra dos serviços de informações. Mas isso lhe bastava para sentir-se acima da massa dos agentes nomeados para tarefas de vigilância interior em cantos com freqüência distantes da URSS. Sua viagem, dentro de alguns dias, para Berlim Ocidental era um passo a mais na carreira. Ele tinha pressa de descobrir o Ocidente por si mesmo. O inimigo de sempre, sombra que pairava sobre a ideologia pela qual ele combatia, ia aparecer diante de seus olhos, permitir que fizesse para si um juízo. Teria pulado de alegria, mas nada mostrou à família, e nada falou do verdadeiro motivo de sua viagem, que apresentou como uma missão de inspeção no interior da RDA. Quando a temperatura permitia, ele gostava de ficar na sacada do apartamento, por si só sinal de seu êxito social. Era ali que amadurecia muitas reflexões sobre sua estratégia pessoal. Apoiado no parapeito de ferro grosseiro, olhava embaixo o vaivém dos poucos carros de residentes. Surpreendeu-se confessando-se que de fato detestava aquela alemã. Um ódio providencial que facilitava a tarefa. Nunca tinha matado ninguém, mas para isso vinha se preparando havia muito tempo, consciente de que suas responsabilidades um dia ou outro o conduziriam a suprimir vidas. O homem era sutil o bastante para saber que as acusações que ele fizera à jovem espiã, sem serem pequenas, tinham mais a ver com a intuição do que com fatos confirmados. Mas considerava que suas convicções eram o que mais se aproximava da verdade. Sentia um orgulho enorme por ter assumido, sobre bases subjetivas, eliminar aquela mulher que sozinha podia abalar a relação de forças entre o Leste e o Oeste. Aquela escapada ao lado ocidental, autorizada pela hierarquia, era um sinal de confiança que ultrapassava o escalão regional. Em Moscou, já deviam considerá-lo um elemento de valor.

*

Dias mais tarde, o coronel e Plotov rodavam pela autoestrada, documentos falsos no bolso, a bordo de um carro cuja documentação era fria. Seus movimentos não deviam ser percebidos nem pelo governo da RDA nem pelo da Alemanha Ocidental. O jovem oficial dirigia, para a maior satisfação do coronel que não gostava desse exercício.

— Estou pensando no que eu lhe dizia no outro dia. Tenho medo de que eliminemos essa mulher por nada. De qualquer modo, as informações que ela arrisca divulgar vão estar nas mãos dos ocidentais daqui a alguns meses.

— Se me permite, coronel — respondeu Plotov, empinando-se no banco do motorista —, acho que o problema não é esse. O fato de essa mulher informar um inimigo que talvez não o seja mais daqui a alguns meses não muda nada. Estamos confrontados com uma alta traição. E nunca ouvi dizer, deste lado da Cortina de Ferro, que ela fosse tratada como um delito normal. Além do mais, ela se prepara para desertar a pátria.

— A Alemanha é a pátria dela. Talvez por isso ela não tenha esse sentimento.

— Nesse nível de responsabilidade, não estamos no direito de antecipar sobre evoluções. A situação jurídica é hoje a que é. Se amanhã mudar, será outro assunto. Para nós, pouco importa, o direito é o direito. E do ponto de vista do direito, essa mulher intriga contra nós e contra o país dela. Acrescento que ela tem consciência disso e que começa a se arrepender.

— Como assim?

— Ontem mesmo eu estava pensando nisso e me dizia que se essa mulher se revelou tão rapidamente ao me fazer propostas indignas, é que ela mesma busca pagar o preço de sua redenção. Caso contrário, teria adotado outra estratégia comigo usando o tempo como aliado. Ou então desafiou-me, embora achasse que a ausência de provas iria salvá-la. Mas não precisamos de prova alguma. Onde ela acha que está? No Ocidente, para imaginar que vamos ficar anos instruindo um processo de acusação?

— Você deve ter razão. Reconheço bem aí a sua formação de jurista. Teria dado um bom procurador.

— Pensei nisso na época.

Em seguida, o coronel soltou um longo suspiro amargo antes de retomar, com o rosto virado para as extensões agrícolas:

— O fato é que está entrando água no barco por todos os lados. Os países irmãos estão rachando como as fundações de uma *dacha* após um verão de muito calor. Eu daria muito para não assistir ao espetáculo que se prepara.

— É incontestável, coronel, o nosso sistema está doente, mas não cabe a nós acompanhar esse movimento mortífero. Pelo menos para nossa própria estima. Ela nos será útil nos próximos meses.

O trajeto não foi longo. Berlim Ocidental, cercada pela RDA, era apenas uma ilhota ocidental no meio de um oceano comunista. Na hora de atravessar a fronteira, Plotov sentiu um beliscão no estômago. Poderia ser atribuído ao entusiasmo da descoberta. Não era nada disso. Ele tinha simplesmente a vertigem da novidade. Os documentos falsos e a falsa qualidade de diretores de fábrica não colocaram problema algum aos guardas das fronteiras dos dois lados. Pouco tempo depois da passagem do muro do grande portão, estacionaram o carro para continuar a pé. Asseguraram-se discretamente de que não estavam sendo seguidos e, apesar do sentimento de que ninguém estava atrás, impuseram-se um percurso em que sucessivamente se misturaram na multidão dos transportes públicos e das grandes lojas. Tinham reservado o dia para cumprir a missão. Bem rápido, o jovem oficial formou uma opinião sobre esse novo mundo que ele descobria. Belos carros, a eles não era insensível, multidões impacientes de consumir, e uma estranha pressa em se deslocar. Quanto ao resto, não teve tempo de ver muita coisa. Seu plano era apresentar-se no escritório da alemã e convencê-la a segui-lo sem avisar a ninguém. Deviam em seguida pegar um táxi na direção de um bairro onde havia entrepostos abandonados. Era ali que ele devia executá-la. O coronel devia juntar-se a ele para ajudá-lo a ocultar o corpo, tempo suficiente para que deixassem a cidade. Para estar seguro de que a mulher estaria no escritório, o coronel havia pedido a um de seus agentes que telefonasse para ela fazendo-se passar por um provável cliente. Um encontro fora marcado para as 14h.

Dois minutos antes, Plotov se apresentara na sede da empresa. O local e as instalações modernas sem excesso faziam dela um disfarce ideal. O oficial aguardou num canto previsto para esperar e folheou uma revista de informática deixada sobre uma mesa baixa, por trás da qual escondeu o rosto da jovem recepcionista. A alemã só o reconheceu quando ele se sentou à sua frente na mesa. A inquietação de reencontrar o pequeno soviético daquele lado da Cortina de Ferro ficou patente em seu olhar. Com voz suave e normal, ele simplesmente lhe perguntou se tinha um encontro e em que lugar.

— Tenho que visitar um funcionário da assistência social no escritório dele daqui a uma hora.

— Perfeito. Vamos sair juntos daqui, da forma mais natural do mundo. Você mandará chamar um táxi. Em seguida, iremos encontrar uns amigos.

A jovem, um pouco assustada, esforçou-se para manter a segurança.

— E por que esses amigos?

Plotov surpreendeu-se improvisando.

— Um pequeno comitê. Veja bem, o caso que você está tratando é de importância. Ao mesmo tempo, é muito difícil ter uma opinião. Decidimos, então, fazê-la passar pelo detector de mentiras.

— Posso recusar me submeter a ele — objetou a jovem, ofendida.

— É claro que pode. Mas não aconselho. Poderíamos ser levados a tomar medidas muito mais radicais sem nos reportarmos às autoridades da RDA. Seria então difícil investigar o seu desaparecimento.

Plotov enfeitou as palavras seguintes com um sorriso cristalino.

— Se você me disser, aqui e agora, que está trabalhando para o lado ocidental, ainda é tempo de mudar o programa. Aliás, se for o caso, no seu interesse, a melhor solução seria confessar logo. Não penso que tenha tido tempo de fazer muitos estragos. Vou me contentar com um relatório à Stasi. Até eles reagirem, você poderá se colocar sob a proteção das autoridades da Alemanha Ocidental. Não quero prejudicá-la pessoalmente, ainda que execre os traidores. Então?

A jovem levou alguns segundos pensando.

— Não tenho absolutamente nada a me reprovar.

— Muito bem, então vamos.

A jovem mandou chamar um táxi que os esperou na porta do prédio. O chofer, um turco recém-chegado ao país, falava a língua com dificuldade. Plotov então concluiu que podiam continuar a conversa. Indicou ao chofer um endereço que fez a jovem alemã estremecer.

— Assim, você compreende que não estamos indo ao encontro de prazeres. Uma área de armazéns e hangares na maioria abandonados, lá se pode cantar aos berros sem perturbar os vizinhos. O trajeto, segundo as minhas informações, deve durar 25 minutos. Você pode descer quando quiser. É com você.

O silêncio instalou-se, apenas mais pesado que os pensamentos. Com mais de um terço do caminho percorrido, a jovem dirigiu-se ao oficial russo sem olhá-lo, os olhos fixos na nuca do motorista.

— Tenho uma proposta a fazer.

— Estou ouvindo — respondeu Plotov com alegria.

— Nós mudamos de direção para ir a um banco. Num cofre, há um milhão de dólares. São seus.

— Por que uma oferta tão generosa?

— Porque você não vai me deixar ir embora se eu me limitar a reconhecer certos fatos.

— O problema é que eu tenho mulher e filhos.

— Serei sua enquanto cuido de trazê-los para cá. Se estiver de acordo, eles estarão aqui amanhã de manhã. As autoridades vão estar tão ocupadas nos procurando que não verão eles irem embora.

— Temos um problema bem mais sério.

— Qual?

— É que não me corrompo. Gosto do meu conforto, mas não a ponto de renunciar ao poder em seu favor. Além do mais, não tenho a mentalidade de um trânsfuga, não sei dizer obrigado.

— Mas, daqui a alguns meses, não haverá mais muro, você sabe disso muito bem.

— Haverá outro, menos visível, o da nossa consciência nacional. Sejam quais forem as mudanças que estiverem por vir, nós russos nunca nos integraremos ao concerto das nações ocidentais. Somos diferentes demais e sou muito ligado a essa diferença. Temos uma vocação a propor às nações que nos cercam, um modelo original, você vai ver...

— Não acho que vou ver grande coisa — replicou a jovem, esforçando-se por sorrir.

— Que o mundo evolua de uma maneira ou de outra, é verdade que os traidores nele não têm lugar. Mas não cabe a mim decidir.

— E se coubesse a você?

Plotov voltou para a jovem um olhar vazio.

— Eu mataria você, sem dúvida alguma.

Como a jovem começava a chorar, ele olhou pela janela. Nesse bairro, os prédios eram idênticos aos do Leste, blocos de concreto traçados a régua, a sujeira e, além disso, uma população morena.

A zona dos armazéns abandonados estava deserta. O carro parou. Num alemão aproximativo, o motorista lhes perguntou se estavam certos de querer parar naquele fim de mundo. Pela expressão do oficial, compreendeu que era inútil insistir. Pegou o dinheiro, apressado em deixar o local. O oficial do KGB desceu primeiro e abriu a porta da alemã, que se esforçava para mostrar uma cara boa. Caminharam em seguida ao longo de um depósito sem janelas. Plotov encontrou uma porta e a empurrou.

A jovem fez uma última tentativa de comprá-lo aumentando a oferta para um milhão e meio de dólares, sugerindo que poderiam abrir uma conta para ele naquele dia mesmo e que ele não seria obrigado a fugir logo. Essa derradeira oferta não mudou nada.

Ele tirou uma pistola do bolso da capa de chuva e, antes de carregá-la, disse:

— É a primeira vez que vou abater alguém a sangue-frio. Sei que é uma tarefa que não vai me proporcionar prazer algum. Mas não tenho escolha. E matar uma mulher não muda nada na história. O socialismo trabalhou muito para alçar as mulheres ao nível dos homens. Você vai conhecer o lado ruim da igualdade dos sexos. Vai com certeza ser uma das últimas vítimas da Guerra Fria. Mas é preciso que seja assim.

Nesse instante, o oficial ouviu um ruído atrás de si. Reconheceu a silhueta do coronel e ficou um pouco aliviado por não ter de cumprir sozinho o trabalho sinistro. Sentia-se feliz por poder lhe anunciar que ela havia confessado.

O coronel não tinha nem um pouco a cara de um homem que se prepara para assistir a uma execução. Estava relaxado e sorridente. Por intuição, o oficial voltou-se para a jovem. Ela também sorria.

— É o fim do último ato, Plotov — disse ele aproximando-se. — Toda essa encenação só tinha por objetivo testar a sua lealdade, e você se saiu com louvor. Nem o dinheiro nem as promessas voluptuosas venceram a sua integridade. Tampouco hesitou quando se tratou de eliminar um inimigo. A iminência de mudanças radicais não teve efeito sobre a sua determinação. Está ótimo. Se você fosse um artista, eu aplaudiria.

Plotov sentiu-se tomado de náuseas. A vertigem de uma humilhação semelhante àquela do menino menor e menos forte que os outros a quem colegas de escola mal-intencionados abaixam as calças num pátio de recreio expondo-o às zombarias das meninas. Sua mão apertou forte a coronha da pistola sempre enfiada no bolso da capa de chuva. Se tivesse obedecido aos sentimentos, teria matado os dois naquele depósito poeirento testemunha de sua humilhação. Mas, ao contrário de um psicopata comum, ainda que submerso pela emoção, ele era incapaz de ir contra seu interesse. Então, engolindo tudo, esboçou um sorriso cúmplice.

— Agora, sabemos com quem estamos lidando — disse o coronel mostrando o caminho da saída. — Com um pouco mais de experiência, teria sabido que as nossas relações com a Stasi nunca poderiam tê-lo colocado numa situação dessas. É um pouco duro para você, mas era preciso, uma hora ou outra na sua carreira, que o colocássemos em perigo. O exame foi um sucesso. Enfim, se conseguir superar a raiva. Tente fazer do sangue-frio um traço de caráter. Você vai ver, é útil nos grandes períodos de mudança.

*

Sangue-frio quase ainda faltou a Vladímir Vladímirovitch Plotov, meses mais tarde, quando opositores ao regime, cujo número inchava feito uma torrente de montanha com o degelo das neves, invadiram seu escritório. Desde o início dos distúrbios, ele não dormira, ocupado que estava em destruir e queimar todos os documentos confidenciais que poderiam cair nas mãos dos opositores. Quando ficou claro que a turba não desistiria e que arriscava ser agredido como os agentes da Stasi estavam sendo pelos insurgentes, ele aguardou as ordens de Moscou. Não chegaram nunca. A única satisfação naquele momento de apocalipse, ao qual ele escapara fazendo-se passar por um intérprete, veio-lhe da imagem da bela alemã às voltas com a vingança popular. Ela perdera a soberba e ele não teve por ela a menor compaixão. Dias mais tarde, fugia pelas estradas de volta à URSS, acompanhado de sua pequena família cujo espaço no carro era dividido com a máquina de lavar roupas que traziam junto. Se tivesse adormecido de cansaço ao volante e batido num caminhão em sentido contrário, sua vida teria parado num momento em que não merecia nem sequer um olhar.

ANTEROGRADO

Foi no alto da nossa escada que cruzei com Aleksandra Aleksándrovna naquele dia. Sua testa estava cortada por uma ruga discreta, como que o início de uma censura que ela não tinha coragem de me fazer.

Eu estava, para simplificar, bem enjoado por ter fumado em jejum. De madrugada, saíra para buscar um bujão de gás no centro comercial mais próximo, inquieto com a luz fraca do fogão. Esperava encontrar uma grossa camada de gelo no pára-brisa do carro, mas não foi nada disso. A noite fora seca ou então o vento virara. Se não estivesse carregando aquele bujão pesado, eu certamente não teria parado diante da porta para fazer uma pausa, recuperar o fôlego e respirar um pouco. Foi nesse momento que Aleksandra Aleksándrovna saiu do apartamento. O branco de sua *chapka*[2] contrastava com o rosado de suas bochechas e o azul longínquo de seus olhos puxados, como se um antepassado da Ásia Central se tivesse convidado sobre seu rosto de loura. Ela carregava um cesto grande trançado a mão.

Aleksandra não era uma simples vizinha. Tínhamos coabitado durante três anos no apartamento que agora ocupo

---

[2]Chapéu de pele com abas para as orelhas. (*N. da T.*)

só com os meus. Na época — falo de anos que precederam a queda do comunismo —, éramos três famílias alojadas, se é que um casal de velhos e uma mulher sozinha constituem cada um uma família. O homem morreu de cirrose e a companheira, de tristeza, com umas semanas de intervalo. Pouco tempo depois, Aleksandra também nos deixou, para pegar o pequeno apartamento de frente, no mesmo andar. Ele está situado em cima de uma antiga loja do Estado, transformada em restaurante de nome italiano, onde se come comida russa que propriamente não existe, já que resulta de uma mistura de pratos poloneses e judeus que não têm muita coisa a ver com a cozinha judia polonesa, hoje desaparecida em seu país de origem pelas razões que sabemos.

A revolução durou pouco mais de setenta anos, se aceitarmos a idéia de que a revolução é bem o trajeto percorrido por um planeta para voltar ao ponto de partida, ao girar sobre si mesmo. Assim, Aleksandra foi morar no apartamento comunitário três anos antes do fim da revolução, no final dos anos 80. Não estávamos particularmente apertados, mesmo depois de sua chegada. Ela era discreta, falava pouco, escutava muita música e usava o sorriso para manter os outros a distância. Minha mulher queixara-se ao poder público, sem me contar, por ter-nos imposto uma mulher solteira como co-locatária. Ela julgava "que não era moral". O poder público lhe respondera que não a considerava uma mulher solteira já que era viúva. Minha mulher não nutria em relação a ela, disso estou convencido, nenhum sentimento de ciúme e nada tinha a lhe reprovar, mas não suportava vê-la ali, partilhando, contra a sua vontade, a nossa intimidade. Não a achava organizada o bastante para seu gosto. A obsessão pela ordem e a limpeza costuma ser uma maneira de escapar à própria desordem interior. A cozinha e o banheiro eram os únicos cômodos comuns. Os sanitários ficavam no corredor. Nós os dividíamos com os vizinhos da frente e serviam de pretexto para muitas brigas. Não nos queixávamos, pois o tempo passava mais devagar que hoje e os assuntos de interesse não eram tão freqüentes.

Após a queda do império soviético e a partida dos vizinhos para uma cidade do Sul, Aleksandra Aleksándrovna pôde instalar-se em frente. As autoridades até lhe propuseram que comprasse o apartamento por uma soma irrisória, que ela tomou emprestado endividando-se por 15 anos. Não devemos estar longe desse prazo hoje.

O governo decidiu bem rápido privatizar os apartamentos comunitários após a queda do império (não digo queda no sentido de uma rendição militar mas, antes, do desabamento de uma charrete sob o peso de um burro morto), mas nunca resolveu o problema das partes comuns. Um vazio jurídico subsiste quanto a saber quem cuida dos sanitários, das escadas e do elevador. Sem falar do aquecimento do qual o Estado poderia em breve se desinteressar, um verdadeiro problema num lugar onde os grandes frios costumam se prolongar por mais de seis meses. O governo por enquanto paga, é uma certeza; aliás a prova disso é que estamos superaquecidos.

Há uns 15 anos, dois ou três dias antes do Ano-novo, nevava abundantemente. Grossos flocos penavam para descer ao longo das janelas para pousar feito plumas de ganso num chão cintilante. A neve, tão familiar a nosso povo, engordava seu envelope protetor, como se quisesse sufocar um pouco mais o rumor discreto de nosso tédio. Era quase meia-noite. Eu estava lendo no pequeno cômodo que reservávamos para esse fim, um corredor relativamente largo, mobiliado com quatro poltronas rudimentares, alguns bibelôs notáveis por não terem mais valor a não ser o afetivo e uns cinqüenta livros dos quais três eram proibidos, pousados em estantes de faia. Minha mulher e as duas crianças dormiam. O velho casal provavelmente cochilava de seu lado, àquela hora a garrafa já fora entornada. Eu costumava ir toda noite ao banheiro logo antes de me deitar. Abri a porta, pensando que não havia ninguém do lado de dentro. Eu de fato havia notado um filete de luz mas não era raro alguém deixar o local sem apagá-la. Aleksandra estava diante do espelho. Anos de solidão apaziguada se ofereciam de costas numa nudez levemente alterada pelos cabelos caídos sobre o pescoço. Ao me ver, não se mexeu. Aproximei-me, fugindo de seu olhar que se refletia no espelho, e juntei seus cabelos com uma das mãos para levantá-los sobre a cabeça. Em seguida, beijei-a naquela pele que eu acabava de libertar, da raiz de seus cabelos até o fim da nuca. Só os larguei quando nosso abraço chegou ao fim, pouco depois de ter começado, têmporas ardentes e pernas bambas, surpresos um e outro sem nada nos dizer por não termos nem sequer tomado a precaução de passar a tranca. E fui embora, recuando, para não dar as costas àquela mulher que em nenhum momento me olhara de frente. Em seguida, enfiei-me no leito conjugal, como o mais reles dos traidores. Depois daí, jamais recomeçamos. Sabíamos os dois que não poderíamos fazê-lo sem mudar por completo nossas vidas. Continuamos a morar no mesmo apartamento, sem constrangimento nem cumplicidade. No entanto, não se passava um dia sem que voltasse à minha memória aquelas costas de um branco de giz pousada sobre ancas sólidas, aquele corpo esquecido pelo luto que reclamava sua dívida. Fiquei sabendo de sua partida para o apartamento da frente com um alívio misturado ao temor de que aquele ínfimo afastamento fosse pretexto para nos aproximar. Ela se instalou na solidão em toda quietude e a boa co-locatária transformou-se em boa vizinha. Nossos encontros fortuitos desenrolavam-se com naturalidade, sem equívoco, e era por essa razão que eu me espantava nesse dia de ver a contrariedade entristecer seu rosto. Ela pousou no chão a cesta trançada para me falar do problema dos sanitários que não funcionavam bem.

— Temos um grande problema — ela começou, constrangida por abordar essa questão trivial. — Sei que são partes comuns, mas não tenho meios de agir.

Com uma cara queixosa e sincera, prosseguiu:

— Sei muitas coisas, Pável, e estou de todo coração com você, como sabe. Mas também anunciaram por toda parte no rádio que você ia receber uma grande soma de dinheiro, que você merece de verdade.

— Trata-se só de um anúncio, Aleksandra, e você sabe o que valem os anúncios — respondi.

— Ah, sim, eu sei. Minha pensão de viúva não vem há quatro meses e meio. Fico cercando o escritório do governo de manhã até de noite e...

— Mas se você precisar de qualquer coisa, Aleksandra, saiba que...

— Sei que você não é rico, mas com toda certeza vai se tornar. Não peço nada, só que o mau funcionamento das partes comuns não torne a minha vida mais difícil, entende?

— Entendo muito bem, mas não estou em condição de chamar alguém e pagar pelo serviço, e certamente ainda vai demorar antes que eu tenha meios...

— Não, acho que desta vez vai andar rápido, tenho a íntima convicção. Eles não podem deixar isso se arrastar, há muita gente falando dessa história, e, se posso me permitir, é a sua sorte.

— Vou tentar resolver o problema eu mesmo. Hoje de manhã é impossível, estou esperando um representante ligado à Presidência dentro de pouco mais de uma hora, mas esta tarde mesmo vou desmontar essa fossa miserável e consertá-la.

— Muito bem, mas, a propósito, como vai sua mulher?

— Tão bem quanto possível, obrigado. Acho que ela está com uma boa aparência nestes últimos tempos.

Ela me sorriu antes de baixar os olhos, não sabendo como terminar essa conversa. Aproveitei para retomar:

— Lamento que nós dois não conversemos com mais freqüência, sem ser sobre estes problemas de administração, não acha?

Ela respondeu como se os lábios se animassem por si mesmos sem terem recebido ordem:

— Por mim, tudo bem, Pável, mas você parece tão ocupado.

— Vou dar um jeito para me liberar nas próximas semanas.

— Aproveite, não são homens que passam duas vezes. Uma já é quase um milagre.

— Concordo com você. Aliás, vou trocar logo esse bujão de gás antes que chegue o representante da Presidência. Mas tudo o que conversamos está de pé. Breve vou bater em sua porta, se você me autorizar.

— Está autorizado, bata quando lhe der prazer.

— Uma última palavra, Aleksandra Aleksándrovna. Não vejo nada de equívoco no fato de que conversemos um pouco os dois, mas eu gostaria que o nosso encontro fosse ainda mais discreto por ser sem ambigüidade. Minha sogra fica na minha casa o dia inteiro para fazer companhia à minha mulher e eu não quero despertar nela pensamentos que viriam alegrar sua rotina, entende?

— Entendo muito bem, Pável.

Ela sorriu um desses sorrisos que são o arcabouço de um rosto e nos deixamos satisfeitos, presumo.

O homem sentado no sofá anos 60 de nosso salão tem o ar ofendido. Não desolado nem contrariado, não; ofendido como a dona do quiosque em *O mestre e Margarita*[3] porque ela não tem mais garrafa d'água de Narzan para oferecer aos clientes. Embora as circunstâncias não se prestassem a uma análise mais fina de seu estado, pareceu-me que, bem lá no fundo dele mesmo, se, num cantinho de sua mente, tinha consciência do trágico de sua missão, não era o que deixava parecer. Ele estava ali obrigado, numa situação em que o governo não estava em posição vantajosa mas que ele tentava recuperar. E essa missão não devia ser comum para esse homem que, neste início de século XXI, aproximava-se dos 60 anos, dos quais uns bons quarenta a vigiar os outros sem jamais ter refletido sobre o sentido de seu trabalho.

O detalhe, desde sempre, foi o meio para os homens pequenos caçarem as grandes almas. Nosso antigo regime fizera do detalhe um deus e eu tinha diante de mim um de seus sacerdotes.

Ele estava espremido num paletó curto de mangas de onde saíam mãos grossas e peludas e uma barriga redonda que parecia precipitar-se fora de seu corpo para por ali escapar.

---

[3]Famoso romance de Mikhail Bulgákov. (*N. da T.*)

Seus olhos de mongol num rosto de mujique engraçado não paravam de girar em círculos como se não quisessem parar em nada nem em ninguém. Ele chegara com um ligeiro atraso pelo qual se desculpara sem convicção. Apesar desse atraso, fora obrigado a seguir seu programa e a fazer em particular uma parada no FSB,[4] por motivos totalmente alheios a meu dossiê, apressara-se em precisar. Servido o café, ele se aprumou na poltrona para assumir um ar sério.

— Represento aqui o presidente da Federação da Rússia e quero lhe dizer que estamos muito penalizados com esse caso.

Como eu não respondia nada, ele pousou pela primeira vez seu olhar no meu rosto esboçando um sorriso cheio de reserva.

— Vi duas outras famílias antes da sua, e o senhor é aquele que mostra aparentemente mais coragem e até dignidade, se a palavra não for um pouco forte.

Ele parecia menos rústico que as aparências podiam fazer pensar. Retomou:

— Estou aqui para lhe comunicar a oferta, em todo caso informal, de nosso governo.

No entanto abriu uma pasta de documentos que havia colocado junto aos pés e tirou dela uma folha que leu para si mesmo, antes de resumir os principais termos.

— Nós lhe propomos dez anos de soldo de um jovem tenente de navio a título de indenização, ou seja, 600 mil rublos que lhe serão pagos de uma só vez.

---

[4]Serviço Federal de Segurança da Rússia, sucessor do KGB. (*N. da T.*)

Fiquei impassível pela simples razão de que a soma oferecida era próxima daquela citada pelos boatos. Mas como não se tratava de satisfação e menos ainda de mostrá-la, insisti à minha maneira:

— Essa soma não inclui os soldos atrasados, imagino. Parece-me que eram de quatro ou cinco meses.

— É totalmente possível, mas isso não me diz respeito, é da competência da marinha. O montante de que lhe falo foi recolhido junto ao governo e a generosos doadores, oligarcas. Não sei muito bem quais são as contribuições respectivas de cada um e, aliás, imagino que isso não tenha importância alguma, um rublo é um rublo. Esta é a primeira parte da oferta.

Ele enxugou a testa com as costas da mão, levou a xícara de café à boca, tomando cuidado para não mergulhar a gravata que balançava diante da barriga gorda feito um pêndulo de relógio, da frente para trás. Enfiou de novo a cara nos papéis antes de prosseguir, como funcionário consciencioso que era:

— Esta é a primeira parte da oferta. Agora, a segunda consiste em lhe propor um alojamento em São Petersburgo. Um grande alojamento, com todas as comodidades, nada a ver com o que o senhor tem aqui, que, aliás, parece confortável e bem espaçoso a julgar pela sala.

Eu não esperava essa proposta, e fui pego um pouco desprevenido. Era impossível para mim responder favoravelmente.

— Temo não poder aceitar — soltei, de modo seco.

Ele me encarou boquiaberto.

— Mas como o senhor pode recusar? Ninguém fez isso, Pável Serguêievitch.

Voltando da surpresa, ele me perguntou, com dúvida:

— E por que o senhor não aceitaria esse apartamento em São Petersburgo?

— Porque não podemos viver lá.

Ele pareceu completamente desamparado. Depois, veio-me uma idéia.

— Se não aceitarmos o belo apartamento de São Petersburgo, talvez os seus generosos doadores possam nos dar o dele em dinheiro?

Ele nem sequer refletiu.

— Isso está fora de questão, Pável Serguêievitch. A oferta é sem condições. Nem sequer é imaginável o apartamento lhe ser atribuído se o senhor não morar nele; é uma condição expressa a esta proposta.

— Em que incomoda os seus doadores se ocupamos ou não esse apartamento?

— A questão não é para os generosos doadores privados, é o governo que impõe esta condição.

— E por quê, pode-se saber?

— Por quê? Sei lá, não estou a par dos segredos das grandes decisões. Uma única coisa é certa, tenho por missão propor-lhe uma soma de dinheiro e um apartamento em São Petersburgo, contanto que o senhor aceite deixar a região e vá se instalar lá. É uma condição capital, à qual se acrescenta uma obrigação de nunca mais se comunicar com a imprensa, seja ela russa ou estrangeira, e sob pretexto algum.

Considerei por um momento a resposta dele.

— Não tenho intenção alguma de conversar com a imprensa, aliás, não o fiz até hoje. Mas não posso ir morar em São Petersburgo, e esse impedimento é independente de qualquer vontade. É assim. Mas não é uma razão para renunciar ao valor desse apartamento em São Petersburgo.

— Não vejo de que modo poderia ser de outro jeito, a proposta é de todo generosa, mas não admite caso particular...

— Num país que em geral não admite — interrompi-o, esquentando-me de modo um pouco desajeitado como sabemos fazer em nosso país para melhor capitularmos em seguida, apegados que somos à teatralidade de nossa abnegação.

— Não acredito que haja precedente de uma indenização como esta na história do nosso país — retorquiu ele.

Nesse instante preciso, minha mulher entrou na sala. Parecia um fantasma. Avançou na direção do funcionário para cumprimentá-lo e como se, de repente, tivesse perdido o sentido do que fazia, deu meia-volta, virando-lhe as costas, enquanto ele acabava de se levantar para cumprimentá-la. Ela deixou o cômodo sob o olhar espantado do emissário. Ele então se sentou e me olhou de esguelha, preocupado.

— Entendo que o senhor tenha problemas particulares — murmurou ele, concluindo com um longo suspiro. — É assim desde os acontecimentos?

Os acontecimentos... Teria sido mais justo falar de tragédia, mas eu havia entendido que o papel dele não era qualificar os fatos. Também sentia, curiosidade bem comum, que ele teria gostado de saber mais. Não achei decente contar-lhe, as confidências requerem um mínimo de consideração recíproca e estávamos longe disso. Estávamos em negociação, é verdade, mas a piedade não é uma arma, exceto querendo voltá-la contra si. Eu havia assumido o ar evasivo daquele que tanto não tem nada a esconder que nem sequer se preocupa em alinhar as palavras para dizer isso e depois, no tom da falsa confidência, soltei:

— Foi bem antes. Enfim, não faz tanto tempo assim, mas, se quiser saber, o estado dela e os acontecimentos que o trazem aqui não estão ligados. Acrescentarei que agradeço à Providência que esse mal seja anterior à data fatídica, o que lhe evitou muitos sofrimentos.

Depois disso, senti que algo flutuava, uma angústia difusa que quase me teria levado a capitular. Mas, lembrei-me de que o tipo de organização que ele representava, herança de um tempo imemorial, decerto não era por natureza disposto a concessões e isso por uma falta de consideração cultural pela particularidade. Mas, naquelas circunstâncias, eu sabia que eles não podiam deixar de lado uma única das 118 famílias e eu havia decidido tirar proveito disso. A idéia de encontrar um acordo seguia seu caminho em sua mente e ele sentiu prazer em me dar novas precisões.

— Esqueci de mencionar um aspecto que tem a sua importância em nossa proposta, Pável Serguêievitch. O senhor é mesmo professor de história?

Estourei de rir, o que não me acontecia havia meses.

— Mas por que o senhor ri assim, Pável Serguêievitch?

De repente comecei a fazer considerações que o intrigaram muito. Enquanto eu falava, ele me olhava balançando a cabeça como um cão que busca entender o dono.

— Estou rindo porque o riso diz mais sobre a tragédia que a própria tragédia. O riso de comédia não é um riso, é um ricto, uma postura. O riso de tragédia é uma superestrutura das lágrimas. Perdoe-me, senhor emissário, estou rindo porque o senhor me perguntava se sou professor de história. De fato é verdade e, no entanto, após 26 anos de carreira, continuo não podendo lhe dizer o que é a história. Por que esta pergunta?

— Porque está previsto que o senhor seja recolocado num grande liceu de São Petersburgo ou, se assim desejar, numa escola para aspirantes da marinha, ou ainda numa universidade. Escute-me, Pável Serguêievitch, entendi bem que o senhor sofre pressões pesadas, mas não me diga que não quer deixar o círculo polar.

— Não se vive tão mal aqui, a população é interessante. Nenhum lugar no mundo concentra moças tão fascinantes, as pessoas aqui são ao mesmo tempo muito vivas e serenas como mortos, um dia e uma noite fazem um ano; acredite, não é um lugar que deixamos sem nostalgia.

— Logo, o senhor não quer transigir.

— Não me fale de querer. Simplesmente não posso. Não vou sacrificar as referências de uma pessoa que me é próxima em troca de um apartamento, por mais luxuoso que seja, na cidade de Pedro, o Grande.

Mal havia pronunciado essas palavras e eu já mudava de idéia em silêncio, enquanto meu interlocutor parecia às voltas com uma forte atividade cerebral a fim de encontrar uma solução para um problema que não admitia nenhuma outra a não ser aceitar, sem condições, a generosidade de nosso governo e de seus aliados particulares. Eu me preparava para aceitar tudo em bloco, convencido por um realismo repentino, fruto de séculos de submissão ao coletivo, de que eu não podia ser uma exceção. Então, vi seus olhos de mongol se esticarem um pouco mais para que a íris desaparecesse quase por completo e ele só os abriu de novo para me dizer, triunfante:

— Temos um meio de contentar todo mundo, Pável Serguêievitch. Mas, antes de mais nada, só uma perguntinha: o senhor é judeu, não é? Altman é judeu?

É evidente que eu não via muito bem aonde ele queria chegar, mas decidi mesmo assim responder mostrando-lhe que a pergunta dele me desagradava:

— É um nome judeu. Mas o que pode interessá-lo no fato de eu ser judeu ou não? Por que esta pergunta?

— Não é para ofendê-lo, Pável Serguêievitch, mas, ao contrário, o senhor sabe que os judeus têm aptidão para os negócios que os outros não têm. Está nos genes. Mesmo enterrados na ex-União Soviética, esses genes levemente adormecidos não tardaram a ressurgir, e quando se tratou de privatizar nossas riquezas, os judeus foram os mais rápidos a se transformar em oligarcas. Não veja nisto nenhuma crítica, só uma certa admiração. Aliás, de certa maneira, são eles, em parte, que me enviam ao seu encontro.

— Entendo, mas não vejo a relação.

— Não, eu dizia isso porque as razões que o levam a isso são legítimas, e dois homens de negócios hábeis podem encontrar uma solução. Renunciar a um apartamento em São Petersburgo é uma loucura, estou lhe dizendo. Os preços estão subindo, os estrangeiros caem em cima. Com um pouco de realismo, poderíamos resolver este problema. Nós lhe atribuímos o apartamento e o senhor fica aqui com a sua família. É contrário à letra do acordo, mas se o senhor for discreto, não vai haver histórias e estarei aqui para protegê-lo em caso de incidente.

— É muito generoso da sua parte.

— Não me agradeça, estou aqui para pelo menos lhe devolver a tranqüilidade material e sabemos os dois que, em nosso país, não é a menor das coisas. Estamos todos na miséria e temos de nos ajudar. Eis o que lhe proponho mediante uma pequena remuneração para minha proteção, um prêmio de seguro, de certo modo.

— E esse prêmio de "seguro", como o senhor diz, se elevaria a quanto?

— À metade do dinheiro líquido que lhe vai ser pago, acho que é razoável.

Parei por um breve momento para refletir, evitando cruzar o olhar dele. Limpei a voz antes de lhe responder com firmeza:

— Pensando bem, acho que o senhor tem razão. Apesar de todas as dificuldades que são as nossas, vou aceitar as condições da oferta. Vamos nos mudar para São Petersburgo, mas não trabalharei lá. Em contrapartida de não pedir posto em São Petersburgo, peço-lhe para interceder para que me aposentem na Educação. Tenho só 44 anos, mas devo ter direito a alguma coisa, ainda mais que a minha mulher está inválida, entende?

O homem de negócios desapareceu tão rápido quanto aparecera, a tal ponto que, ao vê-lo assim, tornado num piscar de olhos um bom funcionário zeloso, era possível se perguntar se sua incursão no mundo das finanças não havia sido um sonho.

— Um professor de história a mais ou a menos não deve fazer muita diferença. E não se esqueça de que, em hipótese alguma, o senhor deverá se comunicar com a imprensa russa ou estrangeira, vender suas confidências ou mesmo confiar-se gratuitamente ou ainda mencionar esta cláusula.

Quando ele se levantou para ir embora, notei pela primeira vez a que ponto o sangue afluía a seu rosto. Seu olhar se apagara, sua missão estava cumprida. Ele pronunciou algumas palavras de conforto e apertou-me a mão olhando bem nos meus olhos para garantir-me sua sinceridade. Fechei a porta atrás dele, tomado de estranha vertigem. Essa entrevista sobre contingências materiais tinha algo que tranqüilizava: ela me apresentava a preocupações comuns e partilhadas por milhões de indivíduos. Curiosamente, nesse instante, eu me sentia pertencer à vasta comunidade humana. Ela dá a impressão de dilacerar-se para que cada um pegue sua parte daquilo que pensa lhe caber, mas, no fundo, essa luta é só aparente, está ali apenas para preencher vazios bem mais consideráveis. Olhei pela janela. Vários carros estacionados na pequena rua que passava diante de nosso prédio estavam cobertos por um manto branco que datava das primeiras nevadas, e me perguntei quem podia se dar ao luxo de não usá-los por várias semanas.

Depois, uma informação que o emissário me passara voltou à minha mente. O presidente acabava de aprovar a construção de um parque aquático na cidade proibida, à beira da embocadura, a uns 30 quilômetros dali. Para distrair as famílias, não as que iam deixar a região, não essas, mas as outras, as que ficavam naquele perímetro artificial onde só havia fileiras de prédios vetustos, ruas traçadas a régua convergindo para o píer, umas lojas ocidentalizadas há pouco, dois ou três cinemas, uma sala de esportes e, breve, um parque aquático.

Vendo nosso presidente, nós nos perguntávamos de onde vinha essa idéia de recriar as condições do doce calor da flutuação amniótica para uma população traumatizada por acontecimentos dos quais ela se sentia sobrevivente ou, pelo menos, por um tempo. Não havia dúvida alguma de que um de seus conselheiros, psicólogo emérito, devia ter-lhe soprado aos ouvidos que o homem lamenta ter sido um dia ejetado do ventre da mãe em condições brutais e que a terapia do parque aquático é seguramente a mais apropriada para dar de novo esperança a populações abatidas. Ficamos sabendo, há pouco, que o mesmo presidente acabava de mandar construir um outro parque aquático na Chechênia, num bairro pulverizado por nossa artilharia.

*

Finalmente recebi o dinheiro de um banco internacional de Moscou. A espera durou apenas algumas semanas, uma façanha num país onde a unidade de tempo pode igualmente ser o século. Estava tudo lá, tanto os dez anos de salário quanto os atrasados de soldo. Numa carta anexada, figurava o título de propriedade do apartamento de São Petersburgo, situado num bom bairro, com uma descrição bem precisa da área e das comodidades assim como uma cartinha que me lembrava a injunção de me mudar para lá o mais rápido possível. Eles não haviam esquecido a cópia do compromisso que eu tinha assinado de não me comunicar com jornalistas.

Essa notícia na manhã de um dia glacial representava uma profunda mudança em nossa existência. Eu não sabia como dela me apoderar e fazê-la minha. Estava tão entravado quanto alguém que tenta agarrar um caranguejo pela primeira vez, assustado com seus olhinhos de predador e suas temíveis auxiliares, enormes pinças que parecem capazes de cortar qualquer fio de aço. É verdade que se tratava de uma mudança profunda em nossa vida material, como se subitamente se apagassem anos de pressões e trabalho inúteis por um magro salário. Evitava que, daqui por diante, eu tivesse que procurar meu lugar entre o mundo de ontem e o de hoje, aquele ativismo que pedia tanto acomodamento quanto trabalho.

Não se festeja essa espécie de compensação. Eu não podia dizer à minha mulher Ekatierina nada que ela pudesse reter. Quanto a Anna, nossa filha, é claro que eu teria de lhe confessar que o nosso governo e seus amigos oligarcas haviam feito de nós pessoas ricas, guardadas as devidas proporções. Eu não tinha coragem de telefonar-lhe para contar-lhe isso, pois ela, mais que qualquer um, ia perceber que, ao nos livrar das preocupações materiais diárias que até aqui haviam dominado a minha vida e a de sua mãe, esse arranjo nos deixava sós na imensidão, fria e vazia.

Pensei por um momento em bater ao lado para tomar um café no apartamento de Aleksandra Aleksándrovna, mas achei indecente abrir-me com ela sobre o desfecho financeiro do caso. A televisão e as estações de rádio exaltavam a generosidade do governo, a nossa sorte alimentava todas as conversas no estuário, do nosso porto até o mar de Barents, e vangloriar-me desse desfecho diante dela parecia-me particularmente cruel comparado com o que ela também tinha vivido.

No apartamento, minha sogra, como todos os dias, viera visitar a filha, e as duas ficavam discretamente em nosso quarto do qual só saíam para o almoço quase sempre preparado pela *babuchka*. Ela às vezes jantava conosco, mas voltava para dormir em sua casa. Ela uma vez evocara a idéia de instalar-se no apartamento, porém, além de eu não querer que ela ocupasse o quarto vazio, eu recusava essa promiscuidade, mesmo familiar, que me lembrava os anos do coletivismo, quando ninguém supostamente se pertencia e que cada um vagava pelo campo dos outros. A *babuchka* fora professora primária em sua época e tinha com a filha doente a mesma paciência que tivera com as crianças pequenas. Eu me perguntava o que elas podiam conversar dias inteiros, sentadas uma ao lado da outra, só saindo para fazer compras no supermercado da avenida principal. Anna prometera passar para o jantar, o que me deixava feliz. Ela enchia a casa com algo que sempre faltara à mãe e a mim, uma espécie de fé na existência, uma ascendência que ela exercia sobre o tempo, uma maneira de recusar essa contravida que fora a nossa desde sempre, submetida a um ritmo de roedor num campo desolado.

A manhã estava somente começando, fazia noite escura, peguei meu carro e desci até o porto que fica a apenas cinco minutos, a fim de encontrar Boris.

A neve caía em folhas mortas colantes. Dava um pouco de luz natural à cidade que não a conhecia do outono à primavera. No inverno, só saíamos das trevas para uma penumbra crepuscular que nunca durava mais que cinco horas.

Dostoiévski escreveu que existem duas espécies de cidades, as que são espontâneas e as que são premeditadas. A nossa foi assim. Uma aldeia devia prefigurá-la. Seres humanos deviam ter-se perdido por ali um dia, mas, desses povoamentos, não sobrou rastro algum. Quando um visitante estrangeiro nos pergunta onde fica a cidade velha, indicamos a ele os primeiros blocos de prédios construídos na época de Stálin. A idéia de fazer um porto na latitude do círculo polar explica-se pelo fato de que o mar ali nunca congela, aquecido pela corrente do Golfo, um desses raros estrangeiros a ter sido autorizado a circular livremente por nossas costas ao longo de nossa história sem ser um agente duplo.

Dirigindo pela larga avenida que leva ao porto, com o cuidado de não derrapar, eu me sentia aliviado por uma coisa, uma única: que me tivessem aposentado da Educação. Nunca mais ia ter que ensinar história. Acreditei por um momento, na época de Iéltsin, que viriam a falar do passado de outro jeito que não sob a forma de ficção. O novo presidente decidiu que sentir orgulho da pátria é nada lamentar de sua história. Todos esses anos de ensino tinham sido apenas uma longa abdicação e eu não via o que podia me ligar à lembrança deles. Resta, no entanto, a dos conselhos de classe, no fim de ano, na época soviética, quando o chefe do estabelecimento nos pedia para aumentar as notas, para que a maioria de nossos alunos passasse para o nível acima e que o liceu cumprisse os objetivos determinados pelo plano.

De perto, o porto penava para sobressair na escuridão. A silhueta gigantesca e inerte dos quebra-gelos nucleares construídos para rasgar o Ártico reinava ao fundo. Mais próximo, a geada tecia sua tela sobre os mastros dos barcos de pesca grandes demais para o que pescam. A atividade do pessoal nos barracões construídos à beira do ancoradouro permanecia imperceptível. Só as manchas de óleo, deformando-se sob a luz pálida dos postes, davam um movimento ao mar. Cada um estava ali, em seu lugar, e no entanto o porto parecia deserto. Era como se fosse um cenário de cinema dos anos 30, quando a bruma artificial se encarrega de esconder a falta de recursos.

Boris não estava me esperando, mas não pareceu surpreso em me ver, pois é dessas pessoas que nunca vêem os amigos partirem. Parece um carvalho ao avesso, a cepa pousada sobre o tronco. O granizo martelou seu rosto, largo como uma mão. A vodca, que ele começa a beber bem cedo, deixa seus olhos úmidos. Hábito adquirido quando dava aulas no Instituto

Tecnológico da Pesca. Era a época em que declamavam: "Álcool de manhã, liberdade para o dia." Ele estava sentado atrás de sua mesa de ferro, óculos pequenos pousados no nariz. Seu sorriso ao me ver só em parte dissimulava a irritação de empresário engessado pela lerdeza administrativa. Ele antecipou a minha pergunta:

— Eles ainda não nos comunicaram as cotas. Enquanto isso, os noruegueses vasculham as profundezas e, se esses imbecis do ministério não se decidirem, logo, logo só teremos nas redes as porras de estilhaços da nossa marinha nuclear, e poderemos fechar as portas. Enfim, há coisas mais importantes na vida e você está bem colocado para saber. Como vai Ekatierina?

Peguei a poltrona de couro falso diante dele e sentei-me sem abrir o paletó nem tirar a *chapka*. O aquecedor anêmico no meio da sala queimava sem soltar calor e a umidade das profundezas bem próximas entrava em rajadas, aproveitando o entra-e-sai dos empregados.

— Ela vai bem — respondi sem convicção —, o estado é estacionário. Tenho a impressão de que ela está voltando a sentir emoções que consegue controlar.

— Pois então, tanto melhor, velho.

Ele remexia os papéis à sua frente como se tivesse a esperança de que aquele que ia destravar sua situação tivesse escorregado sob uma pilha.

— Há alguém lá em Moscou que espera um envelope cheio de dólares para nos autorizar a abrir a pesca do caranguejo. Talvez já esteja na mesa dele, mas ele acha que não é o bastante, que a divisão não é justa. Ou então, alguém lhe prometeu depositar o dinheiro em alguma conta no exterior, mas o idiota perdeu o número e não ousa pegar a linha internacional do ministério para ligar para o banco a fim de saber se o dinheiro chegou, pois tem medo que um dos colegas tenha se conectado nessa linha e lhe peça para dividir. E, enquanto isso, eu pago, mal, é verdade, mas pago meus homens para que sapateiem em terra firme.

Balançou a cabeça antes de prosseguir:

— E você, velho Pável, ainda à espera da grana? Acho que você vai receber quando eles tirarem Nicolau II de sua caixa e encontrarem um meio de ressuscitá-lo.

— Recebi o dinheiro hoje de manhã, Boris.

Ele arregalou os olhos.

— Puxa! Quem diria! Devem estar escondendo uma senhora cagada para não faltarem de novo com a palavra. Estou surpreso. Ainda mais que dizem que não há um puto *kopeck* nos cofres do Estado. O que eles tinham anunciado?

— Nem um rublo a menos.

— Você está rico, enfim... comparado a outros.

— E me aposentaram.

Ele olhou de um modo estranho, como se tudo o forçasse a baixar a vista ao mesmo tempo que se esforçava para me fitar, e me perguntou baixando a voz:

— Notícias dele?

— Nada por enquanto. Mas na verdade não espero — respondi, sombrio.

— Você está errado. O fato de eles terem depositado o dinheiro a tempo e a hora, vou dizer mais uma vez, é um sinal da gravidade do caso. E eu ficaria espantado se o FSB não estiver vasculhando o planeta. Bom, são boas notícias, essas coisas. Vou ligar para Evguênia, quero saber se ela também recebeu tudo.

— Pensei em fazer isso, mas é tão difícil para mim conversar sobre isso com ela, principalmente porque ela não tem a menor esperança.

— Eu sei, Pável, é difícil para mim também, mas temos que continuar a vê-la, Anton era nosso amigo, afinal. Devemos isso a ele, não é verdade?

— Você tem razão, Boris, mas prefiro que seja você quem cuide dela.

— Como quiser. Vai fazer alguma coisa agora?

— Nada de especial. Estou digerindo a situação.

— Então venha comigo, tenho de fazer testes num barco, a gente vai subir até alto-mar. Está calmo hoje, vamos almoçar a bordo. Estaremos de volta lá pelas 5h, tenho que lhe falar de várias coisas.

Soltas as amarras, o piloto trilhou um caminho entre enormes navios semelhantes a estátuas, navios-tanque, quebra-gelos, porta-contêineres, desafios insolentes ao princípio de Arquimedes na hora em que o dia levantava uma pálpebra. Nessa estação em que a noite só cede à penumbra poucas horas, com freqüência estragadas pelo mau tempo, o céu, a terra e o mar se confundem para impor aos homens que vivem na região uma estranha gravidade, dando aos atos e aos pensamentos um peso particular que se lê no rosto dos marujos. Levantamos âncora e rumamos para o alto-mar na direção norte, costeando as margens do canal à beira da península de

K. Lamentei não ter me preparado melhor, pois a umidade trazida por uma brisa marítima atravessava a roupa e a carne até chegar aos ossos. Boris não se preocupava com o frio, cigarro aceso contra o vento, casaco aberto sobre uma barriga conquistadora. Ele vigiava a manobra, mais preocupado com as pequenas embarcações que com os enormes navios ancorados, iluminados como árvores de Natal, que davam a impressão de que nunca poderiam voltar a se mexer.

Com a queda do império, há uns quinze anos agora, Boris não se desligara de imediato de suas aulas no Instituto Técnico da Pesca, mas logo se agitara para levantar fundos e montar uma flotilha de barcos. Dois anos mais tarde, demitira-se do ensino antes de se tornar uma das maiores fortunas da região, isto é, da nossa cidade, uma vez que a região nada mais é que a nossa cidade e várias vilas proibidas, bases da marinha de guerra.

Antes da Guerra Fria, nenhum caranguejo-real vivia no mar de Barents. O monstruoso predador que corta ouriços com a facilidade de uma tesoura de decepar arames refestelava-se no mar de Okhotsk, no extremo-oriente soviético. Era na época um dos raros produtos que exportávamos, os outros estavam fora de moda havia um bom século. Gostávamos desse caranguejo, era o Stálin dos mares. Precavido como era o governo, ela sentiu que o viveiro estava se esgotando e um bom engenheiro da casa foi encarregado de introduzir a espécie no mar de Barents, que apresentava muitas semelhanças com seu ambiente de origem. Tratado com tantas considerações quanto um primeiro-secretário do partido, o caranguejo-real pegou, num aquário especialmente concebido para a ocasião, o Transiberiano com mulheres e crianças na direção do círculo polar. Lá foi esquecido até o dia em que os noruegueses e os nossos constataram que o monstro se reproduzira feito um coelho numa reserva de caça. O impacto financeiro desse eldorado escapou a Iúri Orlov, o engenheiro que organizou uma das raras deportações da época soviética no sentido leste-oeste. O velho vive hoje na miséria na periferia de Moscou.

Uma vez chegados ao meio do canal, voltamos para dentro da cabine. Um dos marinheiros montou uma grande mesa para nela colocar pratos, copinhos de vodca e uma variedade de peixes defumados. Dentro da cabine fazia um calor quase excessivo, tornado nauseabundo pelo cheiro de óleo que subia por não sei que conduto, misturando-se ao cheiro mais acre do iodo marinho. O barco não se mexia, nem balanço nem caturro, um mar parado feito um lago de montanha. Servimo-nos, e Boris levou-me um pouco mais para trás para que pudéssemos conversar sem ser ouvidos pelos dois marinheiros. As quatro grandes vigias do refeitório davam vista para as duas margens. Do lado de fora, na sombra, desenhava-se a silhueta assustadora dos navios de guerra da Frota do Norte, alinhados um ao lado do outro em enseadas onde tudo era moldado para eles, a natureza dobrada às necessidades deles. Os mortos não estavam completamente imersos. Abandonados sem consideração, submarinos a diesel ficavam pela água de uma enseada à vista de todos, em posições obscenas, a vela e a popa levantadas para o céu, a frente enfiada no lodo. Boris me falou por um longo tempo de suas preocupações de empresário, pontuando a narração com largos sorrisos que relativizavam a gravidade, por respeito pelo que eu vivia. Era um filósofo, *bon vivant*, que nunca deixava os prazeres para depois. Estava viúvo fazia uns quinze anos após uma operação sem importância ter virado um drama no hospital local. Não tinha filhos. As mulheres ocupavam suas noites. Encontrava-as no bar do principal hotel da cidade, o Méridian, onde todas as noites estudantes antes distintas ofereciam sua companhia a homens de negócios. Melhoram assim a condição que demora a subir por culpa dos predadores que sugam a economia, os quais, em geral, são seus próprios clientes.

— Apesar de todos os entraves, acho que a pesca do caranguejo-real é um setor que merece investimento — ele concluiu. — Você deveria pensar nisso agora que tem dinheiro sobrando. Se deixá-lo no banco, ele vai derreter feito a neve de verão.

— Mas não entendo nada disso, Boris.

— Eu conheço o bastante para você. O recurso não é inesgotável, mas temos um bom momento diante de nós. Quanto a quem quiser viver nas nossas costas, sei acalmar essa gente.

Engoliu um copinho de vodca num só trago, depois levou-me para o convés traseiro, um pouco ao abrigo do vento, como se quisesse por únicas testemunhas aquela brisa e o mar, sempre bem negro e sem brilho.

— Você me deu uma grande prova de amizade ao me contar, e só a mim, um verdadeiro segredo. Sou-lhe realmente grato por isso. Nunca tive melhor amigo que você e nosso saudoso Anton, e saiba que se você investir na pesca, não tema nada, eu cuido, ninguém virá extorquir você.

Interrompeu-se por um segundo para fungar, sinal de que mudava de assunto.

— Não acredito no rancor, Pável. O rancor é alguém que mora em você, que você autoriza a viver com você, a dormir com a sua mulher ao mesmo tempo que você; é muita honra que você presta a um homem a pretexto de que lhe quer mal. Sempre me livrei do rancor como de uma roupa de baixo que cola na pele encharcada de suor. Mas, há algum tempo, chegou um sujeito de Moscou para assumir um posto no FSB. Com menos de uma semana instalado, marcou um encontro comigo depois de se informar sobre a minha pessoa e a minha pretensa pequena fortuna. Apresentou-se como um representante de comércio que viaja com amostras de tecido e foi direto. "A privatização das riquezas não foi feita em condições justas, Boris Vladímirovitch", ele disse. "Faz anos que vocês empresários vêm se servindo, e nós, que servimos ao Estado durante mais de setenta anos, estamos reduzidos à miséria. Agora acabou, você vai tomar um novo acionista a longo prazo. Vou retirar 10% do seu faturamento. Se não cooperar, os seus problemas só vão crescer: de pequenos aborrecimentos relativos à navegabilidade dos seus barcos a acusações de espionagem passando por controles fiscais que não lhe deixarão um rublo, e, no fim, tomaremos a empresa quando falir. De todos os armadores da região, dizem que você é o menos cooperativo. Veja bem, a Rússia de hoje é a América do fim do século XIX, tirando a preocupação com os índios, e uma velha categoria de servidores da nação além disso, que compreenderam que, se eles mesmos não defendessem seus interesses, não deviam contar com os novos-ricos para fazê-lo." Até ali, veja bem, aquela conversa para mim não fedia nem cheirava, uma conversa de negócios comum com um sujeito da polícia política saído de uma longa apnéia graças ao nosso novo presidente, que prometeu a eles que as coisas iam mudar. Então, veja você, eu me preparava para estudar com bastante calma a questão. Dez por cento do faturamento evidentemente é demais, mas eu pensava que ele começava por cima para finalmente chegar a algo razoável, onde ele já estava, se você quiser, porque uma porcentagem do faturamento já é assumir um risco, embora ele pudesse ter se limitado a exigir uma soma fixa irredutível, fossem quais fossem as circunstâncias econômicas. Em suma, vou surpreendê-lo, eu estava quase bem-disposto, aliviado que fossem estabelecidas regras claras e que, de certa maneira, ele se tornasse um centralizador da extorsão, embora até aqui fosse preciso dar a uns e a outros, e tudo isso não é lá muito bem coordenado. Depois, quando ele chegou ao capítulo das armas repressivas, embora eu já estivesse convencido a cooperar, ele quis mesmo assim estender-se sobre os detalhes da pena em que eu incorria caso recusasse: seis a sete anos de *gulag* no extremo leste da Sibéria, mas um *gulag* um pouco diferente, perto de uma mina de urânio que garante um câncer generalizado em menos de cinco anos. Quando ouvi falar de *gulag*, ocorreu um fenômeno que eu jamais havia conhecido, Pável: os dois hemisférios de meu cérebro se dissociaram. Abri para ele um sorriso enorme, puxei logo charutos e uma vodca Rúski Standard que estavam sob a mesa. Ele estava com cara de poucos amigos, parecia mais um desses fantasmas saídos das câmaras geladas do FSB onde se conserva o esperma congelado de seus melhores quadros desde a Tcheka, o GPU e o KGB. Nesse meio-tempo, minha outra metade de cérebro lembrava-se de que eu jamais mostrara a menor coragem sob o antigo regime, que eu nunca me erguera contra ele, que vivera como todos nós, sem fazer barulho, curvado sem orgulho, salvando o pouco que havia a ser salvo. E essa outra metade de cérebro, sem realmente me enviar uma mensagem clara, pensou: "Olha só, está começando de novo!" Acabamos a vodca, pelo menos eu terminei a minha, pois ele mal molhou os lábios na dele, e eu lhe disse olhando-o bem nos olhos: "Senhor S., acho que estamos de acordo em tudo, e como vamos ser sócios daqui para a frente, acho que o senhor deve pelo menos conhecer o ofício. Convido-o a vir comigo amanhã de manhã para uma sessão de pesca e vou lhe entregar uma primeira soma de dinheiro para provar a minha boa vontade." Ele pareceu hesitante, perguntei-me se ele sentia enjôo, mas acho que era antes por falta de interesse pela pesca. Aquele sujeito transbordava de amargura e de uma necessidade de desforra que visivelmente monopolizava todas as suas capacidades mentais, e senti que aquela viagenzinha no mar não o embalava. Fui mais longe observando-lhe que a soma que ele reclamava representava uma senhora porcentagem e que, já que tínhamos encontrado um campo de entendimento, ele devia se comportar como um sócio de verdade, pelo menos por motivos éticos. De meu ponto de vista, estávamos numa parceria, e o papel dele era trazer-me um pouco de tranqüilidade em minhas relações com todas as administrações, locais e nacionais. Essa tarefa não podia ser cumprida sem que ele conhecesse a empresa da qual, a partir de então, fazia parte. Ele ficou desconfiado com aquela maneira que eu tinha de apresentar a nossa relação, de lhe dar distinção, de apagar dela o que podia ter de sórdido, e depois senti que lentamente ele se deixava seduzir pelo traje de homem de negócios que eu lhe oferecia sob medida. Mas acho que, no fundo de seu cérebro de burocrata calcificado por 25 anos de serviços secretos, ele tinha apenas uma única idéia ao me acompanhar ao largo: avaliar os meios que teria de controlar os números quanto às quantidades pescadas de caranguejo, de ter uma verdadeira idéia das tonelagens e de otimizar sua extorsão. Veio embarcar no dia seguinte discretamente, numa roupa descontraída que poderia ter sido a de um turista norueguês. Apostei que aquele sujeito acabava de chegar aqui sem família. Se tinha uma, ela ainda não estava disposta a segui-lo ao círculo polar. Mas, pela cara dele, pensei que ele também devia ter uma família bem estranha que certamente tudo o que queria era ver-se livre de um homem autoritário que devia espancá-los sem razão. Eu tinha como que um pressentimento disso, mas não sou bobo; nesses momentos, inconscientemente se criam arranjos consigo mesmo. A viagem que fazíamos até o alto-mar corria bem, quase não conversamos, pois já não tínhamos mais nada a nos dizer desde a véspera. Ao chegar ao mar de Barents, o barco pôs-se um pouco a caturrar e a rolar. Ele empalideceu, foi ficando branco feito cera e dava-me a impressão de encolher. Convidei-o a ir para a ré a fim de ver as redes serem soltas e pedi-lhe que ficasse na lateral para não perturbar a manobra, e aí...

E aí Boris pôs-se a rir com um riso de barítono-baixo numa representação de *Boris Godunov*. Chorava de rir e cada músculo de seu rosto participava dessa explosão de alegria. Ele acabou controlando sua impressionante mecânica para retomar:

— Ele ficou com um enjôo impressionante, a cor dele ficou igual à de salitre embaixo de um muro roído pela umidade:

verde-garrafa. Ele não quis vomitar por cima do parapeito na frente de meus dois homens e foi na direção do sanitário que fica na cabine. Segui-o de longe com um croque que serve para puxar as redes embaraçadas, uma vara de aço com um gancho na ponta.

Boris parou para controlar aquele riso de garganta que voltava de novo. Soluçou duas vezes antes de acabar:

— Então, pensei em nosso presidente e em sua famosa frase: "Vamos abater os terroristas até nas privadas." E pensei: "Sou um homem do presidente." Quando ele levantou a cabeça da privada para recuperar o fôlego, dei-lhe um golpe sem esforço, bem atrás do crânio. Com toda a honestidade, nem me perguntei se ele estava morto. Puxei-o pelos pés juntos como teria feito com um tubarão. Ele não pesava muito. Levantei-o enquanto meus dois homens fingiam não olhar e despejei-o no mar, no meio dos caranguejos-reais, que não devem ter deixado dele nem sequer uma unha encravada. Aquele cara era um homem da sombra e acho que trabalhava por conta própria, pois jamais ninguém veio me perguntar o que quer que fosse. Eu havia tomado a precaução de passar para pegá-lo na manhã de nossa partida para que não encontrassem o carro dele estacionado no porto. Pensando bem, perguntei-me se os colegas dele, que praticam tarifas mais razoáveis em escalas mais modestas, simplesmente não ficaram contentes por vê-lo sumir sem deixar rastro.

Boris interrompeu-se por uns segundos, satisfeito, para encher os pulmões.

— É por isso que, se você quiser investir comigo, a vaga está livre, Pável Serguêievitch. Outros virão, mas... saberei cuidar deles, esperando que, com os meses, os anos passando, a espécie deles enfim acabará extinta, vítima do fim de um ciclo. Pense, não há pressa, estou realmente convencido de que uma parte do seu dinheiro estará melhor em barcos que num banco. Além disso, lembre-se de que são estrangeiros que compram os caranguejos, então sempre existe com eles um meio de pôr um pouco de grana em outro lugar para os dias de velhice, se tivermos que deixar este país e não voltar mais.

Antes do fim do império, minha mulher Ekatierina ensinava línguas estrangeiras no Instituto Tecnológico do Estado que formava para os ofícios da pesca, construção naval, técnicas de conservação, congelamento, salmoura... O governo formava ali um contingente de estudantes de países subdesenvolvidos vindos principalmente da África e da Ásia. Uma formação técnica e política com a esperança de que os novos convertidos fossem pregar a boa palavra marxista em suas regiões e um dia talvez encomendar-nos barcos de pesca. Assim, Ekatierina formava os futuros "representantes comerciais" russos nas duas línguas internacionais que eram o inglês e o francês, sobretudo na África Oriental. Foi assim que, de um dia para o outro, os habitantes de nossa cidade, que jamais na vida tinham cruzado com um homem de pele morena, viram andar pelas ruas jovens africanos de olhos esbugalhados pelas temperaturas negativas em roupas de fim de estação compradas em lojas do Estado, inadaptados ao frio polar.

Ekatierina aos poucos me ensinara o francês e o inglês, o bastante para sonhar ir um dia para o Ocidente e manter esse sonho ativo durante os 11 anos em que vivemos juntos antes que as fronteiras cedessem em teoria. Esse conhecimento de duas línguas estrangeiras permitia que lêssemos livros difundidos clandestinamente. Possuí-los contra a vontade das autoridades nos dava a impressão de resistir a um sistema saído do gabinete escuro de alguns alienados que nos haviam dobrado à loucura. *Cartas da Rússia*, de Custine, era um dos mais preciosos. Não tinha a violência, nem sequer a complacência desses panfletos contemporâneos tão previsíveis, embora nos fizessem bem. Era o diário de viagem de um aristocrata francês adepto das idéias das Luzes, que, fiquei sabendo bem mais tarde, por ter visto a família dizimada pelos revolucionários jacobinos e depois ter ficado desacreditado em seu mundo por sua preferência homossexual, sabia o que significava viver o totalitarismo. Ele se aventurara pela Rússia no fim da primeira metade do século XIX, sob Nicolau I, viagem que ele consignou num diário. E, desse livro que acreditava descrever a Rússia dos tsares, Custine sem saber fizera o texto mais premonitório sobre a União Soviética onde nasci, três anos após a morte de Stálin. Então, quando Boris me falou de aplicar o dinheiro no exterior, voltou-me esta frase citada por Custine, ouvida de um viajante alemão que acaba de deixar a Rússia enquanto o próprio autor se prepara para ali entrar: "Um país que a gente deixa com tanta alegria e ao qual se volta com tanta tristeza é um mau país." Esse livro de Custine era o livro de todas as Rússias. Sua proibição não datava da revolução, era bem anterior. Os censores haviam percebido nele a descrição feroz de um caráter nacional intangível em que o outro sempre é considerado uma ameaça.

Não havia sido no Instituto Técnico da Pesca que eu encontrara Boris, a gente se conhecia desde bem pequenos. Mas fora ele quem me apresentara Ekatierina, a única de suas jovens colegas professoras que ele não tentara seduzir. Nunca falamos sobre isso, mas creio compreender que ele tinha medo do gênio dela.

Perguntei-me se Boris de fato tinha alguma coisa a testar no barco, ou se apenas usara esse pretexto para nos fazermos ao largo e confessar seu crime cujo peso ele queria dividir. Eu não soube lhe dizer nada. Essa notícia não provocou em mim nenhuma emoção. Ao nos aproximarmos do largo, o mar começou a bater e me deu medo, no espaço de um instante. Voltou-me então esta frase de Cioran: "Você olhou o mar em seus momentos de tédio? Parece que ele agita as ondas, como se enojado de si mesmo. Ele as expulsa para que não voltem mais."

Boris respeitara meu mutismo, pensando certamente que eu refletia sobre seu ato e que pesava bastante meu comentário. Mas não era nada disso. Mesmo assim, para não decepcioná-lo, acabei por lhe dizer sorrindo: "Nada é mais sagrado que a vida humana; você fez bem em matá-lo."

Na volta, Boris falou-me de um segundo assunto que lhe interessava muito. Dizia respeito à sua isbá, uma casinha de madeira que reinava sozinha no centro imaginário de milhares de hectares desertos na península de K., uma restinga de várias centenas de quilômetros, arredondada ao norte pelo mar de Barents, onde o único rastro de civilização é um depósito de sucata de submarinos nucleares da Frota do Norte onde são guardados os reatores, depois que o casco é retalhado. A isbá de Boris ficava longe, mas era graças ao depósito que ele tinha a estrada que lhe permitia chegar o ano inteiro a essa extensão selvagem juncada de centenas de lagos. Era ali que vínhamos, Boris, Anton e eu, os três amigos, para caçar e pescar, no coração daquela natureza que dava as costas à civilização, confiante em sua força hostil: um frio infernal no inverno, temperaturas que gelam lágrimas e risos. No verão, o dia não quer desaparecer, insinua-se por todas as brechas para fazer da vida uma longa insônia. Boris comprou essa cabana de um homem que ainda vive na região. Quatro paredes, quatro camas, um grande aquecedor a lenha que esquentava o local em meia hora e era capaz de grelhar qualquer carne ou peixe, contanto que aceitássemos ficar com o cheiro na pele pelo resto da semana. Na época soviética, o vendedor era uma espécie de guarda-florestal, guarda-caça, agente do KGB nomeado para a vigilância política do salmão cinzento, da lebre branca e das renas que perambulam num movimento de liberdade suspeita. Em seguida, propuseram a Eugênio, pois era assim que se chamava, que comprasse o alojamento onde morava, o que ele havia feito pelo preço de uma garrafa de vodca vazia. Ficara com duas cabanas para manter e achara razoável vender uma. Já vínhamos com freqüência caçar e pescar naquele lugar recuado onde poucos se aventuravam. Com a subida de Iéltsin ao Krêmlin, nossos vencimentos, que já não chegavam com freqüência, foram interrompidos brutalmente por um tempo indeterminado. Acabávamos de trocar a liberdade por nossos salários. Diante da penúria, convertemos parte de nossas economias em linha, anzol e cartuchos e, a dois ou a três, quando podíamos, vínhamos pescar e caçar.

A cabana que Boris comprou depois serviu durante todo esse período de câmara fria vigiada por seu proprietário, Eugênio, que era retribuído em porcentagem pelo serviço. Também lhe trazíamos álcool da cidade. Ele reclamava quando lhe trazíamos vodca, preferia o Spirit na falta de água-de-colônia, cara demais. Quando lhe observávamos que ele exagerava um pouco, ele nos desafiava a viver tanto tempo quanto ele ia viver, "o lado de fora do corpo conservado pelo frio, o de dentro pelo álcool". Depois que montou a empresa de pesca, Boris decidiu adquirir a isbá com seus primeiros lucros e com a idéia de que o lugar servisse para nós três. Além da casa, Boris comprou do Estado, por um punhado de rublos, 200 hectares e trouxe dois cavalos selvagens, abrigados numa granja ao lado durante o inverno polar. Eugênio cuidava deles. "O cavalo foge do homem, o cavaleiro também foge do homem. O problema deste é convencer o cavalo a fugir na mesma direção que ele." Quando tinha companhia, Eugênio falava muito. A embriaguez e a grande extensão de bétulas famélicas o inspiravam: "O homem que bebe também foge, mas ele não tem ninguém para convencer a fugir na mesma direção." Às vezes me acontecia de ficar um momento a papear com ele quando eu vinha só. Ele vivera na Sibéria durante a juventude e convivera por muito tempo com os povos do Norte, com os quais tentava parecer. "Entre eles, o homem é modesto e se mistura a Deus e à natureza a ponto de se confundir. Com a Bíblia, eles foram colocados cada um em seu lugar; foi assim que perdemos a espiritualidade." Enquanto me dizia isso, meu olhar pousou sobre uma garrafa vazia a seu lado. Ele então acrescentou: "A espiritualidade, quando está perdida, é para sempre, não temos segunda chance." Ele costumava falar de Tchékhov. Os dois tinham em comum, segundo ele, só conseguirem deitar com profissionais. Acrescentava que o grande dramaturgo dormia em quartos separados com as mulheres que ele amava. "Você também?", perguntei um dia. "Não, nunca amei mulher alguma. Além do mais, não tenho meios", respondeu. Depois, acabou fazendo-me confidências: "Tenho um arranjo com uma mulher que vive não muito longe daqui. Enfim, nem sempre é fácil negociar com ela, mas ultimamente ela não está em posição de barganhar. Fica a meio dia de trenó."

Depois, como se pudéssemos ser ouvidos, baixou o tom: "É a vigia do depósito de sucata de submarinos nucleares. Ela faz extras. Não sei se são as radiações, Pável Serguêievitch, mas aquela mulher está mais viva que Lênin está morto. Ela tem uma casa de guardião bem aquecida, mas agora não a estão pagando mais. O dinheiro não está chegando. Um ano e meio de atrasados. Mas é uma mulher muito honesta. Imagine você, com todo aquele material que tem para tomar conta, ela podia ficar milionária. Aqui entre nós, já vieram várias vezes uns homens para convencê-la. Não estou lhe contando histórias. Uma vez, eu estava lá e três caras vieram ameaçá-la porque ela não queria cooperar. Ainda bem que nunca viajo sem meu fuzil no trenó e, quando vou visitá-la, escondo-o, porque um fuzil congelado, você imagina, não serve para nada. Por isso, quando ouvi aqueles caras berrarem quando estávamos no meio do trabalho, abri a janela, botei o cano para fora e atirei na noite sem visar ninguém. Meu fuzil não é de caça, de cartuchos, é fuzil de guerra. Acho que o barulho foi suficiente, convenceu-os a irem embora e, depois disso, não voltaram mais. Você acha que ela me deu desconto pelo serviço prestado? Nada disso, Pável Serguêievitch. Tudo o que ela achou para me dizer foi: 'Eu faço comércio do meu corpo para viver, embora pudesse fazer comércio de peças desmanchadas. Então não vá achar que por causa disso vou baixar o preço.' Não se discute com uma mulher honesta. Mas agora estou numa situação privilegiada. Até algum tempo atrás, uns trabalhadores da fábrica eram clientes dela, mas, como também não recebem, ganhei uma ascendência. Tornei-me o único cliente capaz de lhe dar outra coisa que não um escudinho da juventude comunista para colecionador ocidental. Não só levo carne defumada e até fresca às vezes, mas ainda por cima cozinho para ela."

Ao voltar na direção do porto, Boris falou-me da idéia de me dar a isbá. Não queria falar de dinheiro, a única coisa que me pedia, agora que eu tinha recursos para isso, era cuidar dos cavalos que ele não queria vender. Depois, falamos de nossa associação.

Em 4 de maio de 1999, Ekatierina caiu em nossa escada. Deve ter torcido o pé com os sapatos novos de salto alto que acabara de comprar na avenida Lênin. Parecia um ato falho. Na véspera, tínhamos decidido nos separar após 24 anos de casamento, anunciar isso aos filhos e aos mais próximos, depois iniciar o processo de divórcio. A idéia não era nova. Ela se desenvolvera naturalmente. Nosso desmoronamento como casal tinha no entanto começado pouco depois do nosso casamento.

Nosso futuro comum chegou ao fim na noite após o enterro de minha mãe. Um motorista completamente bêbado, dirigindo um carro sem freios de pneus carecas num asfalto gelado, atropelou-a numa calçada da avenida principal antes de acabar em cima de um poste. Consumou o que Stálin não se decidira a fazer, eliminar sua modesta vida. Fiquei muito triste, muito mais do que poderia imaginar. Na mesma noite, tiramos suas coisas do apartamento comunitário que ela dividia desde que eu a deixara com uma família de funcionários no térreo da base de V. Ela nunca quis morar conosco no apartamento. Dizia que a promiscuidade com estranhos pesava-lhe menos que a com a própria família. O essencial de seus objetos pessoais limitava-se a fotos de meu pai. Tudo o que me deixava como herança era um nome que ela havia retomado, o do pai antes que ele o mudasse, e a possibilidade de fazê-lo meu.

Ekatierina não demorou muito a medir o valor daquilo. Ao também retomar Altman como sobrenome, eu abria para nós dois as portas de Israel, embora só fosse 25 por cento judeu, e por parte de meu avô. Depois de enterrar minha mãe na terra gelada, voltamos a pé para o apartamento sob um vento de dezembro que nos açoitava em pequenas rajadas, como as que damos em alguém para ofendê-lo mais que para feri-lo.

— Agora que sua mãe morreu, nós poderíamos emigrar — resmungou Ekatierina, com uma voz ensurdecida pela echarpe que lhe protegia o rosto.

— Com que vistos de saída?

— Basta fazer o pedido. Eles deixam os judeus irem para Israel.

— Não somos judeus.

— Se você retomar o nome da sua mãe, seremos judeus para todo mundo.

— E depois?

— A gente faz um pedido de saída.

— E você sabe o que acontece nesse caso?

— Não.

— Com os pedidos de emigração, eles fazem duas pilhas. A primeira com os pedidos que autorizam, a segunda com os que eles recusam.

— E daí?

— Daí que a recusa não significa que eles nos esquecem. Não é como se eles se limitassem a nos dizer: "Sinto muito, entrada não autorizada, queira renovar o pedido em breve."

Eles às vezes prendem o solicitante, interrogam-no e o deportam para a Sibéria.

— Disseram que eles só recusam os pedidos de emigração dos judeus que representam um interesse estratégico para a nação e que poderiam entregar segredos no exterior. Mas você, professor de história, em que constitui uma ameaça?

— Sei lá. Por outro lado, o que sei é que o sistema não é fundado em regras. A gente imagina regras do tipo: "Os judeus cientistas ficam, os outros, boa viagem." É falso e contrário à própria essência do sistema. E basta apenas eles perceberem que não somos completamente judeus ou, sei lá o quê, que os israelenses lhes façam a observação sem querer, eles me mandarão discretamente para o campo, por traição.

— Então, você não quer fazer o pedido.

— Eu não vou fazer.

Ekatierina continuou a lutar contra o vento, apertando os olhos até fechá-los. Num tom neutro, prosseguiu:

— Estou certa de que você se acha alguém importante, um verdadeiro intelectual que o regime não tem interesse em deixar sair. Você acha que é uma ameaça, é isso, uma ameaça, embora não seja nada, nem sequer o início de alguma coisa, um zero à esquerda. Se pelo menos você fosse um grande cientista, eu teria um consolo em ficar aqui. Faz séculos que os judeus destoam na Rússia. Mas por uma vez que o judaísmo é uma qualidade, você nem sequer é capaz de tê-lo por completo. Você não passa de um fracassado, Pável, ainda por cima covarde.

Horas mais tarde, eu havia quase esquecido que minha mãe tinha morrido. A conversa ficou ali. Eu não quis mais pensar naquilo. A partir desse dia, nosso casamento só conheceu um longo declínio. Alguns dirão que o amor, assim como a amizade, demora a ser construído, mas que basta um segundo para aniquilá-lo. Amei Ekatierina desde o primeiro dia, e meus sentimentos mesmo assim levaram anos para se esboroar.

Um vizinho a encontrou desacordada ao pé da escada, sem ferimento nem hematoma. Era fim de tarde e, ao voltar de minha aula de história, procurei em minha pequena biblioteca *O castelo*, de Kafka. No momento preciso em que bateram à porta de meu apartamento, eu pensava nesse período já evocado, quando o ensino entrava nos objetivos do plano e que era preciso voluntariamente aumentar a nota dos alunos a fim de contribuir para as estatísticas de sucessos da escola. Essa época do paraíso dos alunos preguiçosos voltou-me à memória nesse momento preciso, e eu pensava que, no fundo, era preferível dar boas notas a alunos que nada retinham da história oficial a obrigá-los a repetir para reter uma ficção.

Ao descobri-la no chão, temi que tivesse quebrado o pescoço e eu mesmo não ousei tocá-la. A ambulância levou uma hora para chegar, embora o hospital ficasse a 10 minutos. Havia um monte de gente à sua volta, vizinhos e pessoas vindas de fora atraídas pela agitação. Nós apenas a cobrimos com um grosso cobertor de lã e abri o círculo dos curiosos para que ela pudesse respirar. A consciência, quando deixa um corpo, pouco se importa com o ridículo da postura em que o abandona. Ela ficara como um feto, o que para uma mulher que se aproximava dos 50 surpreendia. Também poderia ter morrido. Os dois enfermeiros que chegaram ao local na ambulância tinham cara de enfermeiros de hospital psiquiátrico. Levantaram Ekatierina para colocá-la na maca de qualquer jeito. Não deixaram que eu a acompanhasse na ambulância e, ao chegarem ao hospital, deitaram-na numa cama num corredor. Após mais de 15 minutos, um jaleco branco pequeno demais para o proprietário aproximou-se dela, mãos nos bolsos. O homem que o usava tirou uma das mãos para levantar-lhe a pálpebra, resmungando: "Álcool?" Como eu negava com a cabeça, o jaleco branco lançou-me um olhar que deixava transparecer que ele podia ficar sabendo mais sobre ela por meio de meus gestos que auscultando-a, o que, aliás, não fez. Em seguida, recolocou a mão no bolso antes de ir embora em passos tranqüilos.

Bem mais tarde, duas enfermeiras vieram buscá-la. Empurraram a cama de rodinhas lançando-me um olhar mau como se eu tivesse espancado minha mulher, fizeram sinal para eu não me mexer. Uma delas voltou para me conduzir a uma sala com aproximadamente dez camas, sendo que algumas estavam isoladas por divisórias de tela cinza. Ela me mostrou onde estava minha mulher antes de sumir. Uma hora depois, um médico aproximou-se e anunciou-me que Ekatierina tinha um traumatismo craniano enorme sem lesão vertebral, que estava num coma profundo que nada dizia quanto à maneira como ia despertar e ainda menos quando. Como determinações recentes do Ministério da Saúde em Moscou convidavam os hospitais a não ficar com os doentes por mais de quatro dias, eles não poderiam tratá-la além do prazo e ela me seria confiada tão logo eu trouxesse sua caderneta de saúde. Perguntei ao médico o que poderia acontecer se eu não fizesse isso. Ele me pareceu no mínimo circunspecto:

— Eu não poderei deixá-la sair, mas como não estamos autorizados a ficar com ela por mais tempo, o senhor terá que voltar com esse documento. O senhor não tem o direito de nos forçar a cometer a infração de hospitalizá-la por mais de quatro dias. Li o texto, não vi nele sanção prevista, mas não duvido que exista uma, caso contrário, por que um texto obrigatório?

Aquiesci de bom grado.

Saí em seguida para telefonar a meu mais velho amigo de infância, Mikhail Petrovitch Vlatin. Mikhail não é qualquer um. É o médico vice-chefe da medicina legal de todas as Rússias. Mikhail é um amigo fiel e, no mínimo, um grande parceiro. Fizemos o primário juntos para somente nos separarmos quando ele foi estudar medicina em Moscou. Jamais perdemos o contato e, em certas circunstâncias recentes sobre as quais não desejo por enquanto dar mais explicações, ele me foi de uma ajuda preciosa. Quando telefonei para ele, um de seus jovens assistentes me respondeu que ele estava praticando uma autópsia e que ia comunicar-lhe minha chamada. Fez isso sem tardar, pois, cinco minutos mais tarde, Mikhail estava do outro lado da linha. Como eu me desculpava por interrompê-lo no meio do trabalho, ele me lembrou de que seus pacientes nunca se queixavam. Não podendo estar mais mortos do que estavam, nada era urgente, exceto a pressão dos homens de poder que sempre esperam mandar os mortos dizerem o que os vivos não querem ouvir. Existe em nosso país um grande respeito pela palavra dos mortos, pois eles nunca contradizem a versão oficial. Falei com ele sobre o prazo de quatro dias que nos impunham e, sem me pronunciar sobre a iniqüidade do dispositivo, observei que eu teria muitas dificuldades para recuperar Ekatierina, não tendo competência para cuidar daquilo. Ele me tranqüilizou, prometendo ligar ele mesmo para o diretor do hospital e pedir-lhe especialmente que cuidasse de minha mulher. Ela, por fim, despertou no quarto dia como se tivesse ouvido falar da nova regra em seu sono profundo. Eles ficaram com ela até que pudesse se levantar, constataram que Ekatierina se lembrava perfeitamente do passado, mas que, além de um equilíbrio precário, estava sujeita a distúrbios emocionais. De volta ao apartamento onde nossa filha Anna e a mãe de Ekatierina a esperavam, a doença revelou sua verdadeira natureza, confirmada em seguida por um neurocirurgião de São Petersburgo de passagem por nosso hospital. Ekatierina não estava efetivamente amnésica. Sua memória de todos os acontecimentos anteriores à queda estava preservada. Mas essa memória não se recarregava mais. A duração média de uma lembrança nova não ultrapassava 15 minutos. Passado esse prazo, evaporava-se feito bruma de outono expulsa pelo sol. Costumam afirmar que, fora da obrigação de aprender, a memória só retém os acontecimentos que lhe são trazidos pelas emoções. Ekatierina não exprimia nenhuma emoção, a não ser, às vezes, a dor de seu estado manifestada por lágrimas sem tristeza. Só a lembrança de nossa decisão de nos separar recusava vir à superfície. Mikhail me telefonava regularmente durante todo esse período, para me informar de seu estado e ajudar-me a entender seu mal. O hipocampo, região do cérebro que consolida a memória, estava lesado. Mas meu amigo pensava que seu estado iria melhorar com o passar dos meses. Enquanto isso, Ekatierina vagava na própria existência. Perdia o rastro de seus pequenos projetos cotidianos antes mesmo de ter começado a colocá-los em prática. Se estava num lugar que não havia freqüentado antes do traumatismo, era incapaz de sair dali. Os novos espaços faziam dela uma sonâmbula que tateia no escuro para encontrar a luz.

Semanas mais tarde, durante sua primeira tentativa de sair sozinha, encontrei-a sentada ao pé da escada. Estava chorando. Sabia onde estava, mas não tinha mais idéia do que queria fazer. Esquecera o motivo de sua saída, que se evaporara enquanto descia a escada. Esse sentimento de impotência absoluta diante da volatilidade de seus objetivos a desesperava, e, nesses momentos, era tomada por soluços de criança. Depois da infeliz tentativa, ela nunca mais saiu sozinha, ficou confinada no apartamento vendo televisão. Às vezes relia os livros de que havia gostado. Descobrir novos não adiantava nada. Tão logo os lia, as palavras se apagavam. No apartamento, a mãe lhe fazia companhia, juntando-se a ela para longos dias desprovidos de sentido. O presente perdia todo sabor pois, do prazer das coisas, ela não guardava a memória. O que impressionava o visitante era seu olhar. Um olhar de cego inquieto.

Ao nos oferecer a isbá e os dois cavalos, Boris pensava romper o isolamento de Ekatierina e permitir que ela tivesse acesso sozinha às grandes extensões. Ele se lembrava que Ekatierina costumava falar de cavalos e de seu desejo de possuir um animal daquele, um dia, e de montá-lo. Ela precisava de liberdade, sem a menor dúvida, mas sobretudo de amplidão. Com os cavalos, Boris fazia mais hoje que realizar um sonho, ele lhe oferecia uma memória auxiliar. Nos belos dias, e até no inverno se ela desejasse, poderia agora cavalgar sozinha, passear pelos grandes vales selvagens da península de K., seguir qualquer direção sem nunca ter medo de se perder. Um cavalo sempre encontra o caminho do estábulo.

Ao descer do barco numa noite de carvão, eu queria correr para contar a novidade, mas de que adiantava, ela logo a esqueceria. Eu teria que esperar levá-la até lá, quando a neve tivesse derretido o bastante para não cansar os cavalos, quando o dia retomasse sua vigília. Ela poderia então mirar o horizonte e deixar-se levar a esquecer que esquece tudo.

A mãe de Ekatierina era uma mulher obstinada. Viúva havia muitos anos de um professor primário como ela, sua vida era um mistério. Não manifestava tédio nem desejo, e cultivava a resignação como um jardim inglês. A devoção que tinha pela filha única era incondicional apesar dos longos anos de desavenças, e ela jamais questionava a tarefa que se impunha de vir passar seus dias com ela. Sua presença era leve, pois não mudava de humor, e, apesar das circunstâncias, não dramatizava nada, sem tampouco irritar por um otimismo militante. Na verdade nunca conversamos. Ela não era muito de falar. Na música das palavras, preferia o silêncio às notas. Não hierarquizava os acontecimentos, como se todos os momentos de nossa vida fossem iguais, uniformidade tranqüilizante própria para mantê-la afastada do caos e sobretudo do imprevisível. Fora integrante do partido comunista, mas nunca comentava as mudanças dos últimos dez anos. Apenas se aplicara a não mudar em nada e achava nas preocupações materiais do cotidiano, do qual felizmente para ela o novo regime não nos havia privado, uma fonte de equilíbrio invejável. Acho que, no fundo de si mesma, ela pensava que o período que vivíamos era só uma transição antes de um retorno ao comunismo de sua juventude, o dos anos 50 e 60. Jovem militante, conhecera o fim dos anos Stálin. Do autoritarismo desse período, parecia não ter guardado nenhuma lição política. Certo, matava-se em larga escala. Certo, tinha-se matado por razões erradas e em seguida sem a menor razão. Mas isso não provava nada. Nossas conversas não duravam mais que um fogo-fátuo. Nenhuma palavra ferina era pronunciada. Não se podia convencê-la de nada que fosse novo para seu espírito fossilizado. Em alguns milhões de anos, se a humanidade chegar até lá, serão estudados os restos desse "*homo sovieticus*" para conhecer-lhe o segredo. Eu me perguntava se a deficiência da filha não contribuía para sua quietude. O relógio do tempo por certo parara dez anos tarde demais, mas eu sentia nela um deleite diante dessa impossibilidade de futuro que tornava todos os dias semelhantes e sem perspectivas.

Ela observava sem interesse nem reprovação o comportamento ocidental da neta que era exatamente o contrário dela. Anna era impetuosa, alegre, às vezes bagunçada, agitada, gostava das verdades efêmeras sem a elas se apegar e tinha pelo passado a prevenção de sua geração que, tanto quanto possível, não queria mais ouvir falar dele. Era jornalista de um canal de televisão pertencente a um oligarca de Moscou com outras prioridades. Pagava os salários em dia e não dava nenhuma ordem política. Diziam que o novo presidente da Rússia estava de olho nele como em todos os homens que haviam construído grandes fortunas em poucos anos. Corriam fortes rumores sobre o fechamento do canal ou sua transformação em um canal em que a informação seria limitada ao mínimo possível. Mas a redatora-chefe, uma mulher corajosa que ainda não chegara aos 40, desmentia. Não podia acreditar num retrocesso das liberdades no país, afirmara a Anna. Ela lhe confiara há um mês um programa, uma revista semanal sobre o lazer na região. Anna estava em seu terceiro número, o que lhe dava uma certa notoriedade na cidade, da qual ela gozava normalmente. Era vista passeando pelo local de suas matérias, efervescente com seus cabelos ruivos e o jeans de cintura baixa que deixava à mostra o umbigo. O programa funcionava bem e permitia vender anúncios publicitários. Ela dividia um apartamento na rua principal perto do porto com três outros jornalistas de sua idade, dos quais um talvez fosse um pouco mais que isso, mas ela não queria me apresentar, talvez com medo do que eu ia achar.

Anna em geral passava à noite para nos visitar. Parecia sempre dividida entre o dever filial e uma vontade premente de voltar ao meio onde evoluía, um mundo novo onde a futilidade permitia conjurar a má sorte.

Sofria vendo a mãe afundar numa regressão que inconscientemente a deixava sob a dependência da avó. Só distinguíamos os sentimentos de Anna por sua respiração. Curta, quase ofegante, para dissimular a cólera, ela se espreguiçava de tédio. Transpunha a entrada do apartamento com uma cara séria. Diante de seu mal-estar, eu acabara lhe propondo que espaçasse suas vindas. Eu entendia que ela suportasse mal nos ver assim punidos pela sorte. Ela não tinha a idade em que se olha a infelicidade de frente, e eu me sentia culpado por entravar sua fuga. Não havia nem sequer entre mim e sua mãe o amor que torna esses dramas suportáveis. Meu dever de assistência me prendia a ela por um tempo indefinido. Essa condenação devia se ver em meu rosto, ainda que eu usasse de sarcasmo para aliviá-la. Anna sabia que queríamos nos separar antes do acidente. O espetáculo de nossa coabitação forçada a afligia.

Nós dois sabíamos que o estado de sua mãe a protegia de um drama bem mais terrível. Ekatierina, sem saber, lavrava todos os dias um campo minado ao nos pedir notícias de Vânia, nosso filho. Nós lhe respondíamos que ele estava em São Petersburgo e que com certeza estaria de volta dentro de um mês para as férias. Ela esquecia a resposta e refazia a pergunta uma dezena de vezes no mesmo dia.

Anna e eu tínhamos tudo em comum, exceto um sentido compulsivo da ação que ela puxara da mãe. Eu era mais melancólico e mais introvertido, só achava nas grandes extensões naturais uma energia primitiva que se liberava tão logo eu me afastava das concentrações humanas. Eu não havia vivido sob o reino do canibal vermelho, mas havia interiorizado, feito um luto longínquo, o terror de meus pais durante aquele período que acabara apenas quatro anos antes de eu nascer.

Fora os momentos passados com Boris e Anton, eu em geral me sentia melhor sozinho. Quando estamos sós com nós mesmos, sobretudo em plena natureza, acabamos esquecendo, tolerando sua inconsistência que fica suportável diante da imensidão. Os dias escoam-se assim mais levemente que quando a proximidade dos outros nos remete a nossa imagem. Existimos no olhar deles, ao passo que só o espelho da natureza não restitui nada do que somos realmente, por excesso de indulgência. A natureza é clemente para com homens como eu, permite que se espalhem ao vento, que se dissolvam em sua verdadeira dimensão. Sou dessa gente que se levanta de manhã sem vontade de viver mas ainda menos de morrer. Mesmo maltratado pela vida, mantenho o rumo sem entusiasmo nem amargura.

Perguntei-me se, ao me oferecer sua isbá, Boris não havia pensado fazer ainda mais por mim que por Ekatierina. Ela era um pretexto para sua generosidade, mas, por trás do ato fraterno, ele me dava a possibilidade de retirar-me do mundo feito um velho *starets*, um desses monges ortodoxos que encontram na reclusão o sentido da fé.

Nessa noite, Anna parecia alegre. Entrara correndo no quarto da mãe, onde esta e a *babuchka* a viam na televisão em seu programa diário. Fascinadas por sua imagem na tela, as duas mulheres não se eternizaram em saudações. Anna voltou-se então para mim. Deixou-se cair numa poltrona de veludo gasto e suspirou com alegria. Antes de deixá-la expor-me a notícia que a deixava alegre, tomei a iniciativa para lhe falar daquela que havia abalado meu dia.

— Recebemos o dinheiro hoje de manhã, o título de propriedade e minha aposentadoria do ensino.

Ela ficou sombria.

— Enfim um ponto final na história. O que eles exigem em troca?

— Nos proíbem de falar sobre o assunto com quem quer que seja e querem que mudemos para um apartamento que eles pagam para nós em São Petersburgo.

— E você pretende mudar para lá?

— Não.

— E então?

— Então nada, vamos continuar a viver aqui e vou manter o apartamento vazio enquanto não pudermos fazer de outro jeito.

Vi-a ficar totalmente sombria.

— O que a contraria, Anna?

— Você fala de uma proibição de falar sobre esse assunto. É um problema para mim.

— Mas, que eu saiba, essas obrigações não lhe dizem respeito. Elas só valem para mim e sua mãe. Somos os únicos beneficiários da "gentileza" deles.

— Você tem certeza?

— Tenho. Sei que tudo é possível neste país, mas você não é visada pelas restrições deles. Então, agora, o que a deixava feliz há pouco, quando chegou?

— Um acontecimento em relação com isso tudo. Um jornalista francês telefonou para a redação do canal. Está procurando uma correspondente que fale francês ou inglês, que saiba dirigir e o acompanhe durante uma investigação de três dias...

— E paga bem?

— Cento e cinqüenta dólares por dia.

— É muito. Mas você quer mesmo fazer isso?

— Quero, do ponto de vista profissional e financeiro. Cento e cinqüenta dólares, você imagina? E, além disso, com todas as despesas pagas. Mas, pessoalmente, tenho medo de remexer nisso tudo.

— Você está errada. Nesta sociedade, é possível fazer dinheiro com tudo, até com a própria infelicidade. Mas o que esse jornalista está mesmo procurando e para fazer o que com isso?

— O que você quer que ele procure, além da verdade?

— A verdade? Ele acha que, vindo aqui três dias, vai descobrir a verdade, enquanto milhares de pessoas conjugaram seus esforços para roubá-la de nós? Você não pretende dizer a ele o que somos os únicos a saber, espero.

— Não, não vou contar isso para ele, nunca. Ele que investigue. Não tenho compromisso quanto ao resultado. Vou só facilitar os contatos para ele, mais nada.

— Então, aceite. É um bom dinheiro, e você não está vendendo os seus princípios. Quando ele chega?

— Daqui a três dias. Você poderá me ajudar se eu precisar de você para traduções?

— Claro. A sua mãe com certeza seria mais eficiente e além disso é ideal para a confidencialidade, toda conversa será esquecida quinze minutos depois.

— Não achei graça.

— É verdade, desculpe. Aceito ajudá-la, estou sem fazer nada. Tenho que lhe dizer também que Boris me ofereceu sua isbá e os dois cavalos. Vou tentar levar a sua mãe para lá na primavera, para que ela possa evadir-se desta prisão e pelo menos fazer algo por si mesma de vez em quando. Vou também investir dinheiro na empresa de Boris.

Anna ficou para o jantar, o que não acontecia há semanas, e fui até comprar uma garrafa de vinho da Moldávia. Quando a noite estava chegando ao fim, a nossa, pelo menos, ela nos deixou para encontrar os amigos de sua idade. Senti inveja mas logo a afastei antes que a tristeza viesse ocupar o seu lugar.

No dia seguinte, primeiro tomei meu café com Ekatierina. Ela afirmou que tínhamos em nossa pequena biblioteca, ela se lembrava perfeitamente, um livro do escritor francês Julien Gracq que um tradutor lhe trouxera, uns dez anos antes. O título era *Un balcon en forêt*. Ela queria relê-lo pela música das palavras. Eu nunca vira esse livro. Não tínhamos tantos para que eu não os conhecesse todos, mas esse não me dizia nada. Eu me inquietava, temendo que suas lembranças também começassem a se degradar. Prometi revirar o apartamento pelo avesso. Quando a avó chegou feito uma empregada que não se permite um minuto de atraso, as duas mulheres foram para o quarto, e fiquei ali, aproveitando plenamente meu ócio. A idéia de fazer uma visita a Aleksandra Aleksándrovna veio-me espontaneamente, mas ainda era um pouco cedo para eu me apresentar à porta de uma mulher. Fiquei na janela com a curiosidade de uma pessoa idosa, a observar os arredores em busca de um frêmito inabitual. Nada de particular, a noite continuava não concedendo nada ao dia. Dei-me o tempo de escutar um pouco de música e bati na porta de Aleksandra Aleksándrovna.

Ela estava de camisola, constrangida por ser surpreendida naquele estado. Por pudor, ajustou o cinto, realçando sem querer o peito. Seus cabelos em desordem davam-lhe um ar mais jovem.

— Acho que estou incomodando, Aleksandra Aleksándrovna, posso passar outra hora, se você quiser.

— Ah, não! — defendeu-se e, com um sorriso enorme, fez-me sinal para entrar.

Entrei em seu apartamento como numa igreja pela primeira vez, empurrado por uma mistura de curiosidade e temor. Ela me fez sentar na sala que não era muito grande, enquanto foi esquentar o café. A decoração era da época antiga. O tempo parecia ter parado. Os móveis eram de estilo Brejnev em madeira compensada. Sobre um deles, retratos do marido estavam alinhados. Em todos ele estava com uma boina de oficial da marinha. Detalhe perturbador, ela agora tinha idade para ser mãe dele. Ela voltou da cozinha com o café e um ar feliz.

— Veio me dizer que tem uma solução para o problema dos sanitários ou para conversar comigo?

— Se for pelos dois, não será demais para um primeiro dia?

— Não acho — respondeu sentando-se com um sorriso infantil.

Depois, ficamos sem dizer nada por um momento, como se esperássemos que o café esfriasse para falar.

— Vou mandar vir hoje mesmo alguém para o problema do encanamento e assumirei completamente a despesa.

— Então, está feito, você é rico, Pável Serguêievitch.

Seu olhar perdeu-se por um momento.

— As coisas de fato estão mudando ou é uma exceção?

— Acredito mais na exceção, Aleksandra.

Ela soltou um sorrisinho com o canto da boca.

— Também acho, nada jamais muda neste país. Não digo isso para embaraçá-lo, mas continuo sem receber minha pensão de viúva, faz três meses que estou esperando. Nada, nem um rublo. Vivo das aulas de música que dou para os filhos dos novos-ricos. Mas não há muitos novos-ricos ou então eles não estão nem aí para que os filhos estudem música, e mal dá para eu viver. Não estou mais nem economizando, acabo economizando a mim mesma. Não faço nada que possa constituir uma despesa, leio sempre os mesmos livros, escuto os mesmos discos. Coloco-me entre parênteses. Mas nem me queixo mais, aliás, não tenho com quem me queixar. Espero dias melhores. Não vejo de onde possam vir, mas não quero perder meus sonhos. E sinceramente, Pável, estou do fundo do coração feliz por você. Não sou invejosa nem ciumenta. Esses sentimentos não têm lugar em tais circunstâncias. É claro que eu também gostaria que me aliviassem de preocupações materiais, que me permitissem deixar este fim de mundo, esta Sibéria do Oeste, pois sabe, não sou daqui. Talvez eu nunca lhe tenha dito na época em que partilhávamos o apartamento. É preciso dizer que era uma época particular, a gente não se abria muito, ninguém sabia com quem estava lidando. Conheci meu marido em São Petersburgo e viemos para cá em sua primeira nomeação. Quando ele morreu, não me mandaram voltar para lá. Disseram-me que deixasse meu apartamento em S. a pretexto de que era uma cidade proibida, que eu não tinha mais nada a fazer lá, e em seguida instalaram-me aqui, feito uma trouxa de roupa velha com uma pensão de viuvez ridícula que nem sequer são capazes de me pagar.

— Se eu lhe perguntar como o seu marido morreu, Aleksandra, você levará a mal?

Ela imobilizou-se por um curto instante, olhar fixo num retrato de seu homem de pé diante da torre do submarino, e como se bruscamente despertasse:

— Ah, não! Mas não sei mais que a versão oficial. Eles não estavam muito longe daqui, no mar de Barents. Estavam voltando de uma missão de três meses. Ainda estavam em imersão quando houve uma explosão no reator nuclear. Pegou fogo, mas eles tiveram tempo de voltar à superfície. Uns dez marinheiros morreram na explosão, seis mais tarde, por causa das radiações. Os que ainda estavam vivos após a explosão foram puxados por um guindaste de um helicóptero. Mas havia muito vento e, como era inverno, não se via muita coisa. O mar estava agitado. Quando puxaram meu marido pelo guindaste, a nacela foi sacudida por uma rajada de vento. Ele caiu de 23 metros de altura segundo o relatório que não li mas de que me falaram. Caiu em cima do casco do submarino. Como este era arredondado, ele escorregou e foi para o mar. Não conseguiram recuperá-lo. No enterro, um sujeito do ministério ou de não sei o quê, que jamais se molhou a não ser sob a chuva, disse-me textualmente: "Não há nada a lamentar, senhora, ele estava morto após a queda, não se afogou e portanto não sentiu que morria. De qualquer modo, mesmo que a nacela tivesse conseguido levá-lo até em cima, ele estava tão irradiado que teria morrido meses mais tarde em sofrimentos horríveis." Apesar da minha dor, ele me deixou com tanta raiva que berrei: "Vocês não sabem construir submarinos, tudo o que vocês sabem construir são caixões de chumbo." Não sei mais, em seguida, como eu lhe disse, eles "liberaram" o alojamento que tínhamos para uma família de oficial e alojaram-me no seu apartamento comunitário.

Enquanto ela falava, eu detalhava seu rosto pela primeira vez e a achava de fato bela. Contar sua história a havia cansado um pouco. Mesmo assim, ela continuou:

— Contei-lhe isso tudo de bom grado, mas não se sinta obrigado a abrir-se também. Não somos forçados ao equilíbrio. Além do mais, as coisas são diferentes. Já faz tanto tempo que tudo isso aconteceu. Fiz meu luto, esse tempo necessário para esquecer aqueles que amamos e nos convencermos de que não é verdade. Dizem que é preciso agarrar-se a pequenas alegrias cotidianas, mas onde encontrá-las quando não se tem 100 rublos no bolso? Nem sequer tenho um carro para ir ao campo e estou confinada nesta arquitetura de guarnição a ver passar as noites sem dia uma grande metade do ano, e os dias sem noite o resto do tempo. Às vezes, quase tenho raiva de meu falecido marido por ter-me trazido para cá, por não ter sabido me fazer filhos e ter-me abandonado para desaparecer como "perda militar". Se fosse para recomeçar, eu não recomeçaria, eu diria: "Vassíli, encontre outra para sonhar com o seu uniforme e passar sete meses por ano sozinha enquanto as profundezas vão deixando você com a cara cinzenta." Se eu tivesse filhos, poderia pelo menos lutar por alguma coisa, mas lutar pela pobre vida que ele teve, me pergunto realmente... Me pergunto como fazem essas pessoas que se gostam tanto. É o seu caso, Pável?

— Já me aconteceu fazer-me a pergunta e, como nunca pude dar a ela uma resposta positiva, evito fazê-la de novo.

— Temos pelo menos um ponto em comum. Mas aqui estou eu falando feito esses adolescentes que contabilizam suas afinidades.

— Afinal, sob o envelope amarelado, talvez não tenhamos mudado.

— Só que me pergunto que tipo de adolescentes pudemos ser, a marchar a passo de ganso, a nunca escoicear, a aprender a desconfiar dos outros, a se dobrar à lei milenar dos velhos deste país.

— Sabe, Aleksandra, pensei com freqüência no povo russo e naquilo que faz com que ele seja único no mundo. Cheguei à conclusão que ninguém tem a nossa capacidade de nos imaginar tais como não somos. O que somos é um povo cheio de suspeitas, rancoroso, dominador, burocrático, que se compraz na adversidade, seu maior adversário sendo ele mesmo. E de tudo isso resulta uma capacidade excepcional de suportar o pior em períodos que superam a imaginação. Veja o exemplo da última guerra. Enquanto milhões de russos morriam no *front*, o antropófago venerado do Krêmlin estava ocupado em matar os seus como se temesse que a guerra lhe fizesse sombra.

— Nós não mudamos — ela acrescentou sorrindo.

Depois, como se tomasse consciência de nossa impotência, ela mudou de assunto:

— Como vai Ekatierina Ivánovna? Estou realmente confusa, eu deveria ter-lhe perguntado...

— Ela vai tão bem quanto possível. Mas não vejo muitos progressos. Um grande amigo meu que é médico me disse que esse tipo de distúrbio não deveria persistir eternamente.

— Ela está amnésica, é isso?

— É, uma forma de amnésia parcial que poupa as lembranças existentes, mas não permite fixar um acontecimento novo na memória.

— Nunca ousei visitá-la. Tínhamos relações tensas quando eu morava no apartamento comunitário. Ela não gostava de mim por eu ser testemunha de certas cenas entre vocês. Não quero dizer que assisti a gritos ou coisas assim, mas vocês às vezes tinham conversas muito vivas, ainda que dominassem o tom. Com toda sinceridade, nunca me interessei por essas conversas, nunca me esforcei para escutá-los, mas poderia tê-lo feito, e parece-me que bastou para criar nela um sentimento de suspeita em relação a mim. Um pouco antes do acidente dela, pensei em ir vê-la, tentar conversar um pouco, fazê-la entender, ainda que fosse muito delicado abordar esse tipo de assunto, que eu não havia escolhido aquela promiscuidade que me tornava testemunha das tempestades da intimidade de vocês. Pelo que você me diz da doença dela, não adiantará nada eu visitá-la agora, pois ela não guardará a lembrança e ficará com os antigos preconceitos.

— Lamento, mas acho que você tem razão.

— Ela sofre?

— Acho que sim. O pior são as vertigens que a dominam quando percebe que esqueceu o que tinha decidido fazer. Ela perdeu toda autonomia e todo futuro.

Aleksandra afundou-se na poltrona de veludo dourado puxando mais uma vez o cinto. Ajusta-se, depois retoma:

— Lamento muito, Pável. Acho que você tem muita coragem para ficar de pé diante de tantas tragédias.

— Temos escolha?

Depois, falamos de uma porção de outras coisas. Evoquei a isbá e os dois cavalos que meu amigo acabava de me dar. Ela me escutou, maravilhada. Perguntei-lhe se gostaria que fôssemos lá um dia com meu carro. Ela imediatamente aceitou antes de se retratar pelo medo do "o-que-é-que-vão-dizer".

— Isso deixaria supor, se nos virem juntos, que as pessoas se comunicam — retorqui. — Neste prédio, os ocupantes nunca se falam, evitam-se como no tempo do antigo regime, quando cada palavra era pesada antes de ser pronunciada. E depois, qual é o risco? Que fofocas cheguem aos ouvidos de Ekatierina? Ela não se lembrará, de qualquer modo. Não seria abusar de seu estado, tínhamos decidido nos separar antes daquele infeliz acidente.

— Ainda que as coisas estejam claras, você não teria a impressão de enganar a confiança dela, agora que ela diminuiu?

— Ela não diminuiu o bastante para ter esquecido seus rancores. Sua consideração por mim não melhorou, quanto à minha por ela, não tem importância.

— Isso não me diz respeito. Você é livre para não me responder, mas o que podia ela lhe censurar?

Juntei energia por um pequeno momento antes de prosseguir:

— Somos sempre tentados a justificar nossos atos e as situações em que nos encontramos. Mas às vezes as coisas não passam de um longo processo de desmoronamento, uma erosão do interesse que temos pelo outro e não há nada a fazer. Então, se fosse preciso encontrar apenas uma razão, a origem dessa deliqüescência de nosso casamento, por mais minúscula que possa ser a bactéria em relação ao mamute da Sibéria que vai resultar disso mais tarde, direi que tudo partiu de uma coisa, ínfima em aparência: minha falta de coragem para emigrar quando ainda era tempo. Mas seria um erro ver nisso a única causa.

Aleksandra, circunspecta, apertou ainda mais o cinto, o que teve por efeito descobrir um pouco mais seus seios e despertar em mim um desejo adormecido há anos.

— E emigrar para onde?

— Para Israel.

— Por quê? Ekatierina é judia?

— Ah, não! Não é, seria antes uma grande russa se a escutassem. É uma história meio longa. Vou lhe contar quando nos virmos de novo, pois vamos nos ver, não é?

Separamo-nos satisfeitos com esse primeiro encontro que não pressagiava nada, exceto um pouco menos de solidão para cada um. Mas eu já não a via mais com os mesmos olhos. Não se olha do mesmo jeito uma vizinha resignada mal-ajambrada em roupas de inverno e uma mulher de olhares cúmplices numa camisola cujos ajustes inundavam a minha vida com uma luz nova.

No dia seguinte, uma onda de frio abateu-se sobre o círculo polar e todas as bondades da corrente do Golfo nada puderam contra ela. O termômetro beirou os 45 graus abaixo de zero. De minha janela, a cidade dormia o sono dos afogados em águas frias. Poucos carros conseguiam arrancar. Fui mesmo assim ao supermercado que fica a uma centena de metros do prédio. Voltei de lá com provisões para nossa família, mas também para Aleksandra. Imaginava que ela não podia sair para dar suas aulas de música e que, privada dessa fonte de renda, esse período anunciava-se difícil para ela, pois quando faz frio o governo não paga melhor que nos belos dias as pensões. Eu tinha medo de feri-la dando-lhe víveres como se estivesse fazendo caridade, então me apresentei como alguém que se convida para almoçar trazendo a comida e se propõe a cozinhar. Ela não pareceu realmente espantada de me ver bater à sua porta tão pouco tempo depois de nossa última conversa. Parecia feliz em me rever. Eu havia providenciado uma garrafa de Rúski Standard, vodca sem aditivos petrolíferos. Enquanto eu preparava o assado, tomamos uns aperitivos. Ela pôs música, Björk, uma cantora islandesa cuja voz combina com o nosso clima. Bebemos mais do que estávamos acostumados. Ao contrário de Anna, inebriada pela aventura que se preparava, eu me sentia culpado. Enquanto acertava o fogo sob as panelas, eu buscava silenciosamente convencer-me de que tinha razão de me deixar levar. Mas o ato falho, a queda de Ekatierina, voltava-me sem cessar à mente como se tivesse querido dizer-me uma coisa que eu não conseguia decifrar. O mais duro é que, antes mesmo de começar, eu já via os limites de minha relação com Aleksandra, preso àquela mulher sem futuro, a minha, que, embora sem me amar, encontrara um meio de me escravizar para sempre. Mas Aleksandra não pedia garantia alguma. A refeição terminou, ficamos na saleta onde ela se limitou a virar discretamente os retratos do marido tenente de navio, de cara para o móvel. Depois, as coisas se precipitaram como se fosse preciso apagar um incêndio. Eu não tinha a lembrança de ter mergulhado num corpo de mulher daquele jeito. Tratava-se para ambos da mesma violenta pulsão vital. Rolamos do sofá para o carpete que me ralou as juntas feito lixa, tanto quanto minha barba nascente sobre sua pele de loura. Não parávamos de viver. Quando a animalidade se libera a esse ponto, é para contentar os amores mais civilizados. Quando a tarde chegava ao fim, temi a vacuidade do prazer saciado e suas vertigens, mas se as pernas bambas não conseguiam mais me carregar, nenhum desespero veio me atrair para suas redes. Lembramos por um curto instante que já tínhamos feito amor juntos, e nossos risos atravessaram o prédio. Nossa vida acabava de tomar uma repentina densidade.

Na semana seguinte, a temperatura subiu uns trinta graus. O céu aproveitou para libertar-se e a neve voltou, preguiçosa. Clareada por essa nova camada de branco imaculado, a cidade algodoada parecia mais alegre de noite. Anna chegou certa tarde com sua cara dos dias ruins, quando sua concepção das coisas bate de frente com a realidade do mundo. Estava bastante inquieta pois a televisão nacional falava muito de uma busca nos escritórios de seu chefão em Moscou, o oligarca Aleksandr Davídovitch. Uma batida policial mais severa, divulgada pela imprensa de modo a mostrar que um novo homem forte instalado havia pouco no Krêmlin decidira mandar no jogo. Anna, aterrorizada, via o mundo de ontem, o meu, voltar a passos largos para apagar dez anos de anarquia criativa.

— O presidente só quer mostrar aos oligarcas que o poder de hoje não é o de ontem e que ele não vai se limitar a assistir, complacente, à transferência das riquezas em troca de uma esmola aos quadros do antigo regime, como fez Iéltsin. Os homens do KGB acabam de passar dez anos vendo os oligarcas se enriquecerem como um cervo deitado no mato alto olha estarrecido a passagem do Transiberiano. Depois de tomar conhecimento da notícia, pensei com meus botões: "Estão querendo a parte deles do bolo." Mas dividir não faz parte da nossa cultura. Eles vão pegar tudo, expulsá-los ou matá-los um por um. Vão ganhar com certeza, não só porque a força está com eles, mas porque os outros, todos os oligarcas que privatizaram a economia russa em proveito próprio desde a perestróica, estão tão habituados a vencer sem lutar, só pela corrupção, que não ficarão de pé um segundo diante do novo dono do império. Ele não só tem a força, mas vai obter o apoio das boas almas, aquelas que estão dispostas a acreditar em qualquer coisa, em particular numa renacionalização da economia em proveito do povo russo, enquanto veremos um dia que, por trás das aparências, a realidade é bem diferente, que uma nova raça de predadores limitou-se a suceder a atual. O seu Davídovitch e seu bando de companheiros cometeram o erro de acreditar que o presidente ia agradecer a eles por terem-no ajudado, por terem-no colocado lá onde ele está. E como puderam pensar que os tentáculos do polvo formado em setenta anos de serviços secretos iam deixar o dinheiro fugir o tempo todo? No início, eles não tinham escolha. O que pode fazer um homem do KGB com uma empresa nacional, a não ser liquidá-la por um décimo do valor? Agora que os oligarcas estruturaram a economia, basta tirá-la das mãos deles, em nome de um interesse geral que ressoa na boca dos novos locatários do Krêmlin como a palavra "clemência" na boca de um pistoleiro de aluguel.

— E você acha que eles podem fechar a nossa televisão?

— Os negócios não precisam de publicidade, Anna. O presidente não tem interesse algum em ver prosperar canais independentes de televisão nos cafundós do império. Se vocês se limitassem a realizar programas com cantores que se requebram, ele deixaria para lá, mas se vocês mexerem na informação, é outra coisa.

As mãos dela não pareciam com mais nada, tanto ela roía as unhas. Decidida por um curto momento a não mais tocar nelas, colou-as sob as axilas cruzando os braços antes de me anunciar que o jornalista francês chegava pelo vôo de Moscou no dia seguinte. Anna estava contrariada com um detalhe material. Ela não tinha carro. Tinha achado um, um Volga dos anos 70, mas ninguém para dirigi-lo, o proprietário estava doente. Anna explicou-me isso tudo e, antes que me pedisse, aceitei também o trabalho da tradução simultânea das entrevistas que ela planejara. Por princípio, fingi aceitar a contragosto embora, no fundo, estivesse emocionado por trabalhar com ela, mesmo que por poucos dias. Ao romper meu compromisso de não me comunicar sobre o caso com jornalistas russos ou estrangeiros, eu ia pela primeira vez na vida enfrentar as autoridades. Um risco bem pequeno, na verdade, uma vez que a proibição feita às famílias de falarem sobre o caso era de puro princípio. Como o Estado pode temer as revelações de gente que não sabe nada?

O jornalista chegou pelo vôo da tarde. Eu pensava que ele ia desembarcar um pouco contrariado por duas horas nas linhas da Aeroflot, num Tupolev de poltronas arrebentadas. Há pouco tempo ainda, a companhia poderia ter tomado o nome de Aero-solo porque era preciso desmontar dois aviões no *tarmac* para fazer um voar. Eu esperava que houvesse atraso, mas ele chegou na hora. Fiquei no carro mantendo o motor ligado caso lhe viesse a idéia de não arrancar, enquanto Anna aguardava o jornalista na frente do controle de saída, aquele em que um recepcionista sentado se assegura de que as bagagens com as quais saímos são mesmo as nossas. Ela havia preparado um pequeno cartaz caso ele não a reconhecesse. Ele estava equipado bem demais para não se distinguir dos russos. Era um homem relativamente alto de rosto a um só tempo suave e marcado. Como Anna entrou atrás para lhe deixar a poltrona da frente, ele espontaneamente sentou-se a seu lado. Quando deixávamos o aeroporto, Anna lhe explicou que eu era seu pai, ele se disse constrangido por ter-me tomado por um motorista. Durante o trajeto, eu o via pelo retrovisor observar minha filha. Era a primeira vez que eu a via no olhar de um outro. Perguntei-lhe se não achara esse trecho da viagem difícil demais, ele me respondeu que havia visto outros, particularmente na África, o que eu não achava lisonjeiro para nossa aviação doméstica. Ele tentava olhar pelo vidro para ter uma idéia do lugar onde estava, mas a noite era negra. Perguntou-nos a que horas o sol saía.

— Às 9h, mas só daqui a quatro meses — respondi.

Ele me pareceu um pouco preocupado.

— Não vou conseguir filmar ao ar livre!

— A não ser que o senhor tenha um projetor, mas não seria muito discreto. Quer fazer um documentário? Eu pensava que vinha investigar para um jornal.

— É verdade. Mas se, além disso, eu puder fazer um documentário com minha pequena câmera de vídeo, também é bom.

— Exceto que as pessoas que o senhor vai ver não lhe falarão da mesma maneira diante de uma câmera, por timidez ou por um cabotinismo que incita a fazer um pouco mais que o necessário. Ou ainda por medo de deixar rastros. Os períodos em que pudemos nos exprimir com toda liberdade em nossa história contam-se em semanas.

Anna aproveitou para acrescentar:

— Meu pai, Pável Serguêievitch, é professor de história. Enfim... era, pois se aposentou faz alguns dias.

— O senhor parece jovem para estar aposentado.

— Nunca se é jovem o bastante para trocar um salário miserável por uma aposentadoria miserável. Sobretudo porque jamais ensinei história de fato.

— Por quê?

— Não há história neste país, no sentido das ciências humanas, apenas contos para crianças, às vezes imorais.

— Por exemplo?

Refleti um pouco antes de soltar sorrindo:

— Stálin. Foi o bicho-papão que pisoteou os jovens brotos do jardim do Éden. O jardim do Éden é o comunismo. Não vem à cabeça de ninguém que o comunismo é Stálin, entende?

— Entendo muito bem, é a mesma coisa para alguns no Ocidente.

Anna, muito profissional, deu-lhe em detalhes o programa da visita que só lhe deixava as noites para respirar. Sem ter-me falado disso antes, ela evocou a possibilidade de se aproximar da carcaça com um barco de pesca fornecido por um amigo de seu pai. Compreendi de que amigo se tratava. O jornalista mostrou-se muito espantado com essa possibilidade que ele nem sequer havia cogitado.

— E não teremos problemas com as autoridades?

— É tudo uma questão de preço. As "autoridades" são uma noção meio vaga. Alguns de seus elementos se adaptaram relativamente bem à noção de mercado.

— E você acha que poderei encontrar famílias?

Anna desviou a cabeça e respondeu:

— Não acredito. Todas as famílias deixaram a região ou estão a ponto de fazê-lo. E não estão autorizadas a se comunicar com jornalistas, sejam eles russos ou estrangeiros.

Como eu o via decepcionado, acrescentei:

— De qualquer modo, as famílias não sabem nada. Tudo o que o senhor poderia recolher seriam prantos, mas não elementos precisos. Se o senhor quiser fazer uma verdadeira investigação, não precisará encontrar as famílias, a dor que sentem não vai ajudá-lo.

— Os meios de comunicação para os quais trabalho buscam informar mais que emocionar.

— Então, acho que estamos de acordo.

Deixei-os no hotel, no centro, perto da estação que liga a São Petersburgo. É um desses antigos hotéis que serviam aos quadros do partido em viagem, tornado mais humano e mais confortável desde que estrangeiros ali se hospedam. É ali que se fazem todos os negócios desta região. Ao sair do carro, ele levantou a cabeça, agradavelmente surpreso por ficar hospedado numa grande construção animada. Ajudei-o a levar as malas até o elevador enquanto Anna cuidava das formalidades. Despedimo-nos friamente. Ele parecia um pouco cansado da viagem, meio perdido na noite polar, e ainda um pouco desconfiado em relação a nós. Imagino que se perguntava se aquela viagem lhe permitiria obter informações proporcionais ao dinheiro que ele investia. Antes de subir naquele modelo puramente soviético de elevador que não se digna a diminuir a velocidade antes de parar, ele me perguntou se tínhamos visto um ou vários outros jornalistas franceses ou ocidentais que tivessem vindo investigar. Tranqüilizei-o, ninguém viera antes dele para fazer um trabalho sério, nós teríamos sabido. Explicamos a ele que, é claro, no momento dos fatos, multidões de jornalistas vieram correndo cobrir o acontecimento, mas verdadeiros investigadores, *in loco*, certamente não. E quanto aos documentários projetados nos canais ocidentais, eram montados com imagens compradas das televisões russas. Contei-lhe que Anna havia economizado dinheiro suficiente para fazer seu serviço viver durante dois meses, só com a venda de imagens para televisões japonesas, vistas do mar de Barents, verde sombrio feito o fundo de uma garrafa, sem navio por cima, nem construções ao longe. "Por que não tirar fotos do Pacífico em dia de tempestade?", Anna perguntara a eles antes de saber quanto propunham. Não, queriam fotos autênticas daquele mar glutão. Mas não a ponto de sair do hotel e subir num barco para ir tirá-las eles mesmos. Em meu impulso, contei-lhe a febre da imprensa internacional, disposta a comprar qualquer foto ou imagem que pudesse restituir o ambiente do caso. Clichês vagabundos e empoeirados em poucos dias assumiam inesperado valor de mercadoria, contanto que dessem de nossa decrepitude a imagem esperada.

— Mostrar o caso sob esse ângulo já é um ponto de vista — sublinhei —, um *a priori* que de imediato obscurece a realidade. Além do mais, quando tudo terminou, eles fugiram como um bando de pardais após a primeira detonação, deixando uma parte da população entregue à sua infelicidade, a outra a seus lucros hoteleiros.

Antes de nos despedirmos, maliciosamente, aconselhei-o a desconfiar das garotas que andam em dupla no bar do hotel, no ápice da elegância discreta, de uma beleza de cortar o fôlego e capazes de sustentar uma conversa sobre os grandes autores russos. Em seguida, lamentei, aquele rapaz tinha viajado o bastante na vida para desenvolver defesas contra essas mulheres venais que compreenderam que riscar a vulgaridade de seu arsenal já era fazer a metade do caminho que as conduz aos clientes.

Anna e eu voltamos para casa. Não falamos muito do jornalista. Era apagado demais para que formássemos uma opinião. Recomendei a ela cobrar já no dia seguinte para evitar ter com ele uma conversa difícil no último dia, embora o homem parecesse honesto. No apartamento, a avó lá estava como sempre. Esperava-nos para voltar para casa. Eu a olhava como o preço a ser pago por meus momentos de liberdade. Eu não gostava dela, mas veio-me à mente que a pior das coisas que podia me fazer aquela velha mulher era morrer. Ela era política o bastante para ter entendido isso, daí aquela maneira de passear sua silhueta robusta, a cabeça erguida, tendo nos lábios um ar de deleite, e de nos deixar com a arrogância da dama de companhia abarrotada de confidências da patroa.

Anna estava um pouco febril. Queria ajudar o jornalista a ter êxito em sua investigação, embora lamentasse não poder conduzi-lo a toda a verdade. Certos interesses às vezes são superiores a ela e é preciso acomodar-se, foi o que me esforcei em lhe repetir.

Passamos para pegá-lo no hotel por volta de 10h para irmos ao primeiro encontro que Anna havia conseguido com a ajuda de seu redator-chefe. O encontro devia acontecer na prefeitura, a apenas 300 metros do hotel, e resolvemos ir a pé apesar do vento do norte que soprava em rajadas. O prédio público era de uma arquitetura soviética comum, projetado sem preocupação de economia para se dar uma majestade, para mostrar ao comum dos mortais seu tamanho pequeno comparado à grandeza das idéias em marcha. Os soviéticos para isso jamais inventaram nada, inspiraram-se nos ortodoxos, o mau gosto inclusive. O prédio era muito aquecido, herança também da época antiga. Um cheiro de tinta fresca agredia o nariz. Um recepcionista cujo desenvolvimento muscular se fizera em detrimento da massa cerebral, recém-barbeado até sangrar, nos indicou, ao darmos o nome de nosso contato, um corredor que não acabava mais, com números de portas que começavam na dezena de milhar, maneira de fazer crer que a construção alojava muita gente. Acabamos encontrando o 11.171 *bis*. Quando entramos, dois homens estavam um diante do outro, em grande discussão. O mais imponente dos dois compreendeu que éramos seus visitantes. Abriu-nos uma porta ao lado, indicou-nos um assento antes de sair de novo para terminar sua conversa com o colega. Enquanto terminava com seu homólogo, recomendei ao francês que não se comportasse como jornalista, que não fizesse perguntas diretas sobre o caso, que se apresentasse mais como um homem de ficção. Nosso interlocutor voltou quando eu passeava meu olhar pelo escritório exíguo onde reinava uma maquete de submarino. Ele mesmo era de tamanho médio. Um paletó azul não conseguia disfarçar a barriga proeminente de *bon vivant* nas horas vagas. O rosto nada dizia dele, suas dobras adiposas formavam uma defesa natural contra o olhar de outros, o seu situando-se muito retraído, por trás dos olhos puxados. Sentou-se diante de nós três, alinhados. O ar que assumiu então não parecia ser o seu de costume. A pose imóvel era a de um burocrata um pouco arrogante, consciente da superioridade daquele a quem se vem solicitar algo.

— Pois não — murmurou ele com uma voz grave sem levantar os olhos, fixos na mesa à sua frente.

Encorajei Anna a fazer as apresentações.

— Este senhor é um escritor francês que quer escrever um livro sobre o drama que o senhor conhece. Ele mesmo é de uma família de oficial de marinha e prepara, como dizer... uma homenagem. Ele não está fazendo uma investigação e...

Ele a interrompeu, revelando um sorriso que, embora remendado por um dentista militar, não deixava de ser generoso.

— Guardei contatos com a marinha francesa. Faço parte de uma associação internacional e tivemos a oportunidade de nos ver. O tempo em que éramos inimigos ficou para trás; então de vez em quando nos encontramos e, sem trair segredos militares, trocamos nossas respectivas experiências. Existe uma verdadeira fraternidade entre submarinistas do mundo inteiro, ainda que nos tenhamos espionado por meio século. Brincamos de gato e rato a várias centenas de metros de profundidade e todos tivemos dramas mais ou menos parecidos.

— Minha redatora-chefe disse-me que o senhor conhecia bem o caso e que era um homem de grande experiência, foi por isso que desejamos conversar com o senhor...

— Fizeram bem. Lá se vão cinco anos que me aposentei da marinha. Propuseram-me este trabalho na prefeitura, mas lhes asseguro, não tem nada a ver. Aqui, são todos políticos, sujeitinhos que não sabem raciocinar direito. Usam de evasivas o tempo todo. Nos submarinos era outra coisa, lhes digo. Comandei submarinos durante quinze anos e conheço todo mundo. Naveguei com o comandante do *Oskar*, fui até seu instrutor e chefe.

Como ele fazia uma pausa, o jornalista me pediu que traduzisse uma longa questão, que lhe restituí no estado:

— Nosso amigo não veio para fazer luz sobre o naufrágio, mas ele afirma que uma tese bem difundida no Ocidente é que o *Oskar* teria sido afundado por dois submarinos americanos. Ele acha, é claro, que é uma hipótese completamente fantasiosa, mas a submete ao senhor, sabendo que compreenderia muito bem que o senhor não queira responder.

Nosso homem, o olhar sempre na horizontal, girou os polegares gordinhos.

— Posso falar sobre isso, mas antes me diga em que consiste exatamente essa teoria.

Contente demais com o presente caído do céu, o jornalista expôs a tese em curso nos meios de comunicação de seu país.

— Essa tese afirma que havia dois submarinos americanos espiões na zona de manobra russa. É comum, parece.

— É. Nós fazemos a mesma coisa. Posso lhe dizer que havia igualmente um submarino inglês.

— Dizem também que essas manobras eram importantes porque o *Oskar* ali testava uma nova geração de torpedos *Schkval*, esses mísseis de cavitação que se deslocam a 500 quilômetros por hora, diante de altos dirigentes chineses que assistiam ao exercício.

— De fato, é o que dizem.

— Os submarinos americanos teriam se aproximado do *Oskar*. Segundo nossas informações, o *Oskar* estava então se colocando em posição de lançar um torpedo, imóvel, em cota periscópica. Nesse instante preciso, um dos submarinos americanos teria batido nele de frente ao subir ao longo do casco. O *Oskar* teria imediatamente reagido abrindo sua portinhola dianteira e colocando um torpedo no tubo. O outro submarino americano, após ter ouvido em seu sonar o ruído característico da abertura da portinhola do lança-torpedos, temendo que o *Oskar* procurasse afundar aquele que teria batido nele, teria lançado um míssil de urânio empobrecido que teria penetrado no compartimento dos torpedos fazendo explodir a frente do navio, o que teria causado seu naufrágio. Repito, parece-me muito fantasioso, mas eu gostaria de ter o seu ponto de vista.

O velho submarinista concentrou-se por um curto momento antes de responder:

— Quanto ao que aconteceu, tenho uma teoria que é só minha. Mas posso lhe dizer que nenhuma outra teoria se mantém. A sua teoria francesa é a das autoridades russas nos primeiros momentos da catástrofe, é a que o FSB — nossos serviços secretos — divulgou para o planeta inteiro, logo eu a conheço bem. Sabe, rapaz, eu, com meus 60 anos, servi em todos os grandes submarinos nucleares deste país e não costumo ter papas na língua. Se hoje não sou almirante, foi porque nunca deixei ninguém pisar no meu pé, fossem meus superiores diretos, os ratos do Estado-Maior ou ainda o escalão acima, as fuinhas dos serviços secretos. As coisas não se passaram exatamente desse jeito. Estou de acordo sobre uma coisa na primeira teoria oficial, que foi completamente desmentida desde então, é que um submarino americano de fato está na origem do naufrágio. Mas ele não lançou torpedo. Primeiro, jamais um comandante de submarino americano teria lançado um torpedo sem recorrer à sua hierarquia, e não imagino por um instante sequer que o comandante naval o tivesse autorizado a atirar no *Oskar*. Seria uma verdadeira declaração de guerra. Depois, se a decisão é tomada, a ordem, no caso de um submarino russo desse tipo de casco duplo espesso, é lançar não um mas dois torpedos. Logo, não acredito nisso. Os submarinos russos e americanos cansaram de trombar em todos os mares do globo e ninguém jamais enviou um torpedo por causa de uma colisão, entende? E olhe que posso lhe dizer que, no tempo da Guerra Fria, éramos todos muito suscetíveis. Mas não cabe a mim comentar as razões que levaram o FSB, no início da catástrofe, a inundar os meios de comunicação com essa teoria, isso não me diz respeito. Agora, vou lhe explicar de que maneira as coisas se passaram.

Olhamo-nos os três, surpresos que ele tivesse com tanta facilidade mordido o anzol, enquanto se levantava para pegar sua maquete de submarino e uma régua de estudante. Voltou a sentar-se soltando na manobra a gravata prisioneira da barriga. Ao observá-lo, perguntei-me por um curto instante se estávamos lhe oferecendo uma segunda juventude que o tornava insensível a todo risco de represálias ou se ele estava simplesmente a ponto de nos manipular. Enquanto eu estudava o menor batimento de suas pestanas, circunspecto, ele começou sua demonstração, segurando numa das mãos a miniatura, na outra a régua.

— Foi mesmo um submarino americano que afundou o *Oskar*. Estava em observação na zona, o que é bem freqüente durante manobras, como dissemos. O submarino americano, sem ser tão imponente quanto o *Oskar*, era de qualquer modo um barco grande, o que chamamos, em nosso jargão, um classe IV, um tipo *Los Angeles*, 24.000 toneladas. Logo, vejam bem! O *Los Angeles* estava atrás do *Oskar*, a curta distância. Acho que sua tripulação estava em palpos de aranha, pois naquele lugar, no mar de Barents, a profundidade é pequena, 100 metros aproximadamente, e o *Oskar* tinha só ele uns 40 metros de altura, entendem? Além disso, os senhores devem saber que, nessa profundidade, as condições de escuta por sonar ficam deterioradas e que, além disso, os ruídos são multiplicados pelas dezenas de barcos que manobram na superfície. Como sabem, o *Oskar* preparava-se para realizar um disparo de teste. O que aconteceu, e posso lhes garantir, é que para se colocar em posição de tiro, ele virou à direita, subiu a profundidade de periscópio e, ali, imobilizou-se. O *Los Angeles* não entendeu nada da manobra e, como vinha em boa velocidade, bateu no *Oskar*. Como era mais baixo que o *Oskar*, que acabava de atingir a profundidade de periscópio, a vela dele rasgou o casco na altura das baterias sob o posto de comando. Foi a primeira explosão que os sismógrafos noruegueses ouviram. Em seguida, a água entrou nas baterias e o fogo atingiu mais de 1.000 graus. Dois minutos mais tarde, o compartimento dos torpedos explodiu afundando o navio. Então, os senhores vão me dizer que a colisão deveria ter arrancado a vela do *Los Angeles*. Mas é preciso saber que esses submarinos são equipados para emergir à superfície no Ártico e na Antártica e que suas velas são desenhadas e reforçadas para permitir que quebrem o gelo que está na superfície, sem sofrer o menor dano. No entanto, tenho provas de que o submarino americano ficou danificado, pois sua bóia de sinalização de emergência disparou, e, minutos mais tarde, a nossa aviação viu um submarino americano indo na direção da Noruega, onde sofreu reparos, é certo, temos fotos.

Ele se interrompeu. Parecia aliviado. Tirou um lenço do bolso, enxugou a testa com cuidado da esquerda para a direita. O jornalista pediu-me que traduzisse uma pergunta.

— Então, o submarino, após a explosão que lhe arrancou a frente, encalhou no fundo a 100 metros de profundidade, é isso?

— É isso.

— E o senhor acha que submarinistas sobreviveram às duas explosões?

— Tínhamos 118 submarinistas a bordo. Todos os que se encontravam nos seis primeiros compartimentos morreram em conseqüência da explosão. Na popa, como fecharam as portas estanques, 23 homens da tripulação sobreviveram. Mas, na minha opinião, não mais que por oito ou nove horas.

— Na imprensa internacional, falou-se de dois ou três dias.

— Não acredito. Foram encontradas cartas escritas por esses marinheiros que deixam pensar que não viveram mais que algumas horas.

— E ninguém tentou salvá-los.

— É claro que tentaram. Fez-se tudo o que foi possível. Mas quando chegou ao local, o nosso barco de salvamento não conseguiu abrir a porta da escotilha de segurança que fica na traseira, perto dos sobreviventes. Estava emperrada, por causa da explosão, a estrutura toda ficou torta, o casco se deformou e nossos especialistas não puderam fazer nada. Sei o que o senhor está pensando, aqueles homens refugiados na popa tiveram uma morte horrível, ouvindo o socorro se aproximar, se afastar, depois mais nada. Ninguém melhor do que eu pode saber o que eles sentiram. Conheci avarias, sabe. Estive até no *K-19*, aquele submarino vítima de uma avaria nuclear sobre o qual fizeram um filme com Harrison Ford. Naveguei naquele barco. O pior é o fogo a bordo. Uma vez, tivemos uma explosão em profundidade e perdi vários homens. Acostamos numa ilha, saímos com barras metálicas, cavamos nós mesmos os túmulos. Outra vez, fizemos um funeral em pleno mar jogando os corpos numa mortalha branca.

Ele se interrompeu, o olhar vago e embaciado. Depois retomou:

— Mesmo assim, eu não trocaria a minha vida por nada no mundo. Aqui, tenho a impressão de ser uma peça de museu. As pessoas que trabalham nesta prefeitura não são nada na escala dos valores humanos. Meu filho tentou me suceder, mas desistiu. A mulher pediu o divórcio assim que tiveram um filho. De que vale viver feito um danado debaixo d'água quando, em terra, as condições de vida melhoram ao ponto de que o dinheiro torna-se quase fácil? Eles todos nos abandonaram, não pagavam mais o soldo, era preciso brigar para ter comida decente, quase deixaram morrer de fome as tripulações estacionadas. Em certas bases, vi até filhos de submarinistas que sofriam de desnutrição. Um dia, tirei minha arma diante de um oficial do Estado-Maior que nos negava comida, achei que ia matá-lo. Fui censurado. Acho que hoje está melhor, mas nunca mais vai ser igual.

O jornalista olhava intensamente o nosso interlocutor, impressionado com sua humanidade que se revelava num crescendo. Depois, a barragem fendeu-se antes de ceder por completo num hino aos irmãos, àqueles homens que durante tantos anos enfrentaram com coragem a claustrofobia. Impossível calá-lo ao falar de seus colegas de ofício que, ao contrário dos pilotos de caça que buscam a façanha individual, formam uma verdadeira comunidade de homens que dependem uns dos outros, em que a hierarquia só é respeitada se estiver ligada a uma competência reconhecida, e se o superior tiver demonstrado, pelo menos uma vez, o cuidado que tem com seus homens. Em nenhum momento questionou seu papel, nem o de seus colegas, engajados numa corrida mórbida ao aniquilamento de nosso planeta. Talvez pensasse que, confiado às suas mãos e às de seus semelhantes, jamais nosso destino estivera mais bem protegido, identificando-se a uma muralha de cavaleiros contra a barbárie dos burocratas miseráveis de todos os tipos. Sentíamos que ele revivia ao falar conosco e temíamos por ele o instante da separação. Em nenhum momento pediu vingança para as vítimas do submarino abalroado. Mencionou que o almirante que comandava a Frota do Norte o havia feito. Ele o conhecia bem, e eu não quis abordar o boato segundo o qual o almirante, diante do desastre do desaparecimento de seus homens, em profundezas tão acessíveis, tentara pôr fim a seus dias. Eu pensava que uma pergunta como essa fatalmente o deixaria embaraçado. Nós o deixamos quando já havia passado a hora do almoço. Não comentamos muito essa primeira entrevista no caminho de volta, fazia frio demais, o vento nos açoitava e não sabíamos mais o que fazer para nos proteger.

Em poucos minutos chegamos ao restaurante que ficava no térreo de meu prédio. Uma vez transposta a porta dupla, o calor nos envolveu, sensação acentuada pelos lambris que cobriam as paredes. O lugar estava lotado apesar da hora um pouco tardia, jovens sobretudo, sentados à mesa com a mesma desenvoltura e a mesma despreocupação, imagino, que em qualquer cidade ocidental. Pareciam-me estranhamente longe de nosso assunto. Entretanto, nem um dos que se agitavam de copo na mão, cigarro nos lábios, ignorava a catástrofe. A maioria conhecia direta ou indiretamente uma vítima ou um parente de vítima, nenhum pudera ficar completamente afastado. E no entanto, quantos tentariam saber o que realmente se passara? Essa tragédia havia suscitado lágrimas, uma emoção sem futuro e questões que sofrem o ciclo de um produto de consumo. A atração pela tragédia havia declinado para entrar na história de uma velha nação que se esmera em envelhecer seus jovens chumbando-os com o peso dos dramas.

A dona era uma mulher morena, baixinha e redonda, óculos compridos de armação escura, que dera a seu restaurante um nome italiano com certeza herdado de sua primeira viagem ao Ocidente, no tempo da perestróica. Sem precisar aproximar-se de nossa mesa para saber que nela se falava francês, ela interrompeu a música vagamente americana que tocava no restaurante para trocá-la por uma verdadeira antologia da canção francesa, de Dalida, Joe Dassin a Patricia Kaas. Nosso francês agradeceu-lhe com um gesto de cabeça que ela se apressou em devolver. Minha filha estava sonhadora. Era difícil discernir o assunto de seus pensamentos, mas eu a sentia profundamente remexida por aquela situação para a qual ela não se preparara. Entrara naquilo como se fosse uma ficção, acontecimentos com os quais nada tinha a ver. Senti-me culpado por tê-la incentivado a ajudar aquele francês.

— Eu não esperava encontrar alguém tão sincero — soltou este último olhando o cardápio em inglês que uma deslumbrante garçonete loura lhe passara. — Aquele homem não pode estar mentindo.

— Mentindo, não creio — respondi —, mas, daí a dizer a verdade, falta muito.

— O que o senhor quer dizer?

— Acho que ele está convencido do que afirma. Há alguns anos apenas, sua veemência contra as autoridades o teria desacreditado. Só um homem ligado ao KGB podia falar daquele jeito. Hoje, é diferente, embora a liberdade seja aparente, sobretudo para um oficial que dá sua opinião sobre um assunto de Estado. Mas aquele homem seguramente não estava na disposição de espírito de alguém que tenta nos passar para trás, ou então é um senhor ator. Mas não se deve excluir que ele próprio tenha sido passado para trás.

— E de que maneira?

— Porque a mente dele não está aberta a todas as hipóteses. Há uma que ele em particular se proíbe, por espírito de corporação, é a de uma culpa de um de seus pares, o comandante do submarino. Embora este acabasse de ser condecorado por atos de espionagem de primeira qualidade, com o mesmo barco, no Mediterrâneo, onde se afirma que ele seguiu a pista de numerosos navios da Otan sem ser descoberto, nada exclui que tenha cometido um erro. Dito isso, a tese dele é plausível, pelo menos tanto quanto todas as outras. Os fatos que ele afirma são verossímeis, exceto um que é desmentido pela realidade. E que este não se sustente faz com que todo o edifício esteja ameaçado.

— O senhor está falando do quê, exatamente?

— Da escotilha de segurança. Ele afirma que o pequeno submarino de resgate enviado ao local não foi capaz de abrir a escotilha de segurança situada na traseira do submarino. É verdade, exceto que ele justifica essa incapacidade pelo fato de o barco ter ficado torto com a explosão, o que bloqueava essa saída de socorro. Ora, quando os estrangeiros, mais tarde chamados para fazer a mesma manobra, chegaram ao local, encontraram uma escotilha em perfeito estado de funcionamento e a abriram em poucos minutos. Acontece simplesmente, e isso ele não quis dizer, que o batiscafo russo utilizado para se aproximar do destroço era um velho modelo dos anos 60, mal conservado e pilotado por tripulantes sem experiência. Eles foram incapazes de ajustar a ventosa na escotilha, alegaram que havia uma onda forte, embora, na realidade, fossem como crianças que conduzem um carro pela primeira vez e que não têm as pernas compridas o bastante para encostar nos pedais e ver a estrada ao mesmo tempo. Logo, esse oficial nos escondeu uma parte da verdade. Então, como acreditar no resto?

— E o senhor acha que o resto não fica de pé?

— Eu não disse isso. É verdade que esse homem é um próximo senão um amigo do almirante Popovitch, o chefe da Frota do Norte com quem ele fez toda a carreira e que é uma das raras pessoas a saber o que realmente aconteceu. Exceto que esse almirante foi destituído, depois nomeado senador, em troca de seu silêncio. Popovitch sempre disse que sabia tudo, mas que deixaria passar muitos anos antes de dizer algo. Imagino que ele não tem intenção de perder o novo emprego. Assim, se esse almirante que sabe exatamente o que se passou não diz nada, como explicar, então, que um de seus amigos nos diga tudo tão espontaneamente?

— É exatamente o que me pergunto.

Interrompi-me, surpreso por me dar conta de que estava entrando no jogo da investigação como se o drama me fosse estranho.

— As coisas vão muito além disso. O senhor sabe que existe uma teoria oficial, agora muito diferente da tese inicial do FSB que o senhor expôs a ele, e que ele conhece muito bem. Essa teoria oficial nos diz que um torpedo defeituoso é o único responsável pela catástrofe. Era aquele famoso torpedo que estava sendo colocado no tubo no momento em que o submarino teria sido abalroado, segundo nosso amigo, pelo submarino americano. Então, a verdadeira questão é saber por que ele não retoma a teoria oficial por sua conta.

— Por quê?

— Porque aquele oficial superior está aposentado, porque não tem nada a perder e montou a teoria mais próxima da idéia que ele se faz da marinha à qual dedicou a vida.

Anna planejara levar Thomas, já que era assim que se chamava, num barco de pesca da frota de Boris para que tivesse uma idéia visual do teatro das operações. Mas a conversa com o oficial aposentado havia demorado muito e a noite já retomava suas finas concessões à luz. O nevoeiro por sua vez desenrolava seu lençol. Eu falava disso a Thomas quando saíamos do restaurante, mostrando-lhe os postes de luz sufocados pelo brancura. Fiz com os dois uma parte do caminho que levava ao hotel onde Anna planejava trabalhar com ele sobre os dossiês que ela havia minuciosamente preparado.

Caminhando, enquanto cada um se defendia meio sem jeito do frio, soprei ao jornalista:

— A verdade deve estar em algum lugar. Mas podemos deixar de lado a boa-fé. Veja o exemplo daquele oficial. O senhor nunca vai conhecer a chave da história, mas pode decidir contá-la de uma maneira ou de outra. Já é um progresso em relação àquela que tentam lhe impor.

Eu estava feliz por ter a tarde livre e esperava que Aleksandra estivesse em casa.

Passei primeiro em casa. Ekatierina e a mãe estavam na frente da televisão. A qualquer hora, viam televisão. Pergunto-me se não olhavam para ela também quando estava desligada. A *babuchka* bordava enquanto minha mulher fixava a tela, as mãos juntas apertadas na dobra das coxas coladas. A avó simbolizava a paciência do povo russo. Sentia prazer naquela nova lentidão que as circunstâncias nos impunham. Deu-me um sorriso que mobilizou o mínimo de músculos enquanto Ekatierina não conseguia desgrudar os olhos do aparelho. Aquela mulher outrora tão culta deixava-se levar contra a vontade por programas aflitivos feitos de pequenas histórias água-com-açúcar, tiradas de uma realidade embalsamada. Fechei discretamente a porta, vesti-me como que para sair e fui bater à porta de Aleksandra, o ouvido atento ao menor ruído de passos. Ela estava descalça, pois não a ouvi chegar e já desesperava por vê-la quando apareceu. Abracei-a com força enquanto fechava a porta atrás de mim com o calcanhar. É o tipo de abraço que explica qualquer relação entre dois seres, pois, num piscar de olhos, nos despoja do sentimento de solidão contra o qual lutamos a vida inteira. Não nos perguntamos o que íamos fazer. Ela me arrastou para o quarto e nos despimos, precipitados como se nossas roupas estivessem em chamas.

Minha boca foi direto para a sua intimidade e só a deixou quando escorreguei dentro ela. A cama de molas cansadas pôs-se a ranger como se a cidade inteira a tivesse encarregado de ecoar nossos embates. Gritamos, ambos provavelmente pela primeira vez na vida. Depois, caímos feito fiapos de palha, abraçados, esbaforidos e cheios de esperança, pois nossa felicidade só dependia disso e do fato de que tínhamos desde sempre aprendido a considerar o futuro como um inimigo político. Devia estar escrito que não tínhamos intenção de dar ao desejo a menor chance de sobrevivência, pois recomeçamos até nossos órgãos nos implorarem para renunciar. Mas todo esse interlúdio, por mais intenso que fosse, não durara muito e ainda tínhamos tempo.

Eu queria lhe mostrar a isbá, mas a estrada para lá era longa demais. Também poderíamos ter ido às lojas, aquelas butiques de marcas ocidentais que floresciam na artéria principal, propondo roupas que nos fazem parecer bons burgueses escandinavos. Era um pouco cedo para aparecermos juntos naqueles lugares freqüentados por gente que conhecíamos. Além disso, ela não tinha dinheiro e eu não tinha coragem de gastar em futilidades sem perspectiva aquele que acabava de receber. Jogar tinha a ver com um princípio diferente. Não se joga com a idéia de perder. Na pior das hipóteses, imaginamos voltar com a soma apostada. O cassino ficava na esquina de uma ruazinha que descia, após ter virado à direita, a dois blocos de prédios, na rua principal. Cobertos como estávamos, de braços dados, não corríamos o risco de ninguém nos reconhecer, e, de qualquer maneira, os raros transeuntes caminhavam olhando a ponta dos sapatos para evitar a mordida do vento que se engolfava entre os prédios stalinianos, excitado feito uma criança pequena que passeia nua no meio de gente grande. O cassino era sinistro. De fora, parecia um lugar de transas um pouco envergonhado que mesmo assim se obrigava a piscar vermelho para atrair o cliente. De dentro, emanava como que um cheiro de esperança rançosa de homens e mulheres sem classe que vinham buscar fortuna naquele lugar de miséria, última parada antes da decadência absoluta. Não nos deixamos deprimir e, sem um olhar para aquela humanidade liquidada, fomos na direção da roleta. Os verdadeiros jogadores em geral são boa companhia, pois não são nem avaros nem ambiciosos. Buscam no acaso discernir uma ordem que só se mostra com os escrúpulos de uma virgem para esvair-se como num sonho. Aqueles que não gostam deles os censuram por não partilhar o ideal de pequeno-burgueses, capazes que são de numa única jogada mandar pelos ares anos de trabalho. Estávamos sós na roleta, os outros preferiam as máquinas de moedas que nem sequer deixam ao jogador a ilusão de construir uma estratégia. Apostamos pequenas somas, e eu me fixara como limite o dinheiro que me devia o francês por meus dois primeiros dias com ele. Aleksandra escolhia os números e eu, as cores. Em meia hora, recuperamos nosso dinheiro e ganhamos com o que comprar uma boa garrafa de vinho com um monte de tira-gostos salgados em volta. Embolsamos nossos ganhos, saímos correndo da sala de jogos, e pude até comprar uma boa garrafa de vodca além do que havíamos previsto. Voltamos para seu apartamento, empurrados pela nevasca. Fizemos amor de novo enquanto o fogão a gás penava para dourar as torradas. Mas eu havia prejulgado um pouco minha capacidade de concluir aquele novo agarramento, as torradas então se queimaram. Passamos um pequeno momento a raspar o carvão que as cobria, depois dignamente festejamos esse dia de glória. Se tivéssemos bebido menos, não sei se teríamos tido exatamente esta conversa:

— Você acha que vamos viver uma paixão, Pável? — perguntou-me Aleksandra escorregando do sofá onde estava sentada, saciada e francamente tonta.

— Certamente não — respondi. — Li — acho que foi em Freud — que a paixão é uma forma de onanismo. Não somos egoístas o bastante para nos amar apaixonadamente. Na paixão, o objeto não tem importância alguma, só conta a ilusão de viver no absoluto. É um pouco como a ideologia, então, não é de fato para nós.

Ela se levantou, beijou-me com muita ternura. Olhei-a andar, de calcinhas, as nádegas pesadas e orgulhosas apesar de algumas marcas de celulite no alto das coxas. Ela se sentou por trás de um pequeno piano que eu até ali jamais notara e tocou uns trechos bem vivos, tirados ao acaso da obra de Janácek. Em seguida voltou a aninhar-se em mim, como se tivesse sofrido pela separação devida àquele interlúdio musical. E ficamos abraçados deixando o álcool se evaporar, fumando cigarros que soltavam uma espessa fumaça azul que penava para subir. Eu pensava. Nesses momentos de bem-estar, os pensamentos são autônomos, nos levam, e essa divagação às vezes é salutar. Eu havia vivido sem ela durante 44 anos e não imaginava que não seria assim nos próximos anos. Eu ainda não a conhecia bem, mas tinha o sentimento de que não a conheceria nunca muito mais e que aquilo era mais que suficiente. Ela oferecia muito de si mesma em pouco tempo, sem o menor cálculo nem a menor exigência. Quando me perguntou em que eu pensava, menti.

— Em Stálin.

Mesmo assim, sorri para lhe mostrar que estava falando nas entrelinhas. Ela entrou no jogo:

— E o que você pensava a respeito de Stálin?

Pegando a ponta de seus dedos com os meus eu lhe disse:

— Sabe que, em dois lugares da Rússia, estão em via de erigir uma estátua de Stálin? E ninguém diz nada. Se os alemães fizessem a mesma coisa com Hitler, provocariam clamores mundiais. Mas, afinal, dizem que Stálin não era tão mau assim, ele salvou a nação dos bárbaros, e, se deve ser criticado, é unicamente por ter-se desviado do comunismo, uma ideologia generosa. Então, eu digo que, se Stálin não passa de um desvio do comunismo, Hitler não passava de um desvio do anti-semitismo.

— Mas, Pável, por que, meu Deus, vem você me falar de Stálin, aqui, agora, quando estamos tão bem?

— Simples digressão de bêbado. Eu estava pensando em você, e só em você, juro, e aí acabei pensando em minha mãe que nunca conheceu a menor felicidade. Eu estava dedicando a ela a minha felicidade com você, e aí me veio a lembrança daquele que a proibiu de ser feliz, o camarada Stálin, pois, você provavelmente não sabe, a vida dele esteve ligada à de minha mãe por um tempo bem longo, apesar de ela ser jovem então, para que o resto de sua existência fosse apenas sobrevivência. Mas não temos mais tempo para falar disso tudo.

Vesti-me. Ela se pendurou no meu pescoço, as mãos agarrando-me por trás da cabeça como a gente carrega uma criança sobre a pia batismal, e me beijou longamente. Tínhamos nos tornado subitamente sem idade, livres do tempo e de sua ditadura. Era a hora do jantar do outro lado do corredor, com certeza preparado, como de hábito, pela camarada avó, e em meu acesso de alegria perguntei-me se não ia pedir-lhe que o compartilhasse conosco, por uma vez.

Eu estava ajustando a roupa ao fechar a porta do apartamento de Aleksandra quando Anna me surpreendeu. Se eu não tivesse ficado constrangido, ela provavelmente não teria percebido nada, mas tudo indicava que eu não saía de uma visita de pura cortesia. Ela não disse uma palavra enquanto não entramos em casa. Depois, em voz baixa, como se arriscassem nos ouvir:

— O que você estava fazendo lá?

Se ela me tivesse surpreendido deixando um bordel eu não teria ficado tão sem jeito. Respondi do modo mais banal:

— Estava visitando a nossa vizinha.

— Uma visita que justifica que você aperte o cinto saindo?

— O que você está insinuando?

— Não estou insinuando nada, você está com a cara ridícula de um homem pego em flagrante delito de conspirar...

— De conspirar pela minha felicidade — interrompi-a.

— Como você pode associar a sua felicidade a uma traição?

— Quem está falando de traição?

— Você acha que eu não vi como ela te olhava naqueles anos todos em que viveu no apartamento comunitário? Assim, ela é sua amante desde aquele tempo. E eu que tentava entender as coisas no desacordo de vocês, só agora entendo que a minha mãe reagia como mulher ferida, para não dizer humilhada.

Levantei a voz:

— Anna, não faça julgamentos simples sobre coisas complexas.

— Você acha que a nossa família não sofreu o bastante, você ainda tem que sujá-la com a sua duplicidade. Todo mundo vai acabar sabendo, é isso que você quer?

— Por que é o que dizem que a incomoda?

— Não, não é o que dizem, mas você não acha que já é bem difícil ver a minha mãe diminuída a este ponto para ficar sabendo que, enquanto ela luta contra o desespero de seu estado, você fica no bem-bom com aquela mulher?

Engoli uma raiva que surgia para me mostrar tranqüilizador.

— Quero que pare agora. As coisas não são como você imagina. O melhor meio de tornar detestáveis algumas situações é simplificá-las ao extremo pelo viés moral. Não se pode julgar um casal de fora, pois cada um não é tal como quer aparecer, você entende? Por favor, continuaremos esta conversa mais tarde, mas, antes, será preciso que você se prepare para ouvir tudo.

De repente, ela começou a chorar.

— Mas eu não quero ouvir nada, nada, não quero saber de nada, quero apenas que você respeite a minha mãe.

Aquele grito vinha de tais profundezas que eu não soube o que responder. Depois, soltei timidamente.

— Mas você não quer que eu também seja um pouco feliz?

Ela de repente se enfureceu, as lágrimas secas como se um vento de areia tivesse passado sobre seu rosto:

— Porque você pode ser feliz depois de tudo o que a gente passou, hein, é isso que você está me dizendo? Enquanto o destino há meses ataca sem descanso a nossa família, meu pai procura ser feliz! Será que eu estou sonhando?

— Acalme-se, Anna, não podemos discutir com serenidade, vamos deixar esta conversa para mais tarde.

Ela estourou de novo em soluços.

— E eu que o admirava pela coragem que você mostrava em administrar esta miséria toda, você que era o meu único consolo, como você quer que eu aceite ver você decair com a baixeza de alguém que mendiga felicidade? Não, eu não vou poder... nunca...

— Vai ser preciso que você um dia abandone os seus ideais de menina para aceitar o mundo como ele é, tornar-se adulto é isto, Anna, e você se recusa a se conduzir como um adulto.

Tínhamos ficado imprensados no corredor, e a *babuchka*, que se preparava para sair, liberou-nos com seu ar educado. Anna controlou-se um pouco e eu, com medo de me ver sozinho diante de Anna para o jantar, insisti com a velha para comer conosco. Ela ficou boquiaberta, depois tirou a echarpe e o velho casaco gasto e, com a falta de jeito de uma convidada, foi para a sala.

Aquele jantar de família anunciava-se mortal. Eu estava profundamente ferido por ter visto derreter em poucos minutos a estima que minha filha tinha por mim. Bem no momento em que me confessara, ela a retirara de mim. Eu queria me convencer de que a inteligência de Anna, contanto que eu tivesse a oportunidade de lhe dar alguns conselhos, ia prevalecer sobre sua emotividade. Ela roeu as unhas com força, enquanto sob a mesa deixava a perna direita tremer nervosa para absorver a contrariedade. Ekatierina, avisada do jantar, pôs-se à mesa sem a menor luz no olhar, e seu estado deplorável, eu sentia, só fazia aumentar o rancor de minha filha por aquele pai inconseqüente que achava meio de preocupar-se consigo enquanto tudo desabava ao redor. Ekatierina tomou a sopa sem dizer uma palavra, a *babuchka* fez igual, com o sorriso político a mais, e Anna deu conta do jantar para fugir o mais rápido possível. Eu não tinha lembrança recente de um acabrunhamento coletivo como aquele. Anna enfim levantou-se para ir ao encontro dos seus, os jovens de sua geração. Eu temia que ela não me quisesse mais com ela para acompanhar o jornalista mas, percebi como um bom sinal, seu profissionalismo prevaleceu sobre a necessidade que sentia de fugir de mim. Depois que ela e a *babuchka* foram embora, fiquei no sofá sem fazer nada, acabrunhado. Anna fora fulgurante de clarividência baseada num indício minúsculo, um furo no cinto diante do apartamento de uma mulher, e eu submerso ao ponto de não ser capaz de negar. Ekatierina foi deitar-se como um fantasma que volta à sua base. Pus música suave para não perturbá-la. Olhei longamente o rosto de Chostakóvich na capa do disco perguntando-me como tais melodias podiam sair da cabeça de um escrevente de cartório. Lembrei-me de Jdánov pedindo justamente essa cabeça a Stálin a pretexto de que a música dele não podia ser cantarolada, prova de que era um inimigo do povo.

A campainha da porta tirou-me do torpor. Fui abrir, com um medo na barriga, como se Anna viesse recomeçar meu processo ou que o FSB desembarcasse para me levar aos seus escritórios porque eu não havia respeitado meus compromissos para com o novo governo. Fiquei tão tranqüilizado quanto surpreso ao ver Evguênia aparecer no umbral da porta. Ela estava mais sombria que a penumbra do vão da escada, enrolada em várias camadas de roupas. Já se desculpava por ter vindo e estava prestes a ir embora. Tive que insistir para que tirasse um pouco os casacos. Ela fora uma mulher belíssima, mas a dor e o tempo haviam destruído aquele rosto onde só os olhos violeta e o nariz perfeito testemunhavam seu esplendor passado.

— Não vou incomodá-lo por muito tempo, Pável.

— Você não me incomoda, Evguênia, em todo caso você não me incomodará nunca tanto quanto o remorso que tenho de não ter tomado mais cuidado de você até aqui. Sei que Boris faz isso, um pouco em nome de nós dois, mas devo lhe confessar que sou um pouco covarde, Evguênia. Anton era o melhor amigo de Boris e meu, e tenho junto com ele lembranças enormes para guardá-lo calorosamente no fundo de minha memória até o fim de nossos dias, mas queria que você entendesse que a sua dor me lembra demais a minha, ela perturba tanto os meus esforços para esquecer que...

— Entendo muito bem, Pável, e não o censuro por nada. Mas vou ser franca com você, talvez você saiba que as coisas não andavam tão bem entre mim e Anton, nos últimos tempos, e me pergunto se você não me censura por não ter dado ao seu amigo tão querido toda a felicidade que ele merecia.

— Ah, não! Evguênia, tire essa idéia da cabeça, eu não sabia de muita coisa, e mesmo que tivesse estado a par de tudo, nunca teria tomado partido por nenhum dos dois. As histórias de um casal são as mais complicadas e as menos fáceis de analisar para aqueles que estão de fora; às vezes se cria uma alquimia que escapa ao entendimento e ao que se gostaria de pôr de razão nisso tudo. Olhe! Dê-me este prazer, sente-se, temos o tempo inteiro, Ekatierina está dormindo e eu estou bem longe de ter vontade disso.

Levantei-me, fui até o bufê pegar dois copos que enchi de vodca até em cima.

— A minha tristeza é enorme, Pável. Eu queria lhe contar como as coisas aconteceram naquele dia. Boris é muito atencioso comigo, mas não consegui dizer a ele. Durante a penúltima missão, a última antes do drama, Anton ficou fora três meses. No dia em que chegou, o submarino estava no ancoradouro, sei que ele não voltou logo para casa. Soube porque nosso vizinho na cidade era oficial no mesmo barco que ele. Naquele dia, ouvi passos no corredor, corri até a porta, abri e dei com esse oficial que me disse que eles haviam acostado meia hora antes. Anton só voltou para casa uma hora depois. E quando lhe perguntei por quê, ele não quis me responder, foi beber, engoliu a metade de uma garrafa de vodca e ligou a televisão. Então eu, que havia esperado uma hora e meia acrescentada a três longos meses, explodi. Quebrei tudo o que havia para ser quebrado na sala enquanto ele segurava a garrafa e o copo apertados contra o peito. Acabei me acalmando, não somos tão ricos para destruir o pouco que possuímos. Depois, as semanas passaram sem que falássemos de novo daquilo. Na véspera do dia em que ele embarcou no *Oskar*, eu lhe disse que ia deixá-lo. Eu não podia, não é, Pável, eu não podia saber que, no dia seguinte, ele ia ser chamado para o *Oskar*, pois havia duas tripulações de reserva. E quando ele vestiu a farda para ir para o ancoradouro, arrependi-me, queria lhe dizer que teria simplesmente desejado que ele conversasse comigo, que me explicasse por que na vez anterior não viera correndo me abraçar, depois de três meses no mar, você pode entender isso, não é, eu não agüentava mais. Como se pode pedir a uma mulher para que agüente quando o marido a deixou por três meses no mar e que, ao voltar, não vai direto para casa? Como é possível suportar coisa igual, que grau de submissão é preciso aceitar, você entende, Pável?

— Entendo, Evguênia.

— E então, quando ficamos sabendo que o *Oskar* estava no fundo do mar, eu pensava que ainda ia poder me explicar com ele, porque nos diziam que se ouviam batidas no casco e era verdade. Quando se espalhou o boato que tinha havido uma explosão na proa da embarcação, mas que devia haver sobreviventes na parte de trás, eu lhe juro diante de Deus que estava certa de que ele fazia parte dos sobreviventes e que iam conseguir trazê-lo para cima, já que ele trabalhava num dos últimos compartimentos, enfim, perdoe-me, eu não deveria lhe dizer isso porque sei, enfim... estou desolada, Pável, meu sofrimento certamente não é maior que o dos outros, mas é tão injusto que ele tenha partido com a certeza de que eu ia deixá-lo, pois, o que quer que eu faça daqui por diante, estaremos separados para sempre, mesmo que exista uma vida após a morte, nunca me permitirão encontrá-lo, você entende, estou destruída...

E ela começou a chorar, os olhos rasgados por um fluxo de lágrimas, as mãos no rosto. Tentei consolá-la, mas não adiantava. Após um momento, ela se recuperou enxugando os olhos, mas seu desamparo continuava imenso. Voltei a falar para desviar um pouco o assunto:

— Sei que Anton estava preocupado. Você sabe como ele era, de nós três, era quem menos se exprimia. Era um verdadeiro marinheiro, não mostrava muito os sentimentos e só oferecia aos amigos o melhor de si mesmo, o humor e os risos. Mas estava profundamente humilhado por dever ir caçar e pescar todos os dias em que não estava no mar, porque há meses a marinha não pagava mais os soldos. Se você quer que eu lhe diga meu sentimento, ele não acreditava mais naquilo, todos os ideais dele desabaram um após o outro. Não havia só a falta de dinheiro. Acho, embora ele nunca falasse disso de modo muito claro, sobretudo na minha frente, que ele havia descoberto que aconteciam coisas estranhas na base.

— Coisas estranhas?

— É, um tráfico. Uns homens do Estado-Maior tinham organizado um pequeno tráfico de peças desmanchadas. Vendiam peças que tinham valor tecnológico ou componentes preciosos. Eram feito esses mendigos que derrubam uma lata de lixo inteira para tirar de dentro uma garrafa retornável. Parece-me que Anton tinha prova desses roubos e de todo o mercado negro que se organizara em torno. Anton nunca foi um delator, daí os escrúpulos que tinha de abrir-se com os superiores sobre isso, ainda mais que não sabia exatamente quem estava implicado. Tudo o que estou lhe dizendo foi Boris quem me contou, pois Anton, para não me preocupar, nunca quis me falar da gravidade de suas descobertas. O pior aos olhos dele não era tanto o fato desses homens enriquecerem com o bem público, mas que fizessem isso, eles, os covardões do Estado-Maior, pondo em risco a vida dos que navegavam, porque era a manutenção dos barcos que sofria, os submarinos na verdade eram remendados em vez de reparados. E quando se trata de propulsão nuclear, que era a especialidade dele, a gente sabe o que isso quer dizer. Ele andava deprimido nos últimos tempos, uma descida abissal da qual a gente não se levanta porque perdeu a auto-estima. Anton assumia por conta própria a vergonha de uma instituição. Estava disposto a aceitar muitas coisas, como aquelas rações mensais de alimentos que cobrem apenas três ou quatro refeições para dois, como atrasos de seis meses ou mais no pagamento do soldo. Mas não conseguia engolir essa decadência da marinha e aceitar que, por trás de um uniforme de oficial, um traficante pudesse se esconder e se enriquecer hipotecando a vida dos companheiros. Anton não sabia lutar contra esse inimigo. E sei como acontece nesse caso, vemos tentáculos do polvo por toda parte, suspeitamos de todos, mergulhamos na paranóia. E se, na última missão antes do drama, ele não voltou imediatamente para casa, foi porque eles deviam ter passado por problemas técnicos que confirmavam seus temores. A vergonha para a marinha, a vergonha sobre ele por não poder fazer nada contra aquele apodrecimento, e a vergonha diante de você por não ter mais consideração por si mesmo. Está vendo, Evguênia, não posso lhe falar de certas coisas porque divulgá-las poria vidas em perigo, mas posso lhe dizer que Anton se comportou com coragem nessa catástrofe, como um herói no sentido de alguém que troca a vida por princípios universais.

— Como você sabe disso?

— Um dia eu lhe conto.

Minhas palavras queriam tranqüilizar, mas temo ter unicamente exacerbado seu sentimento de culpa. Evguênia em seguida me falou do dinheiro da subscrição nacional e internacional que fora aberta em proveito das famílias dos marinheiros do *Oskar*. Um boato persistente afirmava que uma metade desse dinheiro havia desaparecido. Ela queria lutar para recuperar sua parte e perguntava-me se eu queria ajudá-la. Aquiesci sem convicção. Era um combate de mortais contra a eternidade. Se, um dia, a metade que restava chegasse às vítimas já seria uma grande vitória sobre a prevaricação habitual. Bebemos outro copo de vodca, sem falar muito desta vez, e Evguênia foi embora quando ainda não era meia-noite.

Continuei a beber sozinho para liberar a overdose de emoções de que eu fora o receptáculo a noite inteira, um pouco traumatizado, como se Anna e Evguênia tivessem combinado vir derrubar-me com seus sofrimentos. Acordei muito cedo, assaltado pelos eflúvios e o fedor do álcool. Xinguei aquele corpo enfraquecido pelos excessos, aquela náusea que fazia a cabeça dançar, diminuída pela punição que eu lhe infligira ao acabar com a garrafa praticamente cheia depois que Evguênia foi embora. Anna me esperava na hora marcada na entrada de seu prédio. Subiu no carro sem me dizer uma palavra, sem maiores atenções por mim que se eu saísse de prisão após um crime sexual. Esticou-se na poltrona para compor um ar, o de uma profissional que jurou compartimentar a vida como fazem as americanas nas séries de televisão, obstinadas em ostentar sua superioridade sobre os homens, esses animais mal civilizados. Assim, o bicho tomou a iniciativa de romper o silêncio:

— E quem vamos ver agora de manhã?

— Uma jornalista.

— De onde?

— De Moscou.

— Que trabalha para quem?

— Como correspondente de jornais estrangeiros.

— Ela veio especialmente para ele?

— Não, está aqui para ajudar alemães a fazer um documentário sobre os caranguejos-reais.

— De qualquer modo, só há três assuntos possíveis aqui. Os caranguejos-reais, o naufrágio do *Oskar* e o cemitério nuclear.

— Já é o bastante.

— Concordo com você. E qual a relação dela com a nossa investigação?

— Ela tem umas informações para nos dar. Conhece bem a minha redatora-chefe, que a convenceu a se encontrar conosco.

Anna tinha marcado encontro com a jornalista no bar do hotel onde Thomas estava hospedado. Havia muitos homens de negócios nas mesas para o café da manhã, escandinavos, mas também russos e caucasianos. Perguntei-me o que podia trazê-los a esta cidade, pois nenhum tinha cara de se interessar por caranguejos-reais, *Oskar* ou cemitério nuclear. Foi uma mulherzinha bem pequena, originária da Ásia Central, que entrou atrás de nós. Tinha um rosto oval com olhos puxados e irrequietos, a roupa simples de uma mulher habituada a desaparecer no meio dos outros. O jornalista chegou na hora prevista, visivelmente cansado — do quê? Era difícil julgar. Ganhara cinco anos numa noite. Pedimos uma cafeteira para nos extrairmos de um torpor comum.

Às vezes acontece de a gente estar num lugar e ter vontade de estar em outro. Eu queria que estivéssemos na primavera, quando a natureza ainda está envergada pelo inverno, que as essências se volatilizam, que o frescor sucede ao frio. Imaginei-me pescando trutas, caçando gansos, montando a cavalo para afastar-me tão longe quanto possível de tudo o que me lembrava a humanidade, longe daquela civilização do ferro fundido à qual eu teria dado tudo para fugir com Aleksandra. Tem certos dias que estamos com um humor curioso. Perguntamo-nos ao que cedemos, para estragar a esse ponto o prazer de ser. Outros dias, gostaríamos muito de nos juntar às fileiras de todos esses animais que se contentam em seguir um instinto imutável. Somos a única espécie em que um doente mental, que cobiça o pedaço do território do vizinho ou então se vê repentinamente inspirado por um pensamento global, consegue arrastar atrás de si milhões de pessoas maravilhadas porque alguém lhes descola a cara do fundo do prato. Eu sentia necessidade de me fundir na natureza, de confiar a minha existência a um árbitro neutro que escreve regras simples, de subtrair-me à influência mortífera de todos aqueles charlatães que têm a pretensão de saber pelos outros. Nessa manhã, eu não tinha vontade de saber mais nada sobre o naufrágio do *Oskar*. Queria até ter podido esquecer aquela derrota humana que se acrescentava a uma lista de milhares de exemplos em que os empreendimentos cujo sentido há muito tempo perdemos nos arrastam em tragédias que comemoramos como outras tantas derrotas que nada mudam.

E o jornalista à minha frente, partindo o açúcar em dois antes de colocá-lo na xícara, o que vinha procurar nessa história toda? Esse sujeito era um caçador à sua maneira e não podia permitir-se voltar para casa de mãos abanando. Devia ter prometido a alguém voltar com a verdade. Essa verdade tinha se tornado um pequeno empreendimento. Ele havia investido dinheiro nessa viagem e, se voltasse com ela, poderia vendê-la e ter com isso algum lucro. Não digo que ele estivesse nesse estado de espírito, mas obedecia à lógica de um sistema ao qual pertencia, ainda que o homem, eu não duvidava, tivesse desígnios mais profundos. Quem fosse comprar a sua verdade com ela também faria um pequeno negócio. Logo iria vendê-la a anunciantes dizendo-lhes: "Esta verdade sobre o *Oskar* interessa aos nossos leitores, porque morrer no fundo do mar, asfixiado, é algo que realmente lhes dá medo mas que ao mesmo tempo não pode de fato lhes acontecer. Com um pouco de compaixão pela perda de um marido ou de um filho, acrescenta-se emoção ao medo e nosso público é louco por isso, ainda mais que é ocidental, que sua vida não está diariamente ameaçada, e que perder a vida é um dano cuja importância ele de fato consegue avaliar. Então, teremos muitos leitores ou telespectadores que vão se apaixonar por essa verdade sobre o *Oskar*, sobretudo se essa verdade lançar uma luz sobre um verdadeiro complô animado por forças do mal, desconhecidas do cidadão comum. E se, no meio dessa investigação, introduzirmos uma página de publicidade para o seu telefone celular, você também terá lucro e todo mundo será próspero e feliz..." Logo, estávamos no início de uma corrente de pessoas felizes que tinham a intenção de continuar sendo, contanto que tirássemos essa verdade do buraco no qual se escondera. Mas eu não estava com humor para enfumaçar o buraco para fazer a raposa sair.

A mulherzinha à nossa frente impunha-se feito um soldado *vietminh*. Fizera a cobertura das duas guerras da Chechênia. Lutara para que a realidade prevalecesse sobre a ficção escrita pelos homens de poder, era incapaz de questionar-lhe o sentido. Aparentemente entrara na verdade, como outros entram numa religião, num sacerdócio que não exclui que ali se deixe a vida à beira de um caminho. Esse risco não parecia impressioná-la.

— Sobre o *Oskar*, eu provavelmente conheço menos que o senhor — ela começou, dirigindo-se humildemente ao jornalista —, mas posso lhe dar uma luz que vem da minha experiência na Chechênia. Havia dois homens do Daguestão e um checheno no *Oskar*, no dia do naufrágio. O Daguestão é uma república do Cáucaso que faz fronteira com a Chechênia. Como esta última, ela faz parte da federação russa. Sabe-se que há no Daguestão usinas que trabalham para o setor de armamentos, que ali se faz em particular torpedos para os submarinos. Também sei que vários desses torpedos equipavam o *Oskar*, recentemente modificados, disseram-me, razão pela qual, no dia das manobras, estavam a bordo dois engenheiros dessa fábrica no Daguestão. Quanto ao checheno, o senhor verificará, mas era um marinheiro comum. Não temos muito tempo, sei que o senhor está saindo para uma volta de barco esta manhã, mas quero apenas lhe dar alguns elementos que fornecerão um contexto à sua reflexão. Antes de mais nada, o senhor tem que saber que os chechenos não são, em princípio, independentistas raivosos. São caucasianos, muçulmanos, *bons vivants*, com tradições muito antigas. No momento em que o comunismo caiu e que os negócios começaram a prosperar, muitos deles foram contratados pelos oligarcas, os novos-ricos, como guarda-costas ou pistoleiros em Moscou, onde também desenvolveram seus próprios interesses mafiosos, mas sem nunca fazer sombra aos grandes negócios. Enquanto os oligarcas, na Rússia, com a cumplicidade dos homens do Krêmlin, punham a mão no gás, no petróleo, na siderurgia, na indústria automobilística, os chechenos cuidavam do *business* mafioso habitual como o jogo, as garotas, os restaurantes. E todo mundo se entendia muito bem nessa coabitação em territórios bem delimitados. Na Chechênia, as coisas se passavam de modo um pouco diferente. O senhor deve saber que, nessa época, os negócios lá repousavam em dois setores: o petróleo e o tráfico de armas. As reservas de petróleo não são gigantescas mas de fácil acesso. Quanto às armas, era dali que partiam em contrabando grandes quantidades, com freqüência desviadas do exército russo com a cumplicidade de oficiais superiores, para serem encaminhadas a preços competitivos em zonas de guerra como a ex-Iugoslávia, por exemplo. Depois, em 94, os generais russos contestaram as regras de partilha do tráfico de armas, achavam insuficiente a parte que recebiam. Ameaçaram os chechenos, que reagiram proclamando suas veleidades de independência. Mas, antes de entrar num conflito aberto, o chefe deles, que era um brigadeiro da época soviética, pensou que era possível facilmente evitar a guerra. Pediu para ver Iéltsin, mas os generais fizeram tudo para que esse encontro não acontecesse, pois teria levado a uma revelação de práticas que eles forçosamente não queriam ver expostas à luz do dia. Talvez o senhor não saiba como isso acontece no nosso país. Se me permite, vou abrir um parêntese que ilustra bem a situação. Recentemente, as autoridades financeiras de um país europeu interrogaram o Ministério das Finanças em Moscou a respeito de uma abertura de conta pedida por um alto funcionário desse ministério. Queriam se assegurar de que o dinheiro depositado nessa conta não era de origem duvidosa e não correspondia a uma lavagem qualquer. Os funcionários russos convocaram o colega em questão e lhe disseram: "Diga aí, colega, disseram que você quer depositar meio milhão de euros numa conta no exterior; para um funcionário como você, é muito dinheiro. E se você deposita meio milhão é que ainda há muito dinheiro vindo por aí, porque você é um homem prudente e não faz o gênero que deposita vários milhões de uma vez só, então daí concluímos que você só pôs uma pequena soma para iniciar o processo. Daí deduzimos que você vai enriquecer essa conta nos próximos anos — de quanto? Digamos quatro milhões de euros. Só que alguns se interrogam sobre a origem dessas somas, e poderiam bloqueá-las, você entende, exceto se dissermos a eles que elas são produto de transações honestas. É claro que vamos fazer isso, mas será preciso que você nos dê cinqüenta por cento. Em contrapartida, ninguém lhe perguntará de onde provém esse dinheiro." Fecho o parêntese, que só tinha por objetivo fazer com que o senhor entendesse a inquietação dos generais forçados a abrir o jogo na frente de colaboradores do presidente ou do próprio presidente sobre transações pelas quais eles não tinham se interessado desde a origem. Assim, o chefe checheno nunca pôde encontrar o presidente. E os generais entenderam que essa guerra apresentava outra vantagem maior. Embora traficassem armas, os chechenos não possuíam eles próprios o bastante para fazer uma guerra. Ao empurrá-los para o conflito, eles evidentemente iriam comprar e rapidamente iriam se dar conta de que as armas mais baratas e mais fáceis de conseguir eram as armas que esses generais russos iam lhes vender. A demonstração de força russa não se fez esperar. E os chechenos mostraram que não se risca assim um povo do mapa, ainda mais, o senhor entendeu bem, que os russos, ao matarem o inimigo, matavam também o cliente, por isso então massacraram evitando erradicar. A Chechênia tinha numerosas famílias abastadas que os militares russos apressaram-se em seqüestrar pedindo resgate pelas crianças ou ameaçando arrasar a aldeia. Os russos não conseguiam derrotar os chechenos, agora se sabe por quê, isso teria matado os negócios de alguns, então Iéltsin começou a se preocupar com essa guerra que não acabava, teve medo de que o conflito se eternizasse como no Afeganistão e ameaçasse sua reeleição. A paz finalmente foi assinada e o presidente reeleito. Enviou-se dinheiro para reconstruir a Chechênia. Uma metade foi desviada na fonte em Moscou e a outra metade foi desviada *in loco*. O que criou um rancor compreensível entre certos independentistas que tinham a impressão de renunciar a seus ideais sem contrapartida. Incentivada por homens de Moscou com interesse em fazer o conflito recomeçar, uma tropa de combatentes invadiu o Daguestão vizinho, enfim, algumas aldeias, para provocar o sucessor de Iéltsin. Ele se perguntava se um novo conflito não era uma maneira de galvanizar o país para que a Rússia pudesse ter sua própria cruzada contra o terrorismo. É isso, lamento ser um pouco rápida, mas uma coisa é certa, os chechenos reivindicaram ter sabotado o *Oskar* para humilhar o poder central em Moscou, incapaz de proteger o florão de suas forças armadas, os submarinos nucleares. A tese que hoje volta com mais freqüência é a da explosão de um torpedo velho na sua colocação no tubo durante a manobra. Mas esses torpedos, se de fato eram velhos, acabavam justamente de passar por transformações no Daguestão, e talvez tenha sido ali que aconteceu uma sabotagem. Não digo absolutamente que creio nessa teoria, mas talvez não seja mais maluca que as outras. Ou, então, os dois engenheiros embarcados eram membros de um comando suicida? Acho menos fácil acreditar nisso, mas tudo é possível neste país, a cultura da destruição é tal, e somos capazes de nela introduzir um vício desse tipo. Tudo o que é impossível em qualquer país civilizado passa a ser provável aqui. Aliás, o senhor vai sair a bordo de um barco de pesca e subir para o mar ao longo das bases. Por 100 dólares pagos aos guardas costeiros, imagino, o senhor poderá visitar uma das maiores concentrações de navios de guerra do mundo, como o senhor faria visitando uma plantação de bonsais num jardim japonês. Quando a corrupção se torna um modo de vida, nada é impossível, o improvável some diante da oportunidade. A corrupção da época da União Soviética era folclore, agora é o câncer. Os pequenos corruptos são esse câncer, pois vêem os chefes enriquecerem e estão cansados de esperar vencimentos miseráveis que chegam com meses de atraso. De mais a mais, no fundo, o que arriscam? Antigamente, era o *gulag* ou a morte, agora, o pior que pode lhes acontecer é ter que dividir. Antes de nos separarmos, vou lhe dar a minha impressão. O senhor procura entender o que se passou nesse caso. E o senhor compreendeu que, no fundo, há dois casos em um. O primeiro caso pergunta por que esse submarino grande como um estádio de futebol, alto como um prédio de seis ou sete andares, afundou. O segundo caso é bem mais dramático, pois nós todos sabemos que havia na parte de trás, nos três últimos compartimentos, se minhas lembranças estão certas, uns vinte sobreviventes, e acredita-se que levaram de nove horas a três dias para morrer, embora fosse possível ter acesso à escotilha de segurança, embora o navio estivesse encalhado a 100 metros de profundidade, que é da ordem do recorde mundial de mergulho em apnéia, o que deixa claro que havia grandes chances de salvar aqueles homens. O primeiro reflexo de nossos dirigentes foi acusar os estrangeiros de serem responsáveis pelo drama, afirmando que aquele submersível insubmersível só podia ter sido enviado ao fundo por um míssil americano. Depois, retrataram-se, pois a vantagem de jogar a culpa nos estrangeiros seria varrida pelo inconveniente de ter que justificar uma ausência de revide, de não ter pulverizado o agressor ou até mais. A versão mais neutra consistia então em explicar que um torpedo velho explodira na proa da embarcação. Eles soltaram esse boato antes de saber qual era a verdadeira causa que pode bem ser essa, afinal. Mas, em todo caso, não queriam ser pegos desprevenidos pelas revelações dos sobreviventes. Aqueles homens deviam morrer para que a dúvida pudesse continuar a beneficiar o poder, para que a verdade não pudesse lhe ser jogada na cara. No fim das contas, o que são aquelas 23 vidas, comparadas a um segredo de um Estado que nascia? Nada. E não há nada de chocante nisso. O contrário teria espantado. Num país onde a vida não vale nada, onde a morte por muito tempo foi uma libertação, pode-se conceber que se troquem séculos de exercício do poder no segredo pela vida de 23 homens que escolheram o ofício das armas? O contrário teria sido só ele uma revolução. E revolução, neste país, nunca tivemos.

Anna me liberou. Não insistiu para que eu os acompanhasse naquela ida ao mar que fiz cem vezes. O jornalista ia se dar conta do poder de fogo do império, com todos aqueles navios alinhados por quilômetros. Também ia ver de que maneira tratamos os desgraçados, os obsoletos, ao deixarmos a corrosão fazer sua obra funesta. Ele tinha pouca chance de poder se aproximar da carcaça do *Oskar*. De qualquer modo, antes de içá-lo, eles retalharam meticulosamente a proa da embarcação arrebentada pela explosão, para que ninguém pudesse ler aqueles restos, aquele emaranhado de chapas amassadas e rasgadas que poderia contar seu segredo a um olhar entendido.

Não trabalhei mais para o jornalista até sua volta à França. Eu pensava que os quatro meses que separavam o resgate do submarino de sua vinda ao círculo polar teriam bastado para que eu pudesse falar serenamente de todo aquele caso. Mas cansei-me mais cedo do que pensava daquela nova exumação. Desculpei-me com ele por não acompanhá-lo em novas entrevistas. Ele encontrou muitos outros protagonistas do caso. Um deles até propôs vender-lhe revelações explosivas que no final eram apenas a versão oficial da justiça arranjada pelo poder.

Mesmo assim, fiz questão de levá-lo ao aeroporto. No carro, ele se mostrou prudente quanto ao resultado de suas investigações. Voltava com mais dúvidas que certezas e ainda menos convicções sobre uma hipótese precisa que antes de sua partida. Eu achava aquilo um bom sinal, mas ele me retorquiu que não tinha meios financeiros para não tomar partido por uma teoria, pois um trabalho que as apresentasse todas não teria muito interesse para seus financiadores. Eu de fato sentia muita pena por vê-lo daquele jeito, decepcionado por não ter descoberto a verdade sobre o naufrágio do *Oskar*.

— A verdade é um objetivo teórico — eu lhe disse. — Aqueles que se batem por ela costumam fazer isso arriscando a vida para transmiti-la a pessoas que não têm muito o que fazer com ela. Por exemplo, ponha juntos os maiores especialistas das maiores universidades do mundo e peça a eles para lhe explicar como uma idéia, o comunismo, que tinha as aparências do melhor para a humanidade, acabou abreviando a vida de uns 20 milhões de homens e mulheres. Vão lhe achar toneladas de explicações com palavras cultas como desviacionismo, culto da personalidade e sei lá mais o quê. Mas nenhum poderá de fato lhe explicar isso, porque é inexplicável. O irracional do homem é uma matéria que sua razão não consegue por definição abordar. Por que o senhor acha que usávamos tanta energia para estudar os animais? Para compreendê-los? Bobagem, a nossa esperança ao observá-los é que acabemos entendendo, um dia ou outro, o que não funciona bem em nós. Somos os mais mal colocados para falar de nós mesmos.

Quando nos aproximávamos do aeroporto, soltei para encerrar:

— Se a verdade lhe interessa mesmo, ela não está nos fatos, que dela são só a parte visível. Nem sequer está nas relações de poder que uma minoria nos impõe. Está na compreensão das razões que nos fazem aceitá-las, e para esse assunto é preciso mais que três dias.

Depois de acompanhá-lo até o embarque, no caminho de volta brinquei com Anna sobre o jornalista. Perguntei-lhe, sem muita delicadeza, se nada se passara entre eles, o que teria sido uma pena, pois o rapaz valia a pena, e além disso tinha um bom passaporte, um passaporte francês, um país que diziam ser maravilhoso, onde era bom viver... Anna se zangou e se fechou feito uma ostra mordida em sua carne viva. Depois, aproveitou que estávamos entre quatro "portas" para me cobrir de censuras. Jogou-me na cara que sua relação com os homens, todos os homens, era um fracasso, porque sem saber eu estava no meio.

— No meio de quê, meu Deus? — perguntei levantando os braços para o céu.

— No meio — ela se limitou em responder.

Depois, de repente, as lágrimas me vieram aos olhos. Compreendi no espaço de um curto instante o que era a vida de minha filha, entre a mãe amnésica anterógrada, o irmão desaparecido, e eu que ela considerava no fundo de si mesma pouco admirável e totalmente decepcionante. Eu estava no chão, mas Anna não tinha a menor consciência disso e, aproveitando que estávamos trancados no carro, voltou à conversa onde ela parara antes da vinda do francês.

— Então, que história é essa com a vizinha? Você deveria me falar disso, não é?

— Não me lembro de que devíamos falar disso, mas tudo bem.

— É só sexual, imagino?

— Como você pode dizer uma coisa dessas?

— Não estou julgando. Você começou quando ela vivia em nosso apartamento comunitário, quando Vânia e eu éramos crianças?

— De jeito nenhum.

— Não me diga que essa mulher não era sua amante há todo esse tempo.

— Digo.

— Você juraria com a mão na cabeça de Vânia que nunca teve nada com ela na época em que ela dividia conosco o apartamento comunitário?

Eu não podia jurar, então cometi um ato falho. Errei a curva em baixa velocidade e fomos direto num muro de neve. Sem dano. O tempo de arrancar depois de dar ré, a conversa esfriara e não voltamos mais ao assunto. Anna de repente perdera a arrogância, sua voz não subia mais das profundezas, ela voltara a ser uma jovem de sua época.

DOIS AMIGOS

— Mais de dez anos depois, ele ainda tem raiva de mim, não é?

O general enxugou o rosto com a toalha azul-celeste que tinha nas mãos. Ao fazer esse movimento, descobriu sem pudor seu membro desolado. O coronel não prestou nenhuma atenção. Naquela nudez, de perfil, as dobras das peles gordas ajustavam-se na mesma perspectiva. A superfície branca de seus torsos contrastava com o rubor de seus rostos. O general esforçava-se por esconder a falta de fôlego.

— A inteligência dele já perdoou você há muito tempo, Piótr, mas o coração ficou ferido. Ele nunca vai lhe fazer mal, disso tenho certeza. Ele se contenta em ignorá-lo. Cá estamos os dois, aposentados. Para ele, somos dois militares de outro tempo, aquele em que ele era um jovem sem importância.

— No entanto ele se relacionou com você, pediu-lhe conselho várias vezes, aceitou a sua influência, mas é verdade que você é general.

— Não, como todos os homens que chegam a um nível inesperado, ele quer esquecer todos os momentos em que não esteve por cima. Ele sabe que a idéia de experimentá-lo na RDA veio de mim. Como bom profissional, ele a respeita. Mas na hora tomou aquilo como uma humilhação. Dessa vergonha você foi testemunha, eu não. Ele quer simplesmente esquecer você.

O coronel levantou-se, dando o sinal de partida. Os dois homens pegaram cada um uma toalha grande e saíram nus da cabana de madeira onde tomavam um banho de vapor. Caminharam sem se apressar em direção ao braço de rio que serpenteava diante da propriedade. Naquele fim de inverno, o gelo que vinha bater na margem ficara mais transparente. Com o pé, o coronel quebrou uma pequena superfície que permitiu aos dois imergirem até a raiz dos cabelos. Saíram da água sem precipitação e, enquanto uma brisa leve lhes açoitava o corpo, enxugaram-se energicamente esfregando os membros. Depois, toalha amarrada na cintura, foram a passos curtos na direção da *dacha* afastada uns 20 metros da cabana.

Depois de se vestirem cada um em seu quarto, instalaram-se em profundas poltronas de frente para a lareira. O coronel tirou de um pequeno móvel de canto uma garrafa de vodca e encheu dois copos antes de se sentar soltando um longo suspiro.

— Sei que você não tem nada com a história, Guenádi, então talvez você possa me explicar como ele foi tão longe.

O general esboçou um sorriso de conhecedor com o canto da boca.

— A teimosia, Piótr, acrescentada a circunstâncias favoráveis. Ele estava na encruzilhada, tomou o caminho certo. Some a isso as redes de apoio com que ele conta por ter-se mantido fiel a alguns, e tudo isso fez dele o mais talentoso dos medíocres. É só o que pedimos a um político, se quisermos que acreditem nele a longo prazo. As massas não estão nem aí para os superdotados. Podem sentir fome, são capazes de continuar a jejuar, contanto que lhes falem de grandeza. Tivesse ele sido um gênio, não teria feito a metade do caminho que percorreu. Ele fez como muitos ambiciosos do calibre dele na história política, soube içar-se sobre um promontório de onde podia contemplar as fraquezas dos concorrentes. Impôs-se como uma evidência. Ajudei-o como muitos outros porque era um dos nossos, e se não tinha grandes qualidades visíveis, tampouco estava marcado de vício redibitório. Como presidente, é verdade que não tem o brio do predecessor, mas a hora não é mais de brio, é de normalização. O velho alcoólatra fazia sonhar barato. Stálin era o homem providencial para parar a NEP. Ele é o homem da síntese entre a realidade e nossos valores profundos. Ele assume o lugar vazio deixado pelos homens brilhantes, preocupados demais com o próprio interesse para se dignarem a olhar os interesses da nação. Já estão lamentando, mas é tarde demais. Uma mulher abandonada por muito tempo por um rico apolo acaba contentando-se com o jardineiro para satisfazer seus desejos mais elementares. Sabe, Piótr, eu o apoiei porque não tínhamos mais nada a perder. Um pequeno Andropov entre os muros do Krêmlin basta para que reencontremos a autoestima. Além do mais, posso confessar isso a você, sinto-me honrado por tê-lo aconselhado, para não dizer influenciado, em certas circunstâncias. Não é uma satisfação qualquer fazer parte dessa pequena equipe de artesãos que, em dez anos apenas, o moldou e articulou. Nosso Pinóquio agora se vira bem sozinho. Pena que o nariz não cresça quando ele mente, senão seria possível caminhar por cima para atravessar Moscou. Nossa história é feita assim: quando não temos mais inimigo algum para combater fora, os de dentro recuperam o vigor. Ele é o mais qualificado para essa luta.

Notando que o amigo não tinha mais nada no copo, o coronel pegou a garrafa para refazer o nível. Depois, tirou lenha de um cesto grande e pôs na lareira.

Observou meticulosamente as achas.

— Acho que o caseiro cortou resinosas de novo. Esses garotos não entendem nada de nada. São tão analfabetos quanto os pais, ainda por cima desconhecem o próprio meio. É muito perigoso, as resinosas dão muita seiva. Ela cola no conduto da chaminé, que acaba pegando fogo, levando com ela o resto da *dacha*. Aconteceu a menos de três quilômetros daqui, em plena noite, não sobrou ninguém.

Ele ficou sonhador, depois, hesitando:

— Diga-me, Guenádi, fico constrangido de lhe pedir isso, mas o Patrimônio quer me vender esta *dacha* que ocupo há trinta anos. É aqui que vou acabar os meus dias. Desde a morte de minha esposa, não saí mais daqui. Mas como não tenho outra renda além da aposentadoria de oficial superior do KGB, não posso pagar o preço que me pedem. Você, que o conhece bem, peça a ele para fazer alguma coisa, faça isso por mim. Não é um grande favor.

— Vou cuidar disso, Piótr, não se preocupe, eles não vão botá-lo na rua. Ele me deve bastante. Sabe, quando voltou da RDA, ele chegou em Moscou. Recebi-o. A desintegração do império tornava as relações menos formais. Ele ficou colérico como de hábito e me disse: "De que adianta essa zona toda, nada mudou, as pessoas continuam precisando de tíquetes de racionamento para comer e as ruas são tão sujas quanto antes.

Quanto ao KGB, não vejo para que informar um organismo que não compreende mais a utilidade dessas informações. Vou me demitir, general." Foi nesse instante que toda a carreira dele esteve em jogo, e ele se lembra disso muito bem: "Não se deixa nunca o KGB, Vladímir Vladímirovitch", respondi-lhe, "em todo caso essa separação não pode resultar de um ato voluntário da sua parte. No máximo, tome distância e arranje um emprego civil, mas você continuará sendo oficial da central. Veja, neste momento, é urgente não decidir nada, deixar ir passando. As grandes carreiras são feitas por gente de extrema paciência. Você é originário de São Petersburgo, então volte para lá, vá borboletear, espere as coisas se acalmarem, o longo prazo não está em jogo hoje. E permaneceremos em contato. Não estou longe da aposentadoria, mas essa noção não tem as mesmas conseqüências em nosso mundo. Mesmo sem o hábito, um monge sempre é um monge, há juramentos dos quais não se desliga fácil." Daí, ele voltou para a cidade dele onde encontrou um esconderijo dourado, a função de observação perfeita, inútil para a sociedade, valiosa para seu detentor. A universidade onde ele havia estudado o contratou como responsável pelas relações internacionais. Mas nosso verdadeiro vínculo só se criou quando o prefeito da cidade decidiu recrutá-lo para a mesma tarefa. Vladímir Vladímirovitch chamou-me: "General, tenho a impressão de que essa prefeitura é um covil de bandidos." "Ótimo", respondi-lhe, "é uma espécie que merece consideração, pois se desenvolve mais rápido que o rato das cidades. Você vai compreender a realidade do sistema atual, o da livre empresa em sua forma original, quando a vontade de apropriação individual não conhece limites."

O general preparava-se para continuar quando o coronel foi tomado por um acesso de tosse de proporção inesperada. Quando parou, estava violeta:

— Fumei demais — disse para se desculpar. — Anos de tabaco de má qualidade me deram um enfisema. O doutor diz que não vou muito mal de um ponto de vista, mas do outro eu poderia muito bem bater as botas de um dia para o outro. A perspectiva da morte não me assusta particularmente. O que lamento mais é não ter entendido muita coisa da vida.

— Não há nada a entender, Piótr, nada. Ela não tem sentido algum à exceção daquele que se quer lhe dar.

— Faltou-me convicção para isso, Guenádi. No crepúsculo da vida, dou-me conta de que só fiz seguir o movimento. No fundo, sou um bom soldado. Nunca fui muito perspicaz, acreditava que Plotov era o mesmo tipo de sujeito que eu, mas me enganei.

— É, mas Plotov é bem mais jovem que você. No momento do *putsch* de 91 contra Gorbatchov, ele entendeu que era a verdadeira virada da nossa história moderna. Por trás das aparências, ele soube descobrir uma realidade diferente, e devo dizer a você que o ajudei muito. Foi por essa razão que, antes de qualquer coisa, ele me telefonou. "Em total contradição com a minha recomendação precedente, se eu estivesse no seu lugar, Vladímir Vladímirovitch, pediria imediatamente demissão do KGB. Eu estou perto demais da aposentadoria para fazer isso. Pense bem. Não é um *putsch*. É uma operação especial da espécie mais antiga. Ao ser preso e seqüestrado, Górbi está aplicando dois golpes. Faz-se de vítima e de campeão das liberdades contra Iéltsin e dá o golpe de misericórdia nos conservadores que querem restabelecer o antigo sistema. Em todos os casos, essa operação tem cheiro a um só tempo de enxofre e naftalina. Ninguém queima cartuchos com um bicho que agoniza. E é bem provável que a culpa desse golpe de Estado recaia sobre o KGB, acusado de ter manipulado uns e outros. E, em grande parte, é verdade." Para você, Piótr, os acontecimentos se passaram de outra maneira. Sei que sempre acreditou em mim, mas há no fundo de você uma indefectível fidelidade ao comunismo. Você é incapaz de conceber outro sistema. A sua adesão aos putschistas, falsos ou verdadeiros, poderia ter-lhe custado muito mais que a sua aposentadoria de oficial.

O general aproximou-se do fogo da lareira e esfregou as mãos para se esquentar. Depois, retomou:

— Naquela época, para lhe ser sincero, eu não pensava que Plotov tivesse um grande futuro. Eu o apadrinhava como a gente faria com um sobrinho afastado. Mas ele mostrou sinais tranqüilizadores de inteligência, no sentido de uma faculdade de adaptação que seu caráter um pouco obtuso não deixava antever. Com o passar dos meses, ficou macio feito um couro de boa qualidade. O homem crispado que conhecemos socializou-se de modo notável, a ponto de parecer à vontade com todo mundo. Não entendia nada de negócios, mas mergulhou sem tardar na nova economia. Como responsável pelas questões internacionais da cidade, era ele quem atribuía terrenos às empresas estrangeiras para que pudessem produzir *in loco*. Durante a fome de 93, implicou-se no programa "matérias-primas em troca de comida", que foi um fracasso monumental, mas não por culpa dele, foram os bandidos que prevaleceram.

Também foi muito passado para trás pelos sócios particulares da cidade nos cassinos. Não tinha entendido que não se deixa a gestão do líquido com quem o manipula. O que faz a força de Plotov é que ele não tem grandes alegrias nem grandes tristezas, logo, é pouco vulnerável. Além do mais, acho que, com a experiência que teve na RDA, ele entendeu que era possível pegar alguém de boa-fé numa armadilha. Lembrou-se de quando todos os aventureiros que giravam à sua volta tentaram comprometê-lo. Quando o prefeito perdeu as eleições em 96, ele foi solidário. Fez as malas e foi para Moscou. Na hora de partir, sua casa pegou fogo. Foi a sauna que pôs fogo no resto. Alguns se aproveitaram disso para sugerir que ele limpasse o arquivo, apagando os rastros das propinas que havia investido em imóveis. Geralmente são os mais corruptos que gritam mais alto contra a corrupção. Parece-me que Plotov gosta demais do poder para arriscá-lo com dinheiro mal conquistado. Ou então, se em algum lugar recebeu o dele, foi só para ter reservas e ganhar independência. Ele sabe que não existe exemplo de ambição política que não tenha necessidade num momento ou noutro de fundos. Nesse caso, acho-o forte o bastante para que nenhuma retirada efetuada possa voltar à tona.

— Você o via regularmente em Moscou?

— No início, nossos encontros eram freqüentes. Ele estava à espera que lhe propusessem um posto consistente, e isso levou um certo tempo. Costumávamos almoçar juntos. Foi nessa época que ele me convenceu de sua dimensão nacional. Descobri que ele havia aprendido a falar de si para, no fundo, nada dizer de essencial. Ao contrário da época em que estava no

KGB, ele evitava que o silêncio se instalasse, que a monotonia prevalecesse sobre uma conversa calculada. E quanto mais se exprimia, menos era fácil pegá-lo. Uma verdadeira bola de bilhar banhada de azeite. Apesar de nossa aparente cumplicidade, eu não sentia, em relação a mim, mais confiança que desconfiança. Os esforços que ele fazia para se comportar como político da alta esfera administrativa não bastavam para mascarar sua inclinação frenética pela ação. Um dia, lembrei-lhe o que Stálin pensava de Trotski: "Um homem de ação. Corre o tempo todo, se agita, foge da política e sua viscosidade. Por isso, entrou para a categoria das presas, aquelas cuja ação será brutalmente parada por um predador, com uma patada só." E acrescentei: "Acho que Stálin nunca considerou Trotski um adversário à sua altura." Quando enfim conseguiu matá-lo no México, não mostrou satisfação alguma diante do fim de um adversário simplesmente respeitável. Mas, quando Plotov e eu almoçávamos juntos, ele não tinha ambição política propriamente falando, queria agir, servir o Estado, tomar parte nas transformações em curso. Seus colegas de São Petersburgo o recomendaram para que ocupasse um posto diretamente na Presidência. Lá se revelou eficaz. Quando foi nomeado para o Patrimônio, constituiu um numerozinho razoável de dossiês sobre as transações em condições preferenciais, sobre as vantagens e outros privilégios de uns e outros, e pela primeira vez fez disso moeda de troca. Seu bom dossiê no KGB contribuiu, tenho certeza, para sua nomeação à frente do FSB. Ele não queria, tinha perdido o gosto pelas intrigas do mundo da informação, pela obrigação diária ao segredo, mas, aí ainda, ele não demorou muito a entender as perspectivas que o posto lhe oferecia. Deram-lhe um poleiro de ave de rapina numa gaiola de pássaros tagarelas. Nesse momento, ele pensou que lhe haviam oferecido o bastão de general. Aquele que é descrito como um funcionário tão negro quanto pode ser uma cara de mineiro chegou em poucos anos ao extremo de suas capacidades. Acima dele é teatralizada a impotência da política e nenhum ator mais se sente crível o bastante para conceber uma ambição que não provoque o riso. Nesse período, é absoluta a fidelidade das marionetes políticas aos interesses capitalistas mais brutais. O país que quis inventar o comunismo pratica o capitalismo no sentido da ortodoxia de seus primórdios. Rouba-se o bem público, molha-se a mão dos homens colocados nas engrenagens do Estado como uma planta jovem em ano de seca, resolvem-se conflitos pelo assassinato. A América de fato nos impôs seu modelo. É o do início do século XIX, quando eleitos saídos de escrutínios fraudados põem-se a serviço de interesses privados concentrados em torno de uma minoria de milionários. Os nossos inventaram a privatização-espoliação. E Plotov me disse um dia em voz baixa: "Não temos o capitalismo dos europeus ocidentais. A nós infligem a versão mais brutal da gênese."

O general pôs-se a bocejar.

— E quando Plotov, graças às recomendações de alguns de nós, é nomeado à frente do FSB, ele de fato não tem ambição política. Ninguém notou sua ascensão. Ele continua tendo a cor das paredes, mas ninguém notou que ele já não anda encostado nelas. A imensa desordem no comando do Estado é cuidadosamente mantida. Um presidente que não consegue mais pôr um pé na frente do outro está cercado de cortesãos que só estão presentes para dissuadi-lo de fazer o que quer que seja, e deixar o Estado desagregar-se até a morte.

O general interrompeu-se e bocejou uma segunda vez antes de concluir:

— Acabarei de lhe contar isso tudo amanhã, Piótr. O banho de vapor, o jantar e a vodca me venceram.

— A mim também. Mas não me queixo, é tudo o que me resta. Você, é outra coisa, você tem o ouvido do poder.

— Imagine...

— Não negue, Guenádi, você teve e ainda terá influência. É uma satisfação pesar sobre o curso das coisas. São tão poucos os que podem se prevalecer disso neste planeta.

— Não alimento ilusões quanto à importância do meu papel, e não espero agradecimento algum. Continuaremos esta conversa amanhã.

De manhã bem cedo, os dois homens andavam pelo campo calçados de botas forradas que chegavam aos joelhos. Usavam a mesma *chapka* de raposa prateada enfiada até as sobrancelhas. O inverno estava no fim, é verdade, mas sempre vigoroso. O céu era de um azul esbranquiçado que deixava escapar alguns flocos esparsos. Piótr carregava uma espingarda de cano duplo superposto, coronha esculpida em cabeça de cervo. O general exibia uma carabina mais recente de um só cano. Três cães os seguiam parando a cada novo cheiro, contornando-o para decifrar-lhe todas as sutilezas. O primeiro era um pastor da Ásia Central, um molosso de quase 30 quilos com orelhas cortadas. Os dois outros eram grandes cães de caça de pêlo áspero. O coronel de faces rosadas mostrava sua alegria por estar naquela natureza vivificante com o amigo. Depois, mandou de volta à *dacha* os cães decepcionados.

— Eu poderia ter organizado uma batida, mas não gosto dessa maneira de caçar. Prefiro ficar à espreita, é mais silencioso e mais aleatório.

Os dois homens levaram uma boa meia hora para penetrar numa floresta de coníferas e chegar a uma cabana recoberta de galhos, construída numa rota de caça grossa. Uma pequena abertura para passar o cano da espingarda era a única ligação deles com o exterior. Duas cadeiras dobráveis e uma mesa feita de um tronco serviam de mobiliário. Começaram tirando do bornal do coronel uma garrafa de vodca e dois pedaços de carne defumada salgada o bastante para não tentá-los a deixar a garrafa pela metade.

O general enfiou uma bala comprida de calibre 222 no cano da carabina. Enquanto fechava a arma, o coronel, ocupado em verificar os dois cães de sua espingarda, murmurou, lúgubre:

— Está fazendo um ano que a minha mulher morreu.

Como não prosseguia, o general lhe perguntou naturalmente:

— E daí?

— Daí que ela não me faz muita falta realmente. Acho que me casei com ela só para fazer boa figura no KGB. Se eu tivesse ficado solteiro, eles nunca me teriam deixado sair do território.

— É provável.

Nesse instante, a porta do refúgio campestre se abriu para o pastor maior. Não se resignara a deixar o dono. Entrou balançando a cauda. O coronel deixou-o deitar-se num canto.

— Sabe o que Victor Hugo dizia? — murmurou o general.

O coronel balançou a cabeça ajustando o fuzil pela fresta.

— Dizia que os cães têm o sorriso na cauda.

Depois, ficou pensativo:

— Tem outra assim, não sei mais de quem. Afirma que gostamos dos cães porque eles todos acham que somos Napoleão. A respeito de amizade, Piótr, eu o considero um amigo há quase trinta anos agora.

— Pode dizer trinta e cinco.

— E eu recentemente me perguntava se você poderia ter-me traído.

O coronel olhou o chão por alguns segundos, depois levantou os olhos.

— Trair você? Com certeza. Eu o teria traído sem hesitar se tivesse sido preciso ou se me tivessem pedido. Antes de tudo, eu estava a serviço do regime. Mas nunca o teria enganado para favorecer meu próprio interesse, nunca. Para ser sincero, você sempre me preocupou com as suas maneiras de livre-pensador. Várias vezes pensei comigo que você ia acabar no *gulag*.

— Apesar disso, você continuava a conviver comigo e a me dar sinais de amizade.

— Na medida em que eu não havia recebido ordem contrária.

— E aí, teria hesitado?

— Nem um segundo.

Depois de se instalarem cada um numa cadeira de armar, o general retomou a conversa num tom julgado baixo o bastante para não ser ouvido por grandes animais.

— Sabe, Plotov tem uma qualidade que chamou a atenção do pessoal à volta de "Boris esponja", primeiro presidente de todas as Rússias. É o sentido que ele tem da palavra dada. Certa noite, Plotov e eu jantamos em Moscou, a mulher dele tinha viajado para São Petersburgo. Nessa noite, vi-o com cara de bicho acuado: "O presidente me ofereceu as funções de primeiro-ministro." "Muito lisonjeiro", respondi. Mas ele não conseguia ficar relaxado. Acabou soltando: "Ele acrescentou que, se tudo corresse bem, eu poderia me considerar seu sucessor." De repente, era de fato o homem do KGB que estava diante de mim, tremendo de desconfiança e suspeita. "Ou essas funções não valem um copeque amassado pela ferradura de um cavalo de tração, ou então estão me preparando uma armadilha." "Vai chegar a hora das condições, Vladímir Vladímirovitch, ela vai chegar. Tudo o que você deve garantir por enquanto é o seu apetite pelo poder. Se quiser, pergunte-se o que quer fazer com ele." Ele segurou a cabeça entre as mãos como se procurasse aliviá-la do peso de uma enorme enxaqueca. Depois, olhou-me furando-me com seu olhar azul pálido. "Se eu não pegar o poder que eles estão me dando, Guenádi Aleksándrovitch, vai chegar uma hora em que será preciso arrancá-lo. O que está acontecendo na Chechênia é um dos acontecimentos mais graves da nossa história. Já perdemos a URSS. Se perdermos a Chechênia, o Daguestão virá atrás, depois a Ingúchia, depois... será o fim da Rússia. Estou pouco me lixando para as legítimas aspirações daqueles povos, vou diluí-las a sangue. A equipe atual liquidou com a nossa economia, não podemos deixá-los desmantelar as nossas fronteiras. O que eles estão preparando é uma segunda Iugoslávia. O mundo inteiro ri de nós, só espera este derradeiro enfraquecimento. Logo, admitamos que eu aceite, qual é a contrapartida?" "Não tenho a mínima idéia, Vladímir Vladímirovitch, mas posso imaginar. Primeiro, um compromisso de nunca perseguir o presidente sobre seus desvios de fundos e os de sua filha. Depois, de achar um acordo com os oligarcas à volta dele. Segundo as minhas informações, parece que os oligarcas são bem favoráveis a você. Contam ficar com a economia e deixar-lhe o resto. Estão com a bunda mais suja que bezerro recém-nascido e só pedem uma única coisa, que nada saia do lugar." Plotov fez uma careta que dizia muito sobre sua determinação: "A grande maioria dos oligarcas são judeus. Não terei dificuldade alguma em despertar o anti-semitismo popular quando chegar a hora de fazê-lo. Vou primeiro adormecê-los e em seguida impor-lhes as minhas condições: nenhuma ambição política, devolvam tudo ou parte da propriedade das empresas estratégicas ou deixem o país. Para os que não deixarem o país, será o *gulag* numa mina de urânio onde acabarão com os colhões feito os sobreviventes de Chernobil, que podem usá-los como poltrona quando estão cansados. Quanto aos chechenos, vamos abatê-los até nas privadas se for preciso, mas nunca mais vou deixar ninguém comer nem sequer um pouquinho de nosso território ou de nossa indústria." "Vou me permitir uma observação, Vladímir Vladímirovitch. Às vezes acontece, a gente chega a uma ótima conclusão partindo de um postulado falso. Você não deveria mais se permitir isso se, graças a Deus, chegar à magistratura suprema. A oligarquia não é um fenômeno judeu. É verdade que os judeus estiveram entre os mais rápidos a se lançarem nos negócios. Deve-se a um nível de educação e de abertura para o comércio mais avançado que os ortodoxos. A isso acrescente uma rede internacional que facilitou muitas aberturas. Mas não existe nenhuma solidariedade judia na oligarquia e os ódios não são temperados pelo pertencimento a uma mesma comunidade. Os ortodoxos também gostariam de fazer assim. Muitos conseguiram, mas muitos também não foram espertos o bastante. É claro que o anti-semitismo russo é uma arma que não deve jamais ser desprezada. Pessoalmente, acho que você não vai precisar disso." Essa conversa aconteceu na última vez que nos encontramos. De lá para cá, só falei com ele por telefone uma vez, uns meses antes de sua eleição. Ele estava preocupado com a falta de popularidade. Era difícil para mim responder-lhe que estava na cara que ele não tinha carisma. Embora tivesse por trás toda a classe política e a dos negócios, ele estava com raiva, tinha vontade de dar um chute sem jeito no sufrágio do povo. "Agora que está tudo pronto, só faltaria esses babacas não votarem em mim." "Você deveria encarnar a ordem", respondi, "mas para isso é preciso um pouco de desordem." "Em que está pensando, Guenádi Aleksándrovitch?" "Estou pensando em matar dois coelhos de uma vez só. Motivar o povo para retomar uma ofensiva vigorosa na Chechênia e eleger você. O povo só se interessa pelo que está próximo. Só tem opinião se for motivada por um sofrimento pessoal." Houve um longo silêncio do outro lado da linha. Plotov retomou: "Você não está falando de atentados em Moscou, não é?" "Você me ofende, Vladímir Vladímirovitch, longe de mim essa idéia. Neste caso particular, não digo nada. Constato que você continua sendo o chefe do FSB. Noto também que os chechenos preparam atentados para impressionar a opinião. Você tanto pode impedi-los de fazer isso como também pode observar uma estrita neutralidade. Se esses atentados permitirem recomeçar a guerra e ganhá-la, o que serão essas vidas perdidas comparadas àquelas que você economizará? Sei, desde o início, que você é um homem que crê em Deus, Vladímir Vladímirovitch, nunca vou deixá-lo numa sinuca com a sua fé." Ele me convidou para as cerimônias de entronização, mas nunca mais nos falamos desde então. É verdade que uns prédios explodiram em Moscou. Nada prova que os nossos serviços secretos estejam implicados nessa matança.

O general assoou o nariz que escorria. Ficou um longo momento sem dizer nada, o olhar fixo ao longe, onde a trilha desaparecia na massa esverdeada e cinzenta das árvores. Ele interrompeu o silêncio uma primeira vez:

— A educação e a cultura são essenciais. Só elas permitem ao homem compreender o que o torna mau. Infelizmente, a experiência mostra que um homem capaz de analisar as torpezas de sua espécie nem por isso se torna melhor.

O coronel não respondeu nada. Embora os dois homens não pudessem ver, dali onde estavam emboscados, o céu ficara carregado de grossas nuvens brancas que se desfaziam em flocos úmidos de fim de inverno. De repente, uma corça bem grande apareceu na trilha. O focinho negro brilhava. Ela ficou parada no caminho. A cabeça girava sobre o pescoço feito a de um pássaro que busca com os olhos a confirmação dos ruídos que está percebendo.

— É sua — murmurou o coronel.

O general, que não conseguia deixar de papear, respondeu sussurrando:

— A beleza diante da extrema violência, é o resumo da nossa história.

Depois atirou. O bicho não esboçou um movimento, fulminado pelo inseto metálico que lhe tirou a vida antes que tivesse consciência de perdê-la.

Passaram em seguida uma corda em volta das patas do animal e as juntaram num único nó. Arrastaram-no assim até a *dacha*, o olho fixo e opaco, a língua caída, a cabeça sacolejada pelos movimentos do terreno.

No caminho, com a mão livre, o general tirou a *chapka* que lhe fazia suar na cabeça. Parecia absorvido.

— Vou dar um jeito para resgatar o título de propriedade da sua *dacha*, Piótr. Quanto mais penso nisso, menos vejo Plotov recusar-me esse favor. Todos se serviram deste país nos últimos nove anos, deve afinal haver algo que caiba a homens como nós. Não fomos educados para reivindicar a propriedade privada dos bens deste mundo, mas tampouco aceito que sejamos espoliados.

A força dos dois homens era bem necessária para puxar o corpo do animal que deslizava com certa facilidade pela fina película de neve úmida que recobria o chão. Ofegantes pelo esforço bem como pelos anos de excessos, fizeram uma pequena pausa. O coronel aproveitou para eviscerar o animal. As tripas misturadas foram lançadas aos cães, cujos olhos se acenderam diante do festim. O general ficou a seu lado, observando os arredores.

— Não sei por que penso nisso, mas, no início do reinado de Boris I, Sua Majestade Esponjosa, fui convidado para uma *soirée* em Moscou na casa de uma espécie de oligarca. Em suma, um desses sujeitos que fizeram uma fortuna fulgurante falsificando as concessões de empresas públicas ou especulando com os certificados de privatizações. Nem um milionário americano teria o mau gosto de mandar construir uma casa como a desse sujeito. Sentia-se ameaçado e não sabia como agir para se proteger. Tinha me convidado para me propor que eu assumisse sua segurança mediante uma remuneração fabulosa, que declinei. Ele queria que eu ficasse no FSB e que dali organizasse a proteção dele com homens meus. Nessa época, não se recusava um convite, a gente não sabia com quem estava lidando. Milionários assim podiam ter influências inesperadas. Vou me lembrar a vida inteira do choque que tive quando entrei na *dacha* do sujeito. No térreo, havia um imenso salão organizado em torno de sete ou oito mesas baixas onde estavam colocadas garrafas, copos e tira-gostos. Acredite se quiser, as mesas eram vivas. Mulheres nuas de quatro no chão, uma bandeja de vidro pousada nas costas, passavam a noite imóveis naquela posição. Nada das formas nem da intimidade nos era poupado através do vidro. Os convidados fingiam não notar nada. Nosso anfitrião, vendo-me intrigado, piscou-me o olho dizendo: "Estas garotas recebem salários de executivo de multinacional por noites como esta. Ficariam com muita raiva de mim se eu mandasse trazer mesas baixas verdadeiras de teca da Indonésia." Na semana seguinte, foi encontrado estripado numa rua ao lado de uma discoteca na moda de Moscou. Foi rasgado de cima a baixo. Que morresse não bastava, queriam humilhá-lo deixando-o de tripas de fora. Quando penso nisso, imagino que ele deve ter sofrido, mas quanto à humilhação, não acho que a tenha sentido, de verdade, exceto se acharmos que um morto é capaz de se ver. A época era muito violenta. Nossos empresários, novos demais no sistema, não gostavam da idéia da concorrência, preferiam a eliminação física. Matava-se em todos os níveis do comércio. Bastava poder pagar um checheno e, nessa época, chechenos não custavam muito caro.

CARBONIZADOS

O cinza sombrio do píer de cimento clareou sob um sol pálido, dando um reflexo campestre à espessa espuma cheia d'água que recobre as pedras do longo quebra-mar. A enseada é como um doente que se esforça por sorrir, esticando seus estigmas para perdê-los nas dobras da pele. O ar do mês de agosto é só morno. Guarda um frescor vergonhoso para a estação.

Vânia Altman sente uma espécie de formigamento na ponta dos dedos. Sua apreensão se manifesta assim, discreta e contida. Ele está subindo as escadas das dependências da flotilha. No ombro, uma sacola de brim azul guarda o mínimo: uma escova de dentes, um tubinho de pasta de dentes, roupas de baixo para três dias. Não leva livro, não teria uso, a missão é curta e intensa demais. Só um bloquinho, para tomar notas úteis se for conveniente. Se a apreensão não se manifesta mais, é que está submersa por um profundo sentimento de orgulho. Vânia não sabe por que está ali, sabe apenas que jamais poderia ter estado em outro lugar. A doçura de seu rosto largo e fino surpreende. Olhos de um azul forte. Os cabelos louros cortados curtos se escondem sob a boina levantada na frente feito um convés de porta-aviões. Sem pensar nisso precisamente, sabe que esse instante é o apogeu de um sonho, o de viver de pé entre os homens.

*

A ordem veio cedo esta manhã. Uma sorte, duas tripulações se alternam na embarcação e é a dele que vai sair para três dias de manobras. Se pudesse escolher, teria preferido estrear numa missão longa, partir por três meses, o tempo necessário para sentir bem. Vai ficar para a próxima vez, daqui a cinco semanas. O submarino acaba de voltar cheio de glórias de uma longa missão no Mediterrâneo em que desafiou as forças da Otan. O comandante recebeu no Krêmlin uma alta distinção por esse feito militar sem precedente. Deu uma lição nos inimigos de ontem que talvez ainda sejam os de amanhã. Todos comentaram na base. Embarcar sob o comando de Lyachin é uma honra para um guarda-marinha sem experiência. Essas manobras são mais que um exercício, elas têm que mostrar a força da Frota do Norte. Na base, a excitação dos militares que correm de um lado para o outro é o sinal de que um desafio superior catalisa as energias. A marinha russa tem de provar a si mesma, e também aos observadores espiões estrangeiros, que nada perdeu de seu orgulho, que ainda é capaz de inspirar terror como nos tempos da Guerra Fria, que a falta de dinheiro em que os novos tempos a mergulharam não alterou o medo que ela suscita.

Vânia sabe disso desde a escola de cadetes e sua escolha não foi inocente: os russos não gostam mais do exército, na melhor das hipóteses são indiferentes a ele, na pior lhe cospem na cara. O nojo que se espalha sobre o exército ainda não atingiu a marinha e menos ainda os submarinistas. É verdade que não estiveram nem no Afeganistão nem na Chechênia, e que nenhum dos boatos que circulam sobre o pessoal de terra jamais passou perto dos homens de preto. Não se conhece exemplo de oficial de marinha que, em troca de dinheiro, alugasse a empresários os serviços de seus homens. Entre os submarinistas, não se violentam jovens recrutas. Tampouco são enviados à família em caixões de pinho com os menos preciosos de seus objetos pessoais, pois os anéis e os relógios já se transformaram em vodca. Nenhum escândalo jamais respingou sobre eles. Se conheceram restrições em quartéis polares onde muitos perderam a vida, nenhum jamais foi privado de sua dignidade.

Vânia se preocupa um pouco por começar numa manobra importante. Sem a insistência de Anton, ele talvez não tivesse sido embarcado. Anton é seu mentor, desde a infância. Seu pai e ele são como dois irmãos, não passa um dia sem que um não se preocupe com o outro. Quando os dias ficam longos, saem juntos pelos campos, e se a subsistência for a razão principal, os dois sabem embelezar as saídas com motivos mais nobres, ligados que são a essa natureza pobre mas tranqüilizadora. Seu pai jamais teria tido por si mesmo a idéia de enviar o filho à escola de aspirantes de São Petersburgo, na idade em que outros ainda vivem grudados na mãe. Anton o convenceu com pequenos toques sucessivos durante suas escapadas pelas grandes extensões silenciosas. Bem rápido percebeu que Vânia jamais conseguiria cruzar o olhar do homem que ele deveria matar, suportar as vexações de superiores roídos pelo álcool, nem agüentar a promiscuidade malsã de dormitórios fedorentos. Nada o dispunha a servir entre o pessoal de terra. A aviação lhe era proibida porque tinha medo de voar. A marinha de superfície também o desanimava. Não houve uma saída de barco, com o pai, Anton e Boris, que ele não passasse curvado na direção do parapeito, enviando ao mar o fundo do estômago virado feito uma luva. "Quando a gente sofre, feito você, do mal da terra, do ar e do mar, só resta o melhor, os submarinos", dissera-lhe Anton. "A gente sempre passa duas ou três horas na superfície antes de mergulhar. Um submarino é tão pouco feito para navegar sobre a água, por causa da ausência de quilha, que ele balança e caturra sem perdão para seus homens. Então, em alto-mar, ninguém é poupado e a marujada se apóia vomitando em concerto. Todos rezam para entrar na escuridão, e quando o submarino afunda feito uma baleia enorme para baixar às profundezas, a serenidade vem como se viajássemos num trem noturno."

Anton é capitão-de-corveta, terceiro após Deus. Nada em sua aparência trai sua inteligência, como se ele procurasse nada deixar passar. No entanto, não existe um fluido a circular nas milhares de toneladas do submarino que ele não seja capaz de seguir, de ouvir. Nenhum mecanismo lhe é estranho, cada válvula, obturador, motor principal ou auxiliar lhe é familiar. No barco, ele é o homem da água, do ar, do átomo e do óleo. Todas as pressões que daí resultam, atingindo às vezes várias centenas de atmosferas, ele as transforma em quietude. Para o resto da tripulação, não há necessidade alguma de ler as dezenas de mostradores que dão conta do estado da técnica, pois a posição das sobrancelhas de Anton basta para deixá-los tranqüilos. Seu rosto pode parecer inexpressivo, tanto ele se esforça, nos momentos difíceis, em não deixar à vista o mínimo sentimento negativo por medo do contágio. Já faz alguns anos que as peças sobressalentes vêm faltando e que a manutenção se degrada por falta de meios; os homens a bordo se alertam com mais facilidade, inclusive os militares que, ao verem as avarias se sucederem, temem a todo momento ler em seu rosto uma sentença de morte. Todos tentam acomodar-se com a imperfeição e os riscos que ela faz pesar sobre suas vidas. Mas Anton domina, relativiza, pois, segundo ele, tudo foi pensado para o pior. Se confiam nele, é porque, apesar da deterioração da frota, ele continuou a ter fé nos projetistas que perseguiram o acaso até considerá-lo morto. E se este último mesmo assim conseguir se manifestar, ele conta com seus recursos intelectuais para lhe aplicar o golpe de misericórdia. Foi nesses termos que os outros oficiais falaram de Anton a Vânia, ressaltando a sorte que ele tinha de aprender a seu lado durante dois anos pelo menos, antes que lhe cortassem o cordão umbilical que o liga ao amigo de seu pai.

Vânia às vezes se surpreende pensando que tem mais admiração por Anton que pelo próprio pai. Quando pensa neste último, ele o vê como um pensador, ágil na reflexão, impotente na ação. Lembra-se de um dia em que voltava de férias da escola de aspirantes de São Petersburgo. O pai, com o qual ele tinha raras conversas, chamara-o à parte para lhe perguntar como se sentia na escola, se seu afastamento não lhe pesava demais, se a disciplina militar não o sufocava, se a promiscuidade não o incomodava. Como Vânia respondia negativamente a todas as perguntas, o pai acabou se irritando. Por um curtíssimo momento, mas com uma força surpreendente naquele homem que nada jamais parecia realmente atingir, ocupado que estava em cuidar de sua imagem de desenvolto impermeável aos outros, aplicado a relativizar toda coisa para mantê-la a distância. "Tenho a impressão de ter um velho na minha frente. Você é o jovem mais velho que já tive a oportunidade de encontrar. Você acertou a sua vida feito uma partitura, nunca vejo em você a menor revolta, só uma ampla aceitação que o carrega. Você não questiona o mundo à sua volta, derrete-se dentro dele com discrição e servilismo e não vê que todos esses homens que você admira e que o inspiram são homens de ontem. Nós nem temos mais inimigos, Vânia, e se fosse o caso, seria preciso nos perguntarmos por que valores estamos dispostos a morrer, por que concepção do mundo devemos nos sacrificar quando a ordem for dada. Aqueles que nos ameaçavam ontem estão a ponto de nos assimilar, de nos abraçar para melhor nos integrar em seu gigantesco mercado. A guerra está perdida e é melhor assim. E se houvesse uma a ser ganha um dia, seria contra quem? Tudo o que posso dizer de meu filho é que ele é um bom russo da Rússia eterna, um zeloso servidor de uma pátria que conheceu todos os disfarces para continuar sendo uma grande nação imperialista." Depois, voltara-se na direção da janela da sala onde falava cruzando as mãos nas costas, antes de voltar para abraçar o filho murmurando-lhe, com lágrimas nos olhos: "Apesar disso tudo, tenho orgulho de você. Queria apenas que você não vendesse a sua consciência a homens que não a merecem." Vânia nada soubera responder. Apenas apoiara a mão nas costas do pai para tranqüilizá-lo. Conhecia suas contradições, causa de seus entusiasmos e das censuras que afinal só fazia a si mesmo, incapaz de dar um sentido à sua vida, pois para ele o tempo de resistir havia passado (aliás, nunca fora um resistente) e o de aderir ainda não. Fustigava-se por não ser nada, ou nada mais que um professorzinho de uma história ridícula, a ensinar infeliz uma disciplina solúvel na mentira, esfomeado pelo desprezo dos burocratas de Moscou que com certeza viam nele apenas um ser inútil.

Vânia não se lembra de ter recebido incentivos da mãe. Que mãe sensata quer ver o filho que saiu de seu ventre virar soldado? Ela sabia que, mesmo em tempos de paz, o exército russo nunca é seguro. Ali se morre vítima de um inimigo interior que une incompetência, negligência e desprezo. A inevitável arbitragem entre os soldados, o material e o secreto ocorre sempre em detrimento dos primeiros nesse exército que perde seus homens como um velho cárter perde óleo. Ela nunca se opôs à sua escolha e, diante da fatalidade, inclinou-se, acompanhando um movimento mais poderoso que ela, confiando na Providência para manter o filho vivo. No fundo de si mesma, pensava que o risco de perdê-lo em operações era menor que o de vê-lo pôr fim ele mesmo a seus dias, como muitos adolescentes de sua geração que viviam o pós-comunismo resignados em não ser nada. Essa geração estava convencida de não ter mais lugar tanto no mundo dos vencedores quanto no mundo dos vencidos, a miséria não dando a mínima para a liberdade, sobretudo quando esta não resulta de uma conquista. Faltava sabor à recente liberdade de expressão, pois não era o culminar de uma luta, mas de um simples desabamento. Que energia pode transmitir um velho muro derrubado por infiltrações que arruinaram suas juntas sob a terra?

Não se podia falar de evasão heróica de uma prisão ideológica fortificada. As portas tinham se aberto pela simples razão que o guarda esquecera as chaves dentro, antes de ele mesmo botar o pé no mundo. A mãe de Vânia aceitara a ambição do filho, sem resistência. Com o tempo, até tirara de sua posição um sentimento a meio caminho entre o orgulho e a vaidade.

Ao entrar na cantina dos oficiais, Vânia sente-se em casa. Mais que no pequeno alojamento que lhe foi atribuído na cidade proibida, a pouco menos de um quilômetro da base, um apartamento abafado nos bons dias, glacial quando a caldeira central está em pane. O prédio é insalubre, há anos são prometidas obras, mas nada acontece. A vida ali não é menos aflitiva que no apartamento de seus pais, que só se falam por necessidade, enquanto a irmã mais velha dá uma de moderna ao censurá-lo por ter escolhido aquele ofício de outros tempos, como se repetisse o pai. Vânia sofre com a cumplicidade que se instalou entre eles durante todos esses anos em que ele estava na academia naval de São Petersburgo. Sente a mãe isolada, como se aquele bloco se tivesse constituído sem saber contra ela. Mesmo antes do acidente, ela nem assim procurava se aproximar do filho, a quem só demonstrava como aos outros uma frieza utilitária. Era eficiente para resolver as pressões materiais que, na falta cotidiana de dinheiro, pesam feito leite de vaca no estômago de um adulto. Mas quanto mais Vânia ganha idade, mais se dá conta a que ponto ela era limitada em seus sentimentos. Por que razão, ele é incapaz de dizer, mas lembra-se de que ela se comportava o tempo todo como se temesse ficar emocionada.

Ao entrar na cantina, ele deixa para trás um mundo onde a negligência e a imperfeição são a regra, onde a fronteira entre civilização humana e reino animal lhe parece sem cessar atacada. Ao transpor essa porta, ele reencontra os seus.

Volta a ser carregado por um ideal indefinível que de comum com a pátria e a guerra só tem as aparências. O mundo dos submarinistas, lhe disseram tanto, só pertence a eles, a essa pequena comunidade que decidiu viver para si em apnéia. A terra inteira é povoada de indivíduos que sonham com a solidão em grandes espaços arejados, sem pressões. Os submarinistas cultivam a promiscuidade em espaços confinados onde cada um vive só para os semelhantes. Os marinheiros ficam sobre o mar. O mar abraça os submarinistas. Até esmagá-los caso desçam fundo demais. O universo deles é um desafio à ordem estabelecida pela natureza, e esta não se priva de lembrar-lhes isso até infligir-lhes o fogo, se a água ou a privação de oxigênio não bastarem para aniquilá-los. A consciência de que fizeram muito para sua humilde solidariedade.

Vânia cumprimenta todos esses oficiais com mais respeito do que pedem. Anton está ali e lhe faz sinal. Está bebendo com o imediato do navio. Vânia sente-se um pouco constrangido de juntar-se a eles, mas logo o deixam à vontade. A conversa gira em torno do soldo que não chegou. Corre o boato de que o dinheiro está a caminho para pagar os tripulantes. O boato é a tal ponto realista que o Velho, em vez de embarcar o oficial de intendência para as manobras, pediu-lhe que permanecesse na base para defender os interesses de seus homens. Depois, o subcomandante pergunta a Anton se este tem as mesmas informações que ele sobre o tráfico de peças desmanchadas que estaria enchendo os bolsos dos bundões do Estado-Maior. Anton concorda e vai mais longe baixando a voz. O imediato termina seu copo, bate no ombro de Anton para lhe significar que vai se trocar antes de embarcar. Anton e Vânia ficam sós.

Também não vão demorar a sair. Anton sorri para Vânia, cúmplice de sua apreensão diante desse primeiro mergulho.

— Você vai ver, é mais animado nas manobras que nas missões longas. Há um verdadeiro jogo de estratégia com a aviação anti-submarina e as embarcações de superfície. Vai haver muita gente em ação no mar de Barents. Acho que temos muitos tiros com cargas reais em perspectiva. Não vamos poder dormir muito, espero que você não esteja com o sono atrasado. Como vai seu pai?

— Acho que vai bem, falei com ele por telefone, há dois dias, mas não pensei em telefonar para meus pais para lhes dizer que estava embarcando com você. Vou ligar quando voltar.

— O seu pai, Boris e eu saímos para pescar salmão há uns quinze dias apenas. Não sei se são as radiações, mas nunca vi uma tal vitalidade naqueles bichos, embora estejam a poucos dias de morrer depois de botar os ovos. De lá para cá, também não tive mais tempo de conversar com ele, tinha muito trabalho administrativo para fazer na base e consertos no apartamento. Como é o que lhe deram?

— Quebra o galho.

— Você tem água, eletricidade, aquecimento?

— Tenho.

— Então tem o essencial, desde que a privada funcione.

— Funciona.

— É uma sorte. Acho que aqueles babacas do ministério em Moscou têm medo de que não tenhamos mais fé para embarcar. É por isso que nos matam de fome, que nos enfumaçam com canalizações de privadas que devolvem o cheiro, que volta e meia nos cortam o aquecimento explicando-nos que o sujeito encarregado da manutenção estava tão bebum que caiu de cabeça na caldeira. Querem que a gente solte um suspiro de alívio ao passar pelo portaló, como se tivéssemos achado o paraíso. Às vezes até me pergunto se a maioria das mulheres dos submarinistas não são também agentes do FSB, encarregadas de tornar a nossa vida impossível ao ponto de não querermos mais deixar nossos submarinos, refúgio de todas as nossas misérias, remédio para todas as nossas decepções.

O rosto de Anton clareia.

— É verdade que um submarino é o paraíso. Você vai ver quando estivermos a 100 metros, sozinhos entre nós, e que o taifeiro nos servir uma vodcazinha gelada; o mundo inteiro, sem saber, terá inveja de nós. Eles acham que estamos em mergulho, são eles que estão, mas não na água, na mediocridade da existência que levam de pequenos roedores. E, daqui a dois anos, a aposentadoria. Se for paga como o soldo hoje, vai ser um verdadeiro problema, mas, se o dinheiro voltar aos circuitos, vou poder pescar e caçar todos os dias. E enquanto isso, o seu pai vai continuar ensinando a alunos sonolentos que Stálin merece ser reconsiderado.

Vânia solta aquele sorriso que o torna irresistível, pois se dá conta não só do que é mas do que vai se tornar.

Depois, os dois homens vão mudar de roupa no escritório de Anton. É ali que trocam o uniforme preto por um macacão operativo. Anton pega uma sacola só com o mínimo para três dias, confessa que não leva reservas; de qualquer modo, em manobra, ninguém tem tempo para tomar banho, mal dá para escovar os dentes. Ao sair do escritório de Anton, eles cruzam com um oficial que acompanha dois civis de macacão sem divisas, duas sacolas nas mãos.

— São os dois engenheiros projetistas de torpedos que vão com vocês. Pode conduzi-los ao barco, capitão?

— Deixe comigo.

Feitas as apresentações, os quatro homens se dirigem ao *Oskar* amarrado ao ancoradouro. O barco é enorme, embora boa parte do casco esteja abaixo da linha d'água. Do comprimento de um campo de futebol, a parte que emerge, vela incluída, é da altura dos prédios administrativos de quatro andares que estão à sua frente. É como se fosse uma orca desgarrada. Eles passam por um último posto de controle após uma roleta. Os engenheiros projetistas de torpedos não têm o salvo-conduto correto. É a desforra da sentinela que nunca foi ao mar e que olha com desafio seus interlocutores, pois está fora da hierarquia deles. Anton dá dois telefonemas. Um homem chega correndo minutos depois, fala com a sentinela que olha para outro lugar e que, finalmente, lhes faz sinal para passar, despeitado por não ter podido chateá-los um pouco mais. No convés, todos se agitam. Um mergulhador, tanques nas costas, mantém-se pronto para buscar qualquer homem que caia no mar nessa fase de preparativos. Anton cruza com o cozinheiro-chefe da embarcação. Faz-lhe um sinal interrogativo com a cabeça.

— Não vai ter problemas, comandante, o Chefe se irritou, vamos ter as quantidades e a qualidade, deixe comigo.

— Se você nos servir duas vezes a mesma coisa ou a porra da sua língua de boi cozida, a gente lança você pela escotilha a 300 metros de profundidade.

O chefe-cozinheiro sorri.

— Sem risco, comandante.

Eles penetram no barco pela escotilha de acesso e confiam os dois engenheiros a um oficial da proa. Começa uma longa descida de escada em escada, depois de porta estanque a porta estanque até se juntarem à equipe de guarda no compartimento de manobras, longe, no fundo do barco. Aqui, ninguém se cumprimenta mais, basta um sinal com a cabeça, e evita-se dar com o cotovelo nos quinas metálicas que surgem por toda parte. De qualquer modo, não se tem a distância regulamentar para bater os calcanhares. O oficial de águas vem fazer o relatório de situação. Anton lhe apresenta Vânia rapidamente. Ele tem o olhar escuro e vivo, lábios pequenos e um queixo redondo e curto.

— Está tudo claro, comandante, a mencionar um problema com a água doce que estamos tentando resolver, talvez seja preciso proibir a ducha, estamos trabalhando nisso, estaremos em condição de lhe fazer um resumo da situação em duas horas, no mais tardar.

— De qualquer modo, a gente não tinha intenção de tomar banho e me espantaria que tivéssemos tempo. São as maiores manobras da nossa frota há anos, a gente não vai passar pelo banheiro. O milagre das profundezas é que, enquanto não estamos ao ar livre, nenhum cheiro ruim ousa tomar a direção do nariz, é ou não é?

— É verdade, comandante.

— Os homens?

— Todos a postos, chamada feita.

Vânia observa Anton com o canto do olho. Não é o mesmo homem. Em todo caso, nada a ver com o homem que ele conhece de casa, da casa de seus pais, ausente e quase esbaforido feito um peixe que só imerso encontra o ar. Não é a patente que lhe dá essa segurança, ele simplesmente está em casa, num lugar que não tem segredo algum para ele, com homens nos quais acredita sem reserva. Anton continua sua volta com Vânia. Vão até a sala de manobras, controle da propulsão, de onde se comanda a força, logo atrás do reator nuclear, que fica totalmente confinado. Um suboficial avança na direção de Vânia e prende no bolso de seu peito um filme dosimétrico "para medir a radioatividade sofrida, ela é transmitida à terra e em seguida vai não se sabe para onde até pessoas que estão se lixando completamente".

— Aqui, vai fazer calor depois que sairmos — diz-lhe Anton. — E quanto mais o mar está quente, mais sobe. Já senti quase 50 graus aqui, no oceano Índico. Agora dá para levar, vamos ficar no mar de Barents. Vamos! À sala de comando.

Eles voltam para a frente, que está cheia de gente, em todo caso é a impressão que dá, e como poderia ser diferente, já que são embarcados um pouco mais de um homem por metro de navio. Nos corredores, cada um cola as costas nas paredes para deixar o outro passar. Sobem até a sala de comando, onde são canalizadas todas as informações e os alarmes. O Velho ainda não chegou, mas o imediato se agita. Anton vai para seu painel de controle que dá conta do estado de todos os fluidos que circulam no navio, da pressão que têm e da estanqueidade dos ductos. É ali que se encontram todos os alarmes técnicos, inclusive os de incêndio, que é o mais temido de todos, pois, na história dos submarinos soviéticos, o fogo matou mais que a água. Ao lado de seu grande painel, encontram-se o posto de pilotagem e suas duas rodas do leme. O responsável é outro oficial de serviço, é ali que os oficiais vão dar ao barco rumo, profundidade e nivelamento. Também é ele quem passará as ordens de velocidade aos subordinados agrupados na popa da embarcação. Dois periscópios, um de observação, outro de ataque, que são usados quando o barco aflora à superfície na cota periscópica, separam a sala de comando. Dos dois lados destes últimos, faz-se tudo na cegueira total, quando a embarcação submerge nas trevas das profundezas. Com as cartas, identifica-se a posição, com os sonares, a posição dos outros. Também é daqui que são dadas as ordens de lançamento dos torpedos, repassadas mais adiante e mais abaixo, no compartimento onde dormem, em casulos, os engenhos mortíferos. Os mísseis, mais compridos, estão dispostos nas laterais.

O Velho entra. Quarenta e cinco anos mais ou menos, é o mais velho de todos. Tem traços regulares ligeiramente inchados, uma cabeça larga que não cabe numa boina padrão, olhos azuis francos. Ele avança, a cabeça em outro lugar, mas a soma de suas preocupações não basta para lhe dar um ar contrariado. O imediato faz-lhe o relatório de situação. Quando lhe anuncia um suspender em duas horas, o Chefe faz uma cara satisfeita. Vai então na direção de Anton, seu filtro com os verdadeiros problemas, os que põem o navio em perigo. Os dois se conhecem há muito tempo, a confiança é mútua. Analisam juntos os problemas levantados por Anton antes que este lhe apresente Vânia. O comandante lhe dá as boas-vindas e lhe promete um batismo digno desse nome antes do fim das manobras, depois a conversa retoma entre Anton e o Chefe, como dois velhos amigos. O laço que os une transparece, quase material. Vânia os olha como se fossem um velho casal. Estão unidos para o melhor e o pior. O melhor é quando tudo vai bem, uma felicidade que só entende quem é adepto da embriaguez das águas profundas. O pior é quando o barco fica prisioneiro das profundezas escuras. Pode-se então dizer tudo o que quiser, tomar qualquer via, a morte está no final. Entre os dois, nada. É esse nada que os une. Pois é por esse nada que os outros brigam, ali onde o oxigênio não entra na conta. Depois, o Chefe vai até a mesa de cartas e informa-se da meteorologia. Anton leva Vânia até a popa. Passam pela praça-d'armas. Vânia ainda não sabe qual é seu beliche já que está em excesso. Anton resolve o problema, encontram um no alto, um compartimento que lembra as camas do trem noturno para São Petersburgo, os beliches superpostos até o teto com acesso por escadas metálicas. Ele coloca sua sacola num escaninho. Nas duas horas seguintes, fica ao lado de Anton, que esgota ponto por ponto o procedimento das verificações. Esse trabalho parece tê-lo deixado inquieto, Vânia lhe observa isso, ele começa negando antes de lhe confessar longe dos outros que são menos os probleminhas técnicos que o preocupam que a reação de seus suboficiais inexperientes e mal formados quando surgem problemas mais graves. Depois, faz sinal a Vânia que se entrega nas mãos do destino, acentuando esse gesto com um sorriso para minimizar a coisa.

Dois rebocadores descolam as 18.000 toneladas do navio, antes de soltá-lo longe do ancoradouro. Foi dada a partida para duas horas na superfície, o tempo de verificar se todas as funções estão normais. Vânia vai no rastro de Anton, que voltou à sala de comando. Enquanto o barco está na superfície, as ordens vêm do passadiço, onde o comandante e seu imediato estão ao ar livre. O Chefe deixa ao imediato a manobra, o cuidado de seguir o braço de mar até sua embocadura no mar de Barents, depois de afastar-se ainda uma hora da costa antes de mergulhar. Um suboficial está em ligação com a vela. Repete em voz alta as ordens que lhe são transmitidas no capacete. A velocidade e o rumo são estabilizados. Todos os homens do primeiro bordo estão a postos, uns em ação, outros se preparam como atletas em fase de aquecimento. As conversas que nada tinham a ver com o serviço cessam, os tripulantes estão concentrados no objetivo comum. Vânia observa os homens reunidos na sala de comando um a um, fica afastado para não atrapalhar o vaivém nervoso. Os movimentos laterais do navio são cada vez mais perceptíveis, tão amplos quanto a embarcação. A velocidade aumenta cada vez mais. Fazia tempo bom acima, quando deixaram a enseada, mas, ao deixarem para trás o braço de mar, o vento deve levantar as ondas. Vânia luta contra o enjôo. Não é o único. Um oficial confirma o desconforto geral ao correr para os sanitários que ficam logo atrás da porta da sala de comando. Se puxar a descarga é que vomitou, o regulamento proíbe para o esvaziamento da bexiga, economiza-se água. Ele volta como se nada tivesse acontecido. Dois homens vão sucedê-lo. Vânia agüenta, tenta seguir a oscilação para conter o enjôo. O tempo não é mais contabilizado. O Velho, o imediato e dois oficiais descem do passadiço e vão para o comando. Retiram os oleados e entregam ao taifeiro, encarregado de guardá-los. Este último volta em seguida, dá um tapinha nas costas de Vânia e o leva um pouco mais para trás para lhe dar sua máscara de oxigênio. Explica-lhe brevemente o funcionamento, mostra-lhe as tomadas previstas em caso de crise nesse andar e diz-lhe para recorrer aos outros no resto do navio. Vânia volta logo ao posto para ouvir a ordem de alerta, depois de cota periscópica a 20 metros. As escotilhas do barco foram todas fechadas. Acabam de avisar. Os pilotos empurram a roda do leme para a frente. A inércia dos comandos faz com que a inclinação não seja imediata. Em seguida, o submarino pega nivelamento, joga com os poucos objetos mal amarrados que saem dançando. Uma vez imerso em cota periscópica, ele volta à horizontal. Já mexe menos. Os homens se agitam em volta dos periscópios. Um barulho forte de expulsão de ar comprimido previne que estão sendo içados. O Velho põe-se a dançar feito um urso. Instala-se atrás do periscópio, sentado numa poltrona que acompanha os movimentos, as mãos presas nos manetes. Ele examina o horizonte a 360º. Desce, deixa um oficial em seu lugar, fica junto ao rádio e conversa com a nau capitânia que assegura o controle tático do exercício e a coordenação com os submarinos, navios de superfície e escoltas anti-submarinos. Lembram as regras do jogo e os pontos de encontro. Inicia-se então uma guerra miniatura por várias centenas de quilômetros em águas pouco profundas, num gigantesco cemitério marinho que data da Segunda Guerra Mundial, depois da Guerra Fria. O resto do mundo não vai estar longe. O Velho repete isso a seus oficiais no *briefing* nos alojamentos:

— Estamos em águas rasas e a detecção dos sonares vai ser prejudicada pelas embarcações de superfície. Fiquem vigilantes, os americanos, ingleses e noruegueses vão se convidar para a parada e chegar bem perto para nos encher o saco. Vão aproveitar para treinar também em condições reais. Não vamos nos deixar impressionar, mas é muito perigoso, o objetivo destas manobras tampouco é um afundar o outro. Então, ouvidos atentos e nada de erros no sonar, aquele que confundir o barulho de um *Los Angeles* com os movimentos de rabo de uma fêmea de beluga grávida de quatro meses vai ser jogado de cueca nos circuitos de esgoto. Se houver a menor dúvida, não se faz nada, está claro?

Todos os homens balançam a cabeça. A tensão, sem estar no máximo, é elevada. As grandes missões em volta do globo raramente têm essa intensidade. Quando se parte só por três meses, as coisas se instalam tranqüilamente e, exceto alguns exercícios específicos, o tempo está a favor dos homens.

Continuam na cota periscópica. Nessa área não há profundidade suficiente que permita um mergulho mais profundo. As inspeções de estanqueidade do barco são adiadas. Nesse período do ano, a visibilidade é boa. Sob essas latitudes, no verão, o dia enfraquece, mas jamais cede por completo à noite.

Reina um estranho bem-estar entre a superfície e as profundezas, embora o barco ainda seja um pouco embalado pelas ondas. Conforme vai chegando a hora do jantar, ele reduz a velocidade a três nós. Aguardam-se as ordens da nau capitânia. Um oficial no periscópio de observação vê até cerca de 15 quilômetros. Os operadores de sonar escutam a massa d'água. O menor murmúrio de mamífero marinho lhes é perceptível, como os ruídos de maxilar dos caranguejos-reais. Nesse mundo do silêncio, eles são capazes de identificar qualquer barco de guerra ou civil pelo ruído e a freqüência de sua hélice. Num submarino, são o que é o nariz entre os perfumistas, percebem sutilezas que escapam ao comum dos mortais. Seus ouvidos são mais próximos do cão de caça que do homem, mas, em vez de aproveitar a música dos bosques, eles escutam a dos mares. Uma repentina ausência de ruído pode afigurar-se tão inquietante quanto um ruído novo. O Velho fica sem maldade feliz com a confusão que reina na nau capitânia. Ele conhece bem e há muito tempo o almirante da Frota do Norte. Gosta dele, mas não o inveja. Prefere o seu dia-a-dia ao de um homem reduzido às afetações políticas, forçado a esmolar por seus homens e seu material junto a burocratas no regime sem sal, sentados em Moscou num poderzinho que eles utilizam como uma poltrona de procônsul. Não o inveja e também evita lhe atirar pedras por todas as amolações de último minuto, como se anos de negligência e falta de preparo voltassem à superfície.

É tempo de passar à mesa na praça-d'armas. Instalam-se a oito nas banquetas. Como estão um pouco adiantados, o Velho decide realizar o rito iniciático de Vânia. Trazem-lhe um copo cheio de água do mar. Ele bebe de um só gole sem fazer careta e, para que passe o amargor, dão-lhe um copo equivalente de vodca. A mesa aplaude, o Velho levanta seu copo na direção do recém-chegado, pede-lhe que tenha orgulho dos seus em quaisquer circunstâncias, fala-lhe da sorte de ser oficial, pois se fosse suboficial teria tido direito ao mesmo copo de água salgada, mas tendo, misturados, de prêmio, pêlos pubianos dos camaradas. O taifeiro põe a toalha. Uma bela toalha branca imaculada. Os pratos são cingidos de um faixa dourada tendo no meio uma âncora azul de marinha. Os talheres, sem ser de prata, são de boa qualidade. Vânia observa o taifeiro. É tão jovem quanto ele, alto e distinto, um rosto adolescente. É um pouco cheio de maneiras. Vânia acaba se confessando que ele tem algo de feminino. A única feminilidade que pôde embarcar naquele microcosmo masculino. É muito respeitado, ninguém zomba dele, é como um amuleto que vela sobre a tripulação, fino, eficaz e devotado. Serve um vinho da Moldávia. Cada um dos oficiais presentes tem um guardanapo com o próprio nome. A comida chega fumegante. Ensopado de carne bem-temperado, com ótimo aspecto. O Velho observa Vânia, que arregala os olhos diante daquele prato inesperado.

— Se você tivesse estado aqui no tempo da União Soviética, teria visto que a cozinha era bem melhor a bordo. Para o partido, era um ponto de honra que nossos submarinistas fossem tratados como príncipes. Bom, as coisas se degradaram um pouco. Hoje, às vezes, eles cancelam saídas de submarinos ao mar porque não são capazes de fornecer comida suficiente aos tripulantes para a missão inteira. Mas entenderam que o que se pode agüentar em terra não é possível no interior de nossos navios. Não há lugar para a humilhação, não se saberia onde guardá-la. Aqui é um outro mundo, você vai entender, vive-se como senhor ou morre-se como herói, mas nenhuma mesquinharia penetra no barco, é um princípio. Eles agora andam se esforçando. Nunca se sabe, se tivesse dado na cabeça do novo presidente vir sem avisar assistir ao embarque. Mas ele não veio.

— Como é ele, comandante, o senhor que o viu quando ele o condecorou?

— Nada a ver com o predecessor, que eu aliás nunca vi. Ele é, como dizer, uma lontra. Dois olhinhos de fuinha. Um puro produto do KGB, depois do FSB. Um sujeito tão preocupado em vigiar os outros que esqueceu que ainda existia, até que viessem buscá-lo. Para nós, acho que daquele mato não sai coelho. Ele está sobretudo preocupado em recuperar o tempo perdido para todos os seus companheiros dos serviços secretos que viram a grana toda passar debaixo do nariz. O que não é bom sinal para as forças armadas. Na minha opinião, ele não vai fazer nada por nós, exceto se seu prestígio for ameaçado ou se tiver a idéia de uma guerra que lhe dê estatura. Aliás, de estatura ele vai precisar, é tão baixinho. Enfim, veremos... Não sei nem sequer se ele sabe que temos meses, para não dizer anos, de salários atrasados. Ainda que soubesse, não acho que fizesse grande coisa. Sabe, as nossas forças armadas, em quaisquer circunstâncias, desde 1918, sempre fez os outros se borrarem de medo. Porque os outros pensavam: "Como um exército tão mal organizado, do qual se cortaram cabeças como se fossem gansos domésticos por ordem de Stálin, foi capaz de resistir e expulsar Hitler?" A resposta é que nós compreendemos que a guerra é uma selvageria, então nos comportamos feito selvagens. E mesmo com material enferrujado, com bolhas em vez de botas nos pés de nossos soldados, os ocidentais morrem de pavor de nós. Mesmo agora, quando estamos quase que do mesmo lado, eles mijam nas calças só de pensarem em cruzar conosco num oceano.

Ele se interrompe depois esboça um sorriso antes de retomar:

— Nossos dirigentes, quaisquer que sejam, há séculos vêm nos mantendo num estado que faz da morte uma libertação. Não há soldado mais temível que aquele que pensa que a morte liberta do peso da vida. Perto disso, todas as ideologias do mundo são como sangue de virgem.

As sobremesas estão deliciosas, mas enquanto o taifeiro serve o café, o Velho é chamado ao rádio. Ele desliza, levantando-se:

— Deve estar na hora de as manobras começarem.

— Sombrio, o Chefe — diz Vânia em voz baixa a Anton enquanto também se levantam.

— Ele sempre exagera um pouco, é uma figura este nosso comandante, não está longe da aposentadoria se quiser, não tem ambições no Estado-Maior, é por isso que tem a língua solta. Ele conheceu a época em que havia um comissário político a bordo e em que ninguém ousava dizer nada sob pena de ser agarrado um dia à saída do barco e levado numa limusine preta. Desde então, ele tira o atraso. Conheço-o bem, começamos juntos no *Oskar*. Sei que ele é amargo, porque não pensava no início que a contrapartida da liberdade era a degradação. Ele teve a impressão de que éramos considerados relíquias do Exército Vermelho, relíquias que não são preservadas, no máximo recebem uma flanelada para brilhar nos dias de visita. Mas tampouco sente saudade do tempo antigo.

Vânia e Anton caminham pelo corredor em direção à popa. Anton pára num canto e se aproxima do jovem:

— O Velho me disse um dia: "Você se dá conta de que nos pedem para passar às vezes um quarto do ano sem tocar numa mulher, e isso várias vezes no mesmo ano? A quem e onde se pede isso a um ser humano, exceto a um prisioneiro punido por crimes? A ninguém, e sobretudo não àqueles velhos tarados do Krêmlin, que acabam com a próstata embalsamada, ao passo que nós não temos um dentista disponível para cuidar de nossas cáries devidas à abstinência."

Vânia ri. Mas com um estranho riso que só pertence àqueles que acabam de transpor a fronteira entre a adolescência e a idade adulta, quando o mundo aos poucos se revela tal como é, em sua íntima realidade. Vânia mais do que nunca está feliz com sua escolha. Ele acaba de integrar a comunidade daqueles homens e nunca vai voltar atrás.

Na sala de manobras da propulsão, Anton passa um longo momento a preencher papéis que ele em seguida mostra a Vânia para sua formação. Num submarino, o presente, tão logo cai no passado, é consignado em algum lugar para deixar rastro. Os compartimentos da popa, onde está instalada a propulsão nuclear, são os menos povoados. Uns vinte homens para quase uma centena avante do reator. Nessa hora da noite, logo após o jantar, reina uma atmosfera estudiosa e relaxada de central elétrica em dia feriado. Reatores e alternadores soltam uma musiquinha industrial surda. Nada indica que esse barco que navega a quase 50 quilômetros por hora carregue, em suas laterais de mamífero marinho saciado, 24 mísseis Granit que levam junto uma carga de uma tonelada de TNT a mach 2,5. Vinte e oito torpedos estão instalados na proa perto dos seis tubos empregados para lançá-los. São torpedos de apenas dois tipos. O *Shkval*, capaz de partir um porta-aviões ao meio feito um giz, que, graças a uma bolha de cavitação formada em sua cabeça, brota de dentro do mar a quase 500 quilômetros por hora. Os *65-76*, bem mais lentos, são simplesmente enormes. O entusiasmo de Vânia não alterou sua prudência. Se um dia tivesse pensado que de fato arriscava a vida num submarino fora de um período de guerra, provavelmente jamais teria escolhido essa arma, nem as forças armadas, aliás. Como pensar que esse barco, que só se juntou à frota há cinco anos, possa falhar? Seu casco duplo de aço torna-o indestrutível. Não se conhece exemplo de uma pane do sistema de ar comprimido dos tanques de lastro que tenha impedido um submarino sem rachadura no casco de voltar à tona. Há, é claro, o fogo que pode se convidar, mas é uma probabilidade remota. A de morrer num submarino é ínfima comparada com a de ser aniquilado numa estrada nevada por um motorista embebido em água de Colônia que ele tomou depois de ter jogado pela janela com cara de desprezo aquele álcool de mulher que é a vodca. O *Oskar*, de todos os vulcões do mundo, é o mais seguro, o menos caprichoso, o que menos apronta.

Vânia é arrancado de seus devaneios pela chegada do comandante com cinco oficiais do Estado-Maior. Descobre a presença deles e se dá conta de que o Velho preferiu tomar a primeira sopa com seus homens mais próximos e não com burocratas. Deve ser mais cômodo para esvaziar os humores. Diante daquela assembléia que pede a Anton explicações precisas sobre assuntos em que cada um se vangloria de competência presumida, Vânia refugiou-se num recuo, ali onde o eixo passa a força dos motores à hélice. É nesse lugar que a cauda do submarino se alonga. Um homem apenas está de serviço de quarto, verifica consoles e serve de cão de guarda contra ruídos suspeitos. Ao avistar Vânia, que não era esperado, ele esconde sob a blusa uma revistinha da qual Vânia só percebeu um pedaço da capa, uma perna nua de mulher.

É um praça de cara esperta, sempre disposto a rir, mas que deve ter sofrido o bastante na vida para estar constantemente pronto para saltar sobre uma boa notícia. Não é muito alto, tem um rosto achatado, as maçãs altas e os olhos em lua crescente.

— Primeira missão, aspirante?

— Primeira — responde Vânia, notando que de fato não é fácil enganar os outros neste universo.

— Bem tranqüila, não?

— É, tranqüila.

— Bicho bom este *Oskar*, não é verdade? Já lá se vão cinco anos que estou aqui e não me queixo. Bom, há sempre umas amolaçõezinhas aqui e ali, infiltrações, juntas que transpiram, mas nada grave. Indestrutível, o bichinho. Tem gente que se preocupa com o nuclear, pois eu digo: está dominado. No fundo, no fundo, a única coisa que me dá medo seria um problema grave nos lemes de mergulho, por exemplo, aí teríamos uma verdadeira preocupação; ou a hélice que agarra num cabo submarino grosso, seria muito chato. Um choque com outro submarino é possível, mas, com 18.000 toneladas, fico mesmo assim com pena do outro submarino. É claro que se a gente tiver uma infiltração lá no fundo, à razão de uma atmosfera de pressão suplementar a cada 100 metros, aí fica difícil escapar.

Ele pára de falar por alguns segundos, franze as sobrancelhas e retoma:

— Sabe por que tenho orgulho de ser submarinista?

— Diga lá.

— Porque o submarinista é o melhor do homem e da mulher reunidos. O melhor do homem porque somos a elite, unidos, solidários, incapazes de um sacanear o outro. O melhor da mulher porque, como elas, podemos fazer abstinência por meses inteiros sem arrebentar um cano, quero dizer, tenente, não somos escravos do desejo, somos quase cerebrais. É por isso que o submarinista é muito procurado pelas mulheres. Elas sentem a gente como o dono delas, no mesmo terreno que elas, é isso que é notável, não acha?

— Eu... estou de acordo com você.

Os dois homens são interrompidos por um anúncio no alto-falante que vem do posto de comando: "Estamos a 100 metros, vigiem a estanqueidade, prestar conta por compartimento."

— Segure-se, tenente, porque quando eles descem com dez de alinhamento, a gente aqui fica mesmo é de bunda para cima, sobretudo com o comprimento do supositório, cria uma senhora amplitude. De qualquer modo, a gente não vai navegar muito mais baixo, não existe fundo por aqui. É uma navegação complicada em fundo raso, existem ecos sonares por toda parte, parece que cria uma caixa de ressonância e como, neste tipo de manobra, a gente deve ter bem umas quarenta embarcações na superfície, lá em cima, os operadores de sonar preferem não confundir o barulho de uma hélice de submarino espião estrangeiro com o barulho dos fluxos de ventre de um camarão anão. Somos feito toupeiras, surdas de nascimento. O Velho pode ficar meio esquentado. Quando a gente estava no Mediterrâneo, uns submarinos da Otan vieram cheirar a nossa hélice. Ele não pensou duas vezes, fez como Ivã, o Terrível, foi para cima deles em meias-voltas sucessivas e eles acabaram se afastando. Os estrangeiros preferem não chegar perto demais.

Ele se interrompe, depois retoma:

— Escute este silêncio, tenente. Tirando a cavitação criada pelo turbilhão da hélice, não se pode ouvir nada deste barco. Já sabe para qual vai ser designado em seguida?

— Pelo que me disseram no escritório militar, deve ser para este aqui.

— Não vai lamentar.

Vânia sorri para ele e volta para a sala de manobras a fim de se juntar a Anton, que está conversando com o grupo de serviço.

— Fora os aspectos táticos, está previsto que atiremos dois torpedos durante as manobras que vão acabar depois de amanhã por volta do meio-dia. Amanhã, lançamos um *Shkval*. Depois de amanhã, terminamos as operações com o lançamento de um *65-76* modificado. Não sei o que o Velho vai decidir com relação à abertura ou não das portas estanques da proa durante o tiro, mas para nós, de qualquer modo, fechamento completo das escotilhas, doam ou não os ouvidos dos caras da proa. Fora isso, nada de ducha até a volta, temos um probleminha de água doce, nada grave, mas a gente puxa o mínimo, de acordo?

A ordem chega pelo interfone; "Máquinas adiante, velocidade 5 nós." O chefe de reparo repete: "A velocidade passa a 5 nós." Mal se sente a aceleração.

— Estamos indo rápido, com tão pouco fundo sob a quilha, capitão — observa um suboficial.

— O Velho sabe o que está fazendo. Se tivermos que encalhar, será no máximo a 100 metros. Nessa profundidade, podemos respirar com um canudo. É o recorde mundial de mergulho em apnéia, não é?

— Algo assim — responde outro suboficial.

— Bom — retoma Anton enxugando as gotas que lhe molham a testa —, acho que tudo está claro.

Depois, designando Vânia com o olhar:

— Vamos dormir duas horas. Chegaremos antes do fim do seu quarto.

Vânia sobe no beliche com precaução para não acordar os homens adormecidos. É como se enchessem os compartimentos de um celeiro de trigo. A lâmpada de vigília permite guiar-se sem andar sobre a cabeça de quem dorme. Se não se ouvissem uns roncos esporádicos, pensar-se-ia que não há ninguém, tanto os homens estão imóveis, enfiados na cama. Vânia consegue enfiar-se na sua sem bater com a cabeça nas barras metálicas da de cima. Tira apenas os sapatos e as meias e abre um pouco o zíper do macacão para deixar entrar ar. Depois, puxa a coberta de lã que pinica para se cobrir até a cintura. Não consegue achar o sono. Nada espantoso, o entusiasmo foi mais forte que o cansaço, e aquela fina excitação não quer se render. Pensa em Svetlana, em suas primeiras semanas juntos. Não lhe confessou que ela era a primeira mulher de sua vida. Sente nela um sentimento contraditório em relação a ele. À primeira vista, o uniforme de submarinista ajudou bastante no primeiro contato. Mas a intuição rapidamente a fez ver os inconvenientes, os longos períodos de afastamento, um risco de acabar viúva que não é desprezível, visto do exterior, salários miseráveis comparados com o dinheiro que um rapaz sem muitos escrúpulos pode ganhar nos negócios. Ele sente que ela o observa, que ainda não está convencida de entregar algo além daquele corpo que ela lhe ofereceu com muita naturalidade, como se não fosse o essencial. E ele se pergunta se não está sobretudo apaixonado por aqueles primeiros abraços, pela descoberta daquele prazer essencial, e se aquela mulher é capaz de suscitar nele outra coisa além de desejo. Ela despediu-se dele inquieta. Não com sua futura missão, mas com sua ausência de precauções durante os últimos encontros, o preço dos preservativos torna-os inacessíveis a um guarda-marinha. Usaram o método empírico da retirada espontânea ao qual a demografia tanto deve. Ele sentiu a jovem companheira muito tensa. Ela não queria que uma negligência a forçasse a tomar uma decisão em relação a Vânia. Ele a conheceu no restaurante de nome italiano que fica embaixo da casa de seus pais. Ela trabalha ali de garçonete. É uma bela loura de estatura média cujo olhar vai mais longe que aqueles que ela fita. Vânia teve que agir rápido para seduzi-la. Ele não tem meios de ser assíduo. Declarou-se quando veio pela segunda vez, deixando-lhe o telefone, após ter almoçado de uniforme. Uma atitude um pouco pueril, pois o uniforme não faz mais sonhar mulher alguma. Os negócios, os lugares longínquos, é isso o que as faz sonhar, mas um oficial submarinista não passa de uma promessa de solidão. Vânia acha que o tempo pode ajudar, e se está um pouco amarrado àquela beleza que juntou o melhor dos nórdicos e dos eslavos, aceita correr o risco de perdê-la se não conseguir prendê-la. Ainda não pensou em apresentá-la aos pais, não tem pressa em entregá-la ao olhar observador do pai e da irmã.

Naquele estado que não é inteiramente a vigília mas ainda longe de ser o sono, ele volta a pensar em si mesmo. Teme menos morrer que não viver a vida.

As entranhas de uma baleia durante sua lenta digestão devem fazer mais barulho que o interior do *Oskar* de noite. Só se ouve um crepitar semelhante ao de um néon que estala suavemente. Na guerra do silêncio, o *Oskar* é um mestre. Comparados a ele, muitas naves da Otan avançam na escuridão feito leprosos que previnem sua passagem com uma matraca. Homens se levantam, outros se deitam. Nenhum ruído resiste ao respeito mútuo, e os marinheiros na noite são sombras que se esforçam por nela se fundir. Depois, Vânia adormece.

O submarino desliza com precaução numa noite de cego, como se renovasse a aventura da alvorada da vida.

A agitação nos beliches inferiores dá o sinal da troca de guarda. Vânia acorda com um sentimento de cansaço mental. Esgueira-se até o banheiro, escova e pasta de dentes na mão. Depois de colocar de volta as coisas ao pé da cama dentro da sacola, vai até a praça-d'armas no convés superior, atrás da sala de comando. Os oficiais passam por ali em grupos de oito para tomar o café da manhã. Anton está sentado numa das banquetas que circundam a sala. Ele consulta uma após outra as mensagens da noite. O Velho aparece, recém-barbeado, os olhos ainda um pouco inchados pelas poucas horas de sono subtraídas à noite. Atrás vêm dois oficiais do Estado-Maior. Toma-se muito café, come-se muito pão e geléia para botar o estômago no lugar. A noite foi boa, nenhum problema técnico a ser assinalado. Devem subir à cota periscópica dali a no máximo meia hora. Anton pergunta ao imediato se pode manter Vânia a seu lado para trabalhos práticos. Talvez não seja o melhor momento, mas ele aceita com prazer. A conversa desvia sobre o torpedo *Shkval*. É o grande lançamento do dia.

É um dos maiores avanços tecnológicos da Rússia. Ali onde a Otan pena para propulsar seus torpedos naturalmente freados pela água, os engenheiros soviéticos, depois russos desenvolveram um sistema de cavitação que cria uma bolha de ar na frente do engenho. A velocidade é multiplicada por nove em 10 mil metros, a eficácia e a força de destruição também. O lançamento de um torpedo nunca é sem importância a bordo de um submarino. É preciso abrir as portas antes dos tubos lança-torpedos em contato direto com o mar que pressiona para entrar, apoiar-se na menor falha e achar o caminho que leva até esses homens que desafiam a lei dos abismos. Cada operação de lançamento põe os tripulantes sob pressão. Com a despressurização dos tubos que vem após o lançamento, os ouvidos são postos a uma dura prova. Um míssil como esse não tem preço. Se os grandes negociantes da superfície não tivessem a intenção de vender essa versão atualizada aos chineses que vieram assistir a seu lançamento de cima do convés da nau capitânia, o sacrifício de uma maravilha tecnológica como essa não teria sido imposto, sobretudo nesse período de carestia negra.

— Hoje, estamos fazendo propaganda — o Velho sopra no ouvido de Anton, curvado sobre seus papéis. — O míssil está disponível no mercado internacional de armas há muito tempo, mas não há dúvida alguma de que os chacais da Otan que navegam em torno dos navios em manobra vão estar interessados em seu lançamento.

Em águas tão pouco profundas, o comandante repete seus conselhos de vigilância crescente. Atrás do Velho, vai um grupinho para a sala de comando. Vânia cola no imediato feito uma sombra que procura não incomodá-lo. Enquanto o Velho faz uns comentários aos observadores do Estado-Maior, o imediato comanda a manobra de subida até a imersão periscópica. O barco varia a profundidade e o rumo para estar seguro de que nenhuma embarcação sobre ou sob os mares está dissimulada pelo ângulo morto de detecção do sonar, na popa. Ao subirem, os submarinos às vezes ficam cara a cara com barcos de pesca ou com navios-tanques cuja enorme massa surge por trás a umas centenas de metros. Uma vez clareado o perímetro, o imediato ordena a profundidade de periscópio. É o retorno à vista. Ele assume o periscópio levantado para uma primeira inspeção a 10 metros da superfície e a 360º. Não há embarcação à vista. Durante esse tempo, a antena de recepção em baixíssima freqüência retomou o contato com o resto da frota e coleta todas as informações que foram deixadas à espera durante a noite. O subcomandante também aproveita para um contato por rádio com a nau capitânia. Conversa cortês, de um dia que começa sob bons auspícios. É o bom momento para se estabelecer um ponto preciso da posição da embarcação e estabilizar a central na inércia. Na colméia todos se agitam. O quadro de acompanhamento das circulações de fluidos, das pressões e das temperaturas não assinala nenhum defeito. Após uma meia hora em cota periscópica, o comandante ordena que se preparem para a imersão profunda. Os mastros e os periscópios são baixados num barulho característico de ar expulso. O preparo do tiro não deve tardar. A ordem é para que todos voltem a seus lugares. Anton e Vânia vão para a popa na direção da sala de manobras de propulsão. Novas caras estão ali, sempre interessantes. O café começou a fazer seu efeito, Vânia sente-se cheio de disposição. Dá uma olhada nas principais funções junto com os responsáveis pelos comandos. Todas as portas que protegem os compartimentos da popa foram fechadas, isolando a tripulação da proa. De cima, para garantir o equilíbrio dianteiro e traseiro do barco, joga-se com o peso bombeando-se os tanques de lastro. O navio avança em baixa velocidade, o medo de bater no fundo está na cabeça de todos. Os freqüentes ajustes pedidos mostram que estão se aproximando da posição buscada para o lançamento. O sensor de imersão marca 47 metros. Vem a ordem do interfone, vai-se lançar em cota periscópica. Sobem. Aumenta-se um pouco a velocidade e 10 graus de nivelamento. A embarcação retorna a 20 metros. Na frente, é preciso levantar o periscópio. Espera. Que é bem longa. Nenhuma função técnica é deixada sem vigilância. Depois vem a informação: "Ordem de tiro dada, ninguém se mexe, uma última volta de pista é dada, posto de propulsão preparado?" "Preparado", responde Anton, "está tudo claro na propulsão." Em seguida, menos de um minuto depois: "Tiro autorizado." Escoam-se uns 20 segundos. Uma onda percorre o barco, surda e bem amortecida na traseira.

O interfone chia: "O torpedo partiu." Em seguida, segundos depois, num tom mais leve: "Lançamento bem-sucedido." Anton e Vânia seguiram, tensos, as aberturas e fechamentos de porta. Uma falha nesse nível, e o barco é submerso em menos de dois minutos. Mas tudo funcionou perfeitamente.

— Mesmo malconservadas, as máquinas são como os homens, elas dão tudo o que têm no ventre — confia Anton a Vânia.

Quem observar bem Anton perceberá que ele olha o rapaz como um pai. Anton não teve filhos com a mulher, essa falta de descendência lhe pesa. Vânia poderia ter sido seu filho. É o de seu melhor amigo. Ele se sente responsável por sua vocação. Ao vê-lo orgulhoso e apaixonado, não lamenta tê-lo incentivado nesse caminho.

As escotilhas se abrem, o ar circula. A temperatura na traseira desce um pouco sob o efeito de massas mais frescas que vêm da frente. Anton sobe à sala de comando, seguido como sua sombra pelo jovem oficial. Ali todos se congratulam sem modéstia. Não faz parte dos hábitos, mas é preciso encher os olhos dos observadores do Estado-Maior. O torpedo-foguete acertou na mosca, o alvo foi atingido em cheio.

O resto do dia é passado num jogo de esconde-esconde com as embarcações de superfície e a aviação anti-submarina. Os jogos mais sérios dos adultos e aqueles, mais comuns, das crianças são parecidos.

Os dois engenheiros da fábrica de armamentos do Daguestão também estão presentes, com jeito de que saíram de lugar nenhum. "Eles têm cara de conspiradores", pensa Vânia. Cara de caucasianos teria bastado. A dureza da expressão faz com que costumem ser considerados piores do que são. Vânia sente-se mal por ceder aos preconceitos dos eslavos contra os orientais do império. Foram eles que inspecionaram no Daguestão a modificação do propulsor do enorme torpedo clássico que será atirado amanhã. Sente-se que estão um pouco à parte. Ninguém parece disposto a ser simpático com eles por enquanto. Os oficiais do Estado-Maior mostram-se satisfeitos.

O Velho parece irritado com a onipresença deles, meio cortesãos, meio inspetores delatores. Resolve tirar uma curta sesta de meia hora e encarrega o imediato de acordá-lo em caso de alerta. Depois que o comandante desaparece, cada qual volta a seu posto, os convidados também procuram juntar-se a um ou a outro. Vânia, que como todos jogou uma dose de vodca pela goela, sente-se aspirado para baixo. O sono se faz sentir. Ele não dormiu duas horas na noite passada e está tentado a se recuperar com uma pequena sesta. Mas Anton lhe faz sinal para irem para os compartimentos na parte de trás. O último tiro está previsto para as 11h do dia seguinte, depois as manobras acabarão. O jogo de cabra-cega vai acabar no fim da tarde. A noite se anuncia divertida mas menos intensa. O *Oskar* está sendo caçado por duas embarcações de superfície e dois aviões anti-submarinos. O Velho transformou o inconveniente do fundo raso em vantagem substancial para embaralhar os ecos. Para o último jantar das manobras, ele escolheu seus convivas. O imediato, Anton e Vânia, que lembra seu filho. É o último serviço. Os convidados foram agrupados numa mesa presidida pelo oficial de tiro, uma maneira do Chefe de se livrar deles. Pediu ao taifeiro duas garrafas de vinho da Moldávia. A conversa acaba no lançamento do torpedo do dia seguinte:

— Eles fizeram modificações no Daguestão para deixar o combustível do motor de propulsão menos volátil. Não sei como eles trabalham naquela fábrica. Não vi os documentos de certificação. Os dois bobocas do Estado-Maior me dizem que elas foram aprovadas. De qualquer modo, não posso pedir que me mandem um portador por helicóptero com os documentos. Devo dizer que, mesmo antigamente, a gente sempre trabalhou um pouco com o incerto. Todos controlavam todos, o que não impedia as brechas. Mas hoje é o apogeu. Acho que é uma das razões pelas quais meu filho não quis continuar.

Voltando-se para Vânia:

— Não é a única razão. Quando decidimos renunciar a algo a que damos muita importância, é exatamente o mesmo processo que o de uma catástrofe numa máquina sofisticada, várias causas são necessárias, uma única não basta. Meu filho não suportava o incerto, mas também, é preciso dizer, a mulher dele não suportava as separações. Ela queria o homem dela em casa todos os dias. Eles acabaram brigando e se divorciaram. Depois que se divorciou, como sabia que a mulher não estava mais ali para esperá-lo ao voltar de missão, sentiu-se incapaz de voltar ao mar. Só de pensar em embarcar, começou a mijar nas calças feito um menino que deve deixar a mãe pela primeira vez para ir à escola. Meu próprio filho, vocês imaginam.

Ninguém ousa sorrir. Mas ele a isso se autoriza para aliviar a atmosfera. Depois, retoma:

— Nem fiquei com raiva dele. Ele não teve a sorte de ter uma mulher como a minha. Sem ela, eu nunca teria feito uma carreira igual. Ela suportou tudo, meus afastamentos, minhas infidelidades. No final, mesmo que você não esteja no início, acaba ficando loucamente apaixonado por uma mulher assim. Meu filho não teve essa sorte. É a mulher do marinheiro que faz o marinheiro. Aliás, sou sempre mais prudente com a confiança que dou a um homem que não tem ligação verdadeira com o solo. Ele não tem a mesma vontade de voltar para lá são e salvo e pode ser menos confiável, não é verdade, Anton?

— Bem possível, comandante.

Anton de repente parece acabrunhado, e como é hora de confidências entre amigos, prossegue:

— Digo isso embora não esteja seguro de encontrar minha mulher ao voltar das manobras. Se acontecer, não sei o homem que serei na próxima missão. Uma coisa é certa, não serei o mesmo.

— E o jovem Vânia, é casado? — pergunta o Velho.

Vânia fica vermelho por se tornar o centro da conversa.

— Ainda não, comandante. Mal acabo de encontrar uma mulher, e não acredito muito que ela tenha vontade de fazer a vida com um submarinista.

— Existem muitas assim — diz o imediato. — Elas se derretem na frente do uniforme depois se retraem diante da realidade dos sacrifícios que ele impõe. E vai ser cada vez mais duro. A concorrência está aumentando. Pergunto-me o que vai restar do prestígio de um oficial submarinista daqui a cinco anos. Não vai resistir à pobreza de sua condição. As mulheres nem mesmo vão ficar aqui. Irão embora com homens de negócios que as farão sonhar e viajar.

O Velho baixa os olhos como se estivesse se preparando para rezar antes de continuar:

— As mulheres. Não se passa uma noite sem que se tornem, num momento ou noutro, o assunto da conversa. Um dia vai ser preciso que uma mente aguçada nos explique de que nos vale essa insistência em nos afastarmos delas por tanto tempo para afinal lhes dedicarmos todos os nossos pensamentos.

Terminado o jantar, o taifeiro serve digestivos a pedido do comandante. O Velho gira o conhaque no copo olhando a espiral meio oleosa formar-se junto à borda por onde escorre o líquido. O sinal de partida é dado quando ele decide voltar à sala de comando onde todos se agitam na penumbra. O oficial de quarto tem uma cara satisfeita. Parece que os perseguidores por mar e por ar se distanciaram sem maiores problemas. Três horas da manhã, é a hora do próximo encontro. O *Oskar* subirá à cota periscópica para dar conta de sua posição e de sua provável vitória virtual. Enquanto isso, avança-se em baixa velocidade com um mínimo de ruído. O barco de superfície que supostamente o perseguia desapareceu do eco sonar. Vânia gostaria de ter sabido mais sobre a estratégia adotada, ela o interessa embora não entre no registro de suas atribuições futuras. O tempo de descer de novo até a propulsão para proceder às verificações de uso, conversar com uns e outros, e a hora do encontro chegou. O navio está de novo em cota periscópica. Anton diz a Vânia estar espantado com a ausência de problemas técnicos desde o início das manobras. Elogia os projetistas do barco que haviam até antecipado seu defeito de manutenção regular. O encontro marcado com a superfície confirma a vitória do *Oskar* sobre seus perseguidores. É a segunda consecutiva após o lançamento bem-sucedido do torpedo de cavitação. Vânia, preso entre o álcool e o cansaço, sente-se perto de desfalecer. Anton, que antecipa um fim de noite calmo após o fim dos duelos, aconselha-o a ir deitar-se até a madrugada virtual. Vânia, derrubado, não pensa duas vezes e enfia-se todo vestido no beliche. Os poucos suboficiais que lêem na luz velada da cafeteria não parecem se importar muito por ele tê-la atravessado diretamente embora o uso seja proscrito, sendo recomendado contorná-la a qualquer hora do dia ou da noite. Ele adormece profundamente para despertar bem mais tarde que a hora combinada. Salta da cama, apressa-se em descer a escada e ir para a praça-d'armas onde só sobrou café na garrafa térmica. Ninguém notou a sua ausência. São quase 9h. Impossível não dizer que ele dormiu mais que a cama. Sente-se um pouco envergonhado, mas, ao se juntar a Anton, este brinca com um de seus homens e parece bem longe de ter contabilizado seu atraso. Vânia nada perdeu da efervescência que vai se seguir. Fica sabendo por Anton que três submarinos da Otan na zona localizaram o *Oskar*. Aproximaram-se a menos de cinco milhas náuticas. O Chefe não gostou e decidiu dar-lhes caça durante as duas horas que restam antes do lançamento do torpedo. Uma maneira de fazer com que entendam que ele não é bobo. O reator é levado ao máximo. O *Oskar*, com seu tamanho colossal, passa à intimidação sob o olhar provavelmente assustado de um *Los Angeles* que tenta ficar atrás dele, em seu rastro. Só as inclinações em curva dão uma idéia da luta que ocorre. Anton, que subira por um momento à sala de comando, volta à sala de manobras com notícias frescas: a caça está suspensa, o sonar é um cafarnaum, o lançamento será executado em cota periscópica dentro de 45 minutos. O *Oskar* é ele mesmo o alvo de um tiro virtual da nau capitânia. Esses dados não dizem diretamente respeito a Anton e Vânia. A preocupação deles é que a propulsão esteja à altura da manobra. Vânia lamenta sentir-se ainda um pouco entorpecido apesar de várias xícaras de café. Um oficial da sala de comando vai até eles na traseira para uma rápida conversa. As portas estanques vão permanecer abertas até a escotilha dupla da propulsão. O Chefe decidiu assim para poupar os ouvidos das cem pessoas que estão na frente. O torpedo enviado vai criar uma forte compressão e o estrito respeito pelas ordens de segurança sobre os primeiros compartimentos causa sérias contrariedades. Em resposta, Anton faz um gesto que corresponde a dizer: "Que assim seja." Depois que o oficial de quarto vai embora, ele procede à contagem dos homens necessários na traseira para o exercício, 23 no total, e dá ordem para trancar as portas de comunicação com a frente. O interfone põe-se a crepitar: "É sempre quando a gente precisa de uma comunicação perfeita que essa porra de material resolve fritar ovo."

Eles sobem à cota periscópica. O profundímetro da sala de propulsão indica 20 metros. A embarcação está estabilizada após uma última curva a estibordo. Da popa, imaginam-se as trocas de informação com a superfície. O Chefe deve estar conversando diretamente com o almirante da Frota do Norte. O mar deve estar agitado na superfície para que estejam se mexendo de tal forma a 20 metros. A volta à superfície rumo à base, tão logo for lançado o torpedo, arrisca ser movimentada. O interfone cospe: "Estamos colocando o torpedo no tubo." Deveria durar uns 20 minutos pelo menos, visto o tamanho do monstro a ser manobrado. Anton dá uma olhada em todos os consoles, em todos os sensores. Os 20 minutos já se passaram há um bom tempo :

— Que porra eles estão fazendo lá na frente? Estão com tempo sobrando?

O interfone cospe de novo: "Torpedo no tubo." Depois, mais nada. O suboficial que segura o manete da propulsão deixa escapar:

— Vai ver que os dois engenheiros perceberam que esqueceram o motor do torpedo no Daguestão.

Anton franze o nariz:

— Esses 65-76 são uma fábrica de tristeza.

— Em que plano? — pergunta Vânia.

— A propulsão, o líquido é instável. A propósito, para quem achava que estava voltando, a gente teve autorização para atirar dois. Se o primeiro não partir, a gente não volta para a base, garotos.

Passam-se longos minutos. Pode-se adivinhar a efervescência na frente, sobretudo no compartimento de torpedos. Anton resolve pegar o interfone:

— Como andamos?

— O tiro foi suspenso. Temos um problema de propulsão míssil. Vamos mantê-lo a par — diz o oficial de quarto.

— Que idéia confiar a fabricação de mísseis a caucasianos. Uma vez, confiamos o país a eles, na época de Stálin e Béria. Conhecemos bem o resultado — suspira o chefe de quarto da propulsão.

Novo chiado anuncia uma mensagem do interfone: "Lançamento cancelado, vamos trazer o torpedo de volta."

— Mas o procedimento não é esse! — diz um suboficial circunspecto.

— E qual é o procedimento? — pergunta Vânia.

— Em caso de torpedo defeituoso, mesmo assim ele é jogado no mar. Não é muito bom para a apreciação dos tripulantes, mas normalmente é o que é preconizado — acrescenta Anton coçando o cocuruto.

*

De repente, uma deflagração sacode o barco que oscila sob a onda do choque. Anton corre até o interfone.

— O que está acontecendo?

Sem resposta. Ele recomeça:

— Alô! Alô! O que está acontecendo?

Vem a resposta, uma voz sem força:

— Sei lá. Perdemos contato com o compartimento de torpedos.

— O quê?

Segue uma ordem imediata.

— Motor dianteiro, a toda. Esvaziar todos os tanques, superfície.

— Motor dianteiro seis — repete Anton ao suboficial.

O *Oskar* pega alinhamento, sobe devagar. Todos os homens têm os olhos fixos no sensor de imersão cujos números ficam mais leves. A atenção é bruscamente desviada pelos alarmes de incêndio da proa que disparam.

— O torpedo explodiu na cara deles — berra um dos homens.

Anton tem os olhos fora das órbitas e fixos no quadro de alarmes onde as luzes acendem e apagam sem parar. Ele tenta identificar as prioridades prendendo a respiração. Vânia o olha, paralisado, sente o calor invadi-lo como se mercúrio corresse em suas veias.

— Estamos quase na superfície, rapazes — diz Anton para tranqüilizar.

Ocorre então uma explosão do tamanho de um terremoto. O barco gira sobre si mesmo sob a onda de choque, os homens escorregam, caem. Ele volta ao alinhamento nulo, o que precedia a deflagração, depois, de repente, o rabo do submarino se levanta enquanto a frente parece esquivar-se.

— Meu Deus, estamos afundando! — berra um dos homens tentando agarrar-se a uma alavanca de evacuação.

O submarino vai descendo devagar rumo às profundezas. Anton, lívido, morde o lábio até sangrar ao cortar a propulsão que os precipita para o fundo. Tenta pegar de novo o interfone que ele largou um pouco antes. Segurando-se como pode, fala no aparelho esforçando-se por não gritar:

— O que está acontecendo, vocês estão me ouvindo?

O chiado desapareceu, ninguém responde. Os alarmes da dianteira, que tinham se acendido, apagaram-se todos. E o barco continua descendo numa oscilação decidida pelo mar. Anton só vê pares de olhos arregalados fixados nele. Uma infiltração na proa os arrasta para o fundo. Ele não quer ceder ao pânico. Seu cérebro envia-lhe um sinal. O que ele nunca havia de fato temido está acontecendo. Tudo o que ele fez não conta mais. O que ele é, é agora que vai saber. A embarcação continua a mergulhar. Ainda há luz. Anton está dividido entre a apreensão e a impaciência de tocar o fundo. Num mar mais profundo, eles iriam para a implosão e a morte. Mas a 100 metros tudo ainda é possível. Ele tenta lembrar-se da topografia do local, aquela de que falavam na mesa de cartas no momento de imobilizar-se por aqui. Anton sabe que, quanto mais o navio afundar, mais a água entrará pela brecha, estimulada pela pressão. Anton grita a seus homens para que se preparem para o choque. Ele o sente próximo, embora o sensor não indique mais nada. A hélice bateu primeiro num banco de areia que amortece a queda. O casco acaba de bater na areia. Todos os homens se deitam à espera do impacto. Ele é ensurdecedor. O bicho provavelmente rasgado na frente raspa o fundo antes de imobilizar-se num estalo sinistro, ligeiramente sobre o flanco. Faz-se um levantamento da situação dos homens. Ferimentos sem gravidade. Para Anton, a areia está a menos de 120 metros da superfície. Sua primeira preocupação é pegar lanternas de emergência. Sabe que a luz geral logo vai se apagar. Em seguida, apressa o recenseamento dos cartuchos de oxigênio que manda juntar perto dele. Para terminar, reúne seus homens boquiabertos que afluem na sua direção como se ele fosse o Messias. Sentem que ele está disposto a todas as violências para lhes impor a calma.

— Bom, temos um verdadeiro problema, mas isso não pode se apresentar melhor. Há vinte anos eu esperava essa avaria, e espantava-me que não tivesse vindo desafiar-me mais cedo. Agora, aconteceu. Então, nada de pânico; primeiro porque é indigno, depois porque um homem em pânico consome mais oxigênio que outro. Vou lhes dizer como vejo a história. Tivemos uma explosão de motor de torpedo, depois, com o calor, é possível que o torpedo tenha ele mesmo explodido, provocando uma brecha no tubo que se abriu feito uma lata de conserva. O comandante havia autorizado que mantivéssemos as portas abertas na dianteira. Na minha opinião, estão todos mortos do outro lado. É claro que poderíamos tentar verificar se há sobreviventes. Matematicamente, é impossível que haja e, se tentarmos abrir a escotilha que nos protege da frente, vamos ser submersos. Por enquanto, estamos estanques. Temos oxigênio para dois ou três dias e cartuchos em quantidade Estamos plantados na areia a aproximadamente 100 metros de profundidade, ao alcance de um mergulhador em apnéia. É ideal. A escotilha está acima de nós e é perfeitamente acessível. Imagino que a bóia de sinalização de emergência disparou e agora flutua na superfície. Com o número de embarcações que navegam aí em cima, não vão demorar a nos localizar, sobretudo porque o Velho precisou a posição durante a última imersão periscópica. É isso, todos devem enfiar na cabeça que vamos nos safar, porque as probabilidades nos são amplamente favoráveis. Vamos esperar um pouco, o tempo de deixar que nos localizem, depois bateremos no casco em intervalos regulares para ajudá-los. Enquanto isso, colocamos o reator em vigília. Ação.

O próprio Anton se espanta com a clareza de sua exposição e o efeito que ela exerce sobre seus homens cujos rostos relaxam um pouco. Ele acrescenta:

— Formem-se em pares e revezem-se em permanência para verificar a estanqueidade da popa. Cada par fará um relatório. Os três que sobram ficam encarregados de apagar tudo o que for suscetível de arrebentar na nossa cara e de recuperar a documentação de sobrevivência. Vamos controlar a pressão atmosférica e a viabilidade do ar. Vamos, andando!

Anton, que ficou com Vânia e um suboficial, tenta ordenar seus pensamentos.

— Acho que estamos dominando a situação. O que acha, Vânia?

Vânia reprime um tremor elétrico que agita seu corpo, alimentado pela surpresa mais que pelo medo. Ele aquiesce, pálido.

— Também acho.

Anton franze o nariz e, em voz baixa, diz:

— Temos de qualquer modo um problema. Toda a comida estava na parte da frente. E a temperatura não vai demorar a baixar. Nesta profundidade, já faz muito frio; se tivermos que ficar vários dias sem comer, vai ficar difícil. Não tenho solução. Ainda que nos localizem rápido, vai ser preciso tempo para encontrar um submarino de resgate em condição de pousar sobre a nossa escotilha. Numa primeira estimativa, vai ser preciso agüentar pelo menos 24 horas. Esperemos apenas que haja um operacional na região e que alguém saiba usá-lo.

— Há também estrangeiros na zona, você não acha?

— Pode tirar isso da cabeça. Eu ficaria muito espantado se alguém lá em cima pedisse ajuda internacional durante manobras que supostamente deviam deixar a Otan de boca aberta.

Uma equipe está diante deles. Faz um relatório após ter sondado o casco. Não há dúvida, a água está ali, infiltra-se por falhas de estrutura causadas pelo choque. Entra gotejando ou em jato sob pressão conforme o lugar. Segundo um suboficial, se a situação não se deteriorar, eles poderão ficar com os pés secos nesse andar até o meio-dia do dia seguinte, em seguida será preciso conviver com a água. Anton aperta os dentes, uma defesa contra a contrariedade. Seu espírito agita-se vertiginosamente.

— Se a água está entrando, é que a estrutura foi atingida, o barco talvez esteja simplesmente partido. Se for assim, a escotilha de escape poderia estar bloqueada, mas ainda não estamos nesse ponto.

Ele manda os homens se juntarem:

— Bom, pessoal, vamos analisar um pouco a situação para que fique tudo claro. Primeiro, a água sobe, mas bem devagar para que a gente agüente até a chegada do socorro. A solução ideal é que um sino seja colocado na escotilha traseira e que nos tirem um por um num submarino de resgate. A outra solução é sairmos por nossos próprios meios. Lembro a vocês o procedimento. A gente veste uma macacão inflável que nos garante oxigênio até a superfície. Nos vestimos e abrimos a primeira porta da câmara. Depois a fechamos e a colocamos na pressão do exterior, mais ou menos dez atmosferas no que nos diz respeito. O que quer dizer que, de qualquer modo, quem for vai arrebentar os tímpanos. Em seguida, aquele que sobe abre a escotilha da câmara de escape que a gente aciona daqui manualmente com o macaco hidráulico. Se, em seguida, outro homem for evacuado, isso significa que, quando a gente abrir a porta interior da câmara, uma tonelada de água vai entrar na embarcação acentuando a pressão dentro. Resultado, conforme formos saindo, os riscos de acidentes neurológicos vão aumentar. Uma boa parte de nós arrisca acabar numa cadeira de rodas. Se dois ou três de vocês quiserem tentar a sorte, podemos fazer, mas não dá para esperar demais. Quem for tem chance de chegar em cima são e salvo e de não comprometer a sobrevivência dos companheiros. Mas ressalto, em intenção dos voluntários, que, uma vez na superfície, se não houver ninguém, é a morte pelo frio, que tenham isso em mente. Dou-lhes 10 minutos para refletir. Se o número de voluntários não ultrapassar três, aceito que tentem o golpe. Mais que isso, é por sorteio. Se o meu ponto de vista lhes interessa, eu esperaria quieto o resgate, faz muito frio lá em cima e, mesmo vermelho, um macacão é só um ponto ínfimo num mar revolto. Último ponto para concluir: essa demonstração só é pertinente se o submarino estiver rachado e se a câmara estiver bloqueada. Para ser honesto, duvido.

Anton os observa um por um. Nem um deles imagina morrer em plena manobra enquanto toda a Frota do Norte está bem em cima. Ele lhes deu novamente confiança. No entanto, nem ele acredita nisso. Não se imagina fora dali, mas tampouco se vê morrendo ali. Pergunta-se como vai manter seus homens em atividade para ocupar-lhes a mente. Num canto, Vânia se decompõe. A causa não é o medo. A irrealidade da situação, um naufrágio para sua primeira saída, o paralisa. Não consegue mais lembrar-se de nada e ainda menos projetar-se no futuro. Está tomado pelo frio das profundezas que vence sem combate o calor artificial. Os homens recuam um pouco para confabular. Um deles conversa com os outros para recolher as decisões. Vai até Anton:

— Três para serem ejetados, comandante. Os outros preferem esperar os socorros.

— Muito bem. Quais?

Dois suboficiais levantam a mão e Vânia também.

Anton faz sinal a cada um para que volte ao posto e se aproxima de Vânia. Seu olhar de animal selvagem ofuscado por faróis de caminhão o inquieta.

— Está disposto a ser ejetado, Vânia?

— Se não tivermos outra solução.

— Mesmo assim é preciso que alguém espere vocês lá em cima. A questão é essa.

Com os olhos sempre arregalados, Vânia fixa a porta que os separa da proa, como se ela os protegesse do diabo.

— Você tem certeza de que não há sobreviventes na frente, Anton?

— Tenho. A probabilidade de haver sobreviventes é nula. Se a água está entrando na parte de trás, não vejo como a parte da frente poderia já não estar completamente inundada, sem contar que os nossos companheiros certamente morreram do sopro da explosão. Para ter certeza disso, seria preciso abrir a porta da escotilha de comunicação com a frente. Deve haver algo como 12 atmosferas de pressão acima. Seríamos engolidos numa fração de segundo.

— Mas o que pode ter acontecido, Anton?

— O motor do torpedo deve ter explodido quando eles o tiraram do tubo para guardar, em vez de jogá-lo no mar. O calor deve ter subido a vários milhares de graus, provocando a explosão do próprio torpedo. Mas, quer saber de uma coisa, algo me entristece. Só a explosão do motor do torpedo não pode ter provocado infiltração no casco duplo de aço. E se o próprio torpedo explodiu, ele é tão poderoso que o barco deveria ter-se partido em dois e nos jogado todos no mar.

A luz se apaga. O incidente era esperado. Ninguém leva em conta. Lanternas se acendem por reflexo. Vânia apaga a sua para economizar as pilhas.

— Voronov?

— Sim, chefe.

— Pegue um homem com você e distribua todos os casacos e pulôveres que encontrar. Não vai demorar a fazer frio. E tire também todos os macacões de socorro. Eles estão logo ao lado.

O silêncio se instala à medida que as palavras perdem sua utilidade. Não há mais nada a fazer. É preciso esperar na noite, o frio que vem e a água que sobe por baixo, ainda mais fria que o ar. Só se vêem as gesticulações desordenadas das lâmpadas dos homens que saíram para buscar os equipamentos. O navio está pousado ligeiramente de lado, o que torna delicado todo equilíbrio. Anton calcula em voz alta que é preciso contar umas 10 horas para que os localizem e enviem um submarino de resgate. Voronov aproxima-se discretamente de Anton. No escuro, não se reconhece mais ninguém. Ele fala em voz baixa.

— Só encontrei quatro macacões, capitão.

— E os outros?

— Sumiram.

— Devem ter esquecido de colocá-los a bordo.

— Ou foram revendidos a um parque aquático para fazer uma graninha extra — solta uma voz.

— Eu os queria só para nos proteger do frio. Dê três aos voluntários.

Anton está bem próximo de Vânia. Ele pensa alto.

— O acidente aconteceu por volta do meio-dia. Aqueles que quiserem ser ejetados deverão fazer isso antes das 19h. A noite praticamente não cai neste momento, é uma vantagem para vocês, se o tempo estiver claro.

Depois, mais baixo.

— Não tenho pressa em fazer o teste. Se a gente perceber que a escotilha está bloqueada, os rapazes vão desanimar.

— Se o resgate chegar, de que maneira eles nos levarão para cima com o submarino de bolso?

— Eles vão grudar na escotilha com uma ventosa que garante a estanqueidade e, uma vez aberta a escotilha, eles nos levam para cima um por um. Faça como quiser, Vânia. Se a escotilha funcionar, eles nos salvarão. Se você tentar sair por seus próprios meios, tem chances de ficar pelo caminho.

— Eu sei, Anton, mas algo me diz que devo sair desta porra de caixão por mim mesmo.

— Não se esqueça de que toda a marinha da grande Rússia está à nossa procura e que estamos ao alcance de um mergulhador em apnéia.

— Estou ouvindo o que você me diz, Anton, mas como lhe dizer...

Ele olha o amigo do pai no fundo dos olhos:

— Mas algo no seu olhar me diz que devo tentar a sorte.

— Mais baixo, Vânia.

Vânia põe-se a sussurrar em seu ouvido:

— Algo em você me diz que, em teoria, não corremos risco algum, mas que, na realidade, você não acredita que vamos nos safar. Porque você sabe que, lá em cima, são todos uns incapazes, mal treinados, com um material ultrapassado. Estou enganado, Anton?

Anton primeiro não responde nada. Limita-se a sustentar o olhar de Vânia, depois solta:

— Você está enganado, Vânia, está completamente enganado, mas não vou impedi-lo de se ejetar.

Depois, esboça um sorriso para se livrar da pressão do rapaz e acrescenta:

— Enquanto isso, vamos relaxar, ainda estamos no seco, o frio é suportável e quando tivermos estourado um cartucho de oxigênio, em uma hora, segundo os meus cálculos, o ar vai ficar mais puro que em qualquer estação balneária.

Os homens ficam em grupos de cinco com uma única lanterna por medida de economia. Não há nada a fazer a não ser esperar e se preparar para uma lenta degradação das condições de vida pela progressão do frio e a subida da água. O moral dos homens é estável. Não espanta ninguém que a lógica dos acontecimentos os leve ao pior, mas, no fundo, no fundo continuam a crer, seria um grande luxo desesperar nesse instante. Um suboficial escondia uma garrafa de vodca em contravenção ao regulamento. O delito se transforma em presente dos céus. A garrafa quase cheia circula de boca em boca. Vânia recusa seu gole, prepara-se física e mentalmente para sair do destroço pela escotilha. Sabe que esforço essa saída vai pedir a seu organismo. Não é a primeira vez que submarinistas russos deixam o barco naufragado pela escotilha, ao passo que ele não tem lembrança de um salvamento bem-sucedido em profundidade. Um outro dos três voluntários está justamente conversando com um suboficial:

— Você sabe que, no melhor dos casos, você ficará surdo pelo resto dos seus dias — opõe-lhe o companheiro.

O voluntário dá uma respirada profunda.

— Você já notou em terra o número de babaquices, de banalidades que a gente ouve num dia, quantas pessoas falam embora saibam muito bem que não têm nada a dizer. Não vai fazer muita diferença para mim não ouvir mais nada. Além disso, não posso ficar aqui esperando, eu quero ação. Contar com os outros, aqui, para mim, era sem limites. Mas, lá em cima, não tenho confiança neles.

O casco partido do barco não estala, ele reclama. A imagem dos corpos dilacerados que flutuam sem vida do outro lado, em atitudes obscenas próprias à morte, desfila diante dos olhos de Vânia, abertos na escuridão úmida. Ele sente a angústia apertá-lo. Não é da morte que ele tem medo, é da negação que se segue. Sente-se revoltado com a injustiça que haveria em morrer sem ter mesmo podido justificar um pouco dessa curta vida que foi a dele. Não há nem sequer estética alguma em deixar a existência desarticulado e inchado de água, em ser precipitado como qualquer outro corpo vivo na cadeia alimentar. Essa imagem o obceca, foi ela que o levou a querer deixar o barco. Anton estoura um cartucho de oxigênio que se espalha lentamente chiando.

O silêncio progressivamente se apodera do destroço onde cada um tenta arrumar um leito aceitável. Vânia, perto de Anton, encosta-se direto no chão junto a uma canalização. As horas se escoam e, quando o sono parece surgir, o frio subitamente fica insuportável. O mar resfriou o destroço à temperatura das profundezas. É impossível dormir. Vânia, ao tentar virar-se para convencer-se do contrário, nota que sua coxa está molhada. A água já está ali. Anton murmura:

— É o que eu havia previsto.

Vânia imagina que Anton já sabe com precisão quando eles vão ter água na altura do queixo.

Anton está disposto a tudo, exceto a ser surpreendido. Um torniquete se instala sem ruído contra as têmporas dos sobreviventes. Ao subir, a água comprime a bolha de ar. A pressão já é duas vezes a da atmosfera. Anton se dá quatro horas de prazo para fazer os voluntários saírem pela escotilha. Mais que isso, a saída arriscaria matar os outros. E se os socorros não intervierem, os outros não viverão mais que umas vinte horas.

Anton não dá descanso algum à inquietude. Ele a combate minuto a minuto, opõe-lhe uma fria metodologia científica. Também lhe acontece deixar os pensamentos flutuarem à vontade. Ocorre, então, um curioso fenômeno; sua mente põe-se a trilhar um caminho com a morte, a aprisioná-la, a torná-la familiar. Ele imagina que a transição se fará sem violência, no frio da atmosfera ambiente e da água, para entorpecê-lo suavemente, tirar-lhe a consciência, tornar mais lentas suas funções vitais como se a morte se quisesse respeitosa daquilo que ela substitui. Ele se obriga até a uma espécie de curiosidade pelo além e a imaginá-lo mais tranqüilizante do que se quer acreditar.

O tempo suspenso torna-se neutro, pacificado de impotência, cada movimento permanece em suspenso, confuso de inutilidade. A água continua a subir. Já está no meio das canelas. Sem dizer nada, os homens se penduram para fugir da cheia. Anton pega um pedaço de papel e uma caneta que pinga por causa da pressão e começa a escrever. A primeira carta, muito longa, sob forma de relatório, narra os acontecimentos em ordem cronológica, emite certas hipóteses sobre as causas do naufrágio e faz uma relação precisa das circunstâncias que se seguiram. Anuncia que foi tomada a decisão, enquanto a pressão assim permitir, de ejetar três voluntários. É ainda o oficial quem escreve. A segunda é uma carta à sua mulher, uma carta de adeus. O estilo é muito impessoal, pois Anton imagina que ela será lida antes de alcançar seu destinatário final. Em seguida, sente raiva de si por ter-se deixado bloquear pelo olhar dos outros e lhe escreve uma verdadeira carta de amor. Diz-lhe que são os mesmos que o matam, ele e seus companheiros, que os afastaram, ela e ele, ao lhes tornar a vida tão difícil.

Pouco depois, organiza a evacuação dos três homens enquanto ainda é tempo, antes que os tripulantes fiquem completamente entorpecidos pelo frio.

Esse declínio dos homens foi interrompido pelo barulho de um choque com a escotilha nas horas seguintes. Correm para lá com o pouco de força que lhes resta. Lanterna na mão, sem uma palavra, iluminam aquela saída de escape de onde pensam ver chegar a salvação. Ouviram um choque em algum lugar acima. Batem por sua vez contra o casco com qualquer instrumento ao alcance da lâmpada para mostrar que o esforço que é empreendido não é inútil. Estão convencidos de estar salvos.

Alguns tomam consciência neste derradeiro esforço de que não são mais que troncos. A água gelada lhes aprisiona a cintura. Novos golpes são ouvidos em volta da escotilha. Depois, mais nada, nem mais um ruído, era uma tentativa, logo vão voltar. Sentem bem no íntimo que a sorte está de volta, que aquele calvário logo será esquecido, mas nenhum tem forças para manifestar alegria. Com o corpo pela metade paralisado pela água gelada e a cabeça esmagada pela pressão, Anton não consegue mais pensar. Apesar disso, acha que é necessário mais um cartucho de oxigênio, tempo necessário para o resgate pousar sobre a escotilha, abri-la e tirá-los, um a um. Não há meio algum de saber que a concentração de oxigênio é excessiva, logo explosiva. Ao estouro do cartucho sucede uma enorme deflagração. Uma bola de fogo inflama o destroço, expulsando o espírito que habitava aqueles corpos feridos.

A FUINHA

O presidente foi dormir cedo na véspera. Está de férias à beira do mar Negro, numa residência onde se sucederam os soberanos do império. Antes da revolução, os tsares brancos vinham aqui buscar um calor de verão temperado pelo mar. Os tsares vermelhos perpetuaram essa tradição. Era aqui que os humildes servidores do povo vinham refazer as energias, às vezes o verão inteiro, em meio àquelas essências que restauravam o olfato ferido pelo frio tão particular no Krêmlin que visa os ossos mais que a carne. O segundo dos tsares azuis aqui se instalou em repouso de verão para as suas primeiras férias desde que foi eleito.

O menino franzino que apanhava dos maiores nas ruas de São Petersburgo nunca sonhou ser um tsar. Não tem esse temperamento romântico. É um realista. Dedicou os primeiros anos da vida a avaliar os outros, a tal ponto que agora nutre por eles um ódio razoável. Deve muito ao judô, essa arte marcial que lhe permitiu ser respeitado apesar do tamanho modesto. Tornou-se, assim, o pequeno do qual é melhor desconfiar, aquele cuja aparência física não diz tudo de sua força. Um parceiro de treinamento o acompanha em todas as viagens. Um ritual higiênico que basta para diferenciá-lo do predecessor, mais velho, mais alto, mais autodestrutivo, mais imperial na maneira de saciar-se com vodca, mais carismático e um pouco mais humano. Mas, para dirigir um império, é preciso, e é uma qualidade incontornável, ser capaz de descer dois degraus sem estatelar-se feito uma mancha de tinta num mata-borrão. O antigo presidente não era mais capaz disso. O velho começava a envergonhar um pouco seu país que, no entanto, não ligava a mínima. Pensou-se até que ia morrer ali, vítima de seus excessos. Então, aqueles que em seu lugar botavam a nação para funcionar no dia-a-dia escolheram para ele, com seu assentimento, um sucessor. O novo presidente, com seus olhos azuis de roedor de pele preciosa, quer perpetuar a tradição dos dirigentes que agem sem escrúpulos em nome de um povo que eles desprezam. Entendeu que nunca renegar nada do passado e assumi-lo sem vergonha é a melhor maneira de preparar o futuro.

São apenas 6h. Uma brisa morna levanta as agulhas de pinheiro caídas sobre o terraço enquanto o sol, magro filete luminoso, aponta no horizonte. Esse lugar de repouso é único por sua história e seu conforto, que se oferecem sem dar a impressão de fausto. Depois do café da manhã tomado sozinho, o presidente vai para o tatame improvisado numa sala para uma hora de judô. Depois da ducha, uma sessão de trabalho está prevista com dois de seus conselheiros.

Ao sair do quarto num traje descontraído, um homem de seu gabinete está diante da porta.

— O ministro da Defesa, presidente. Ele acaba de telefonar. Parece que é urgente.

— Do que se trata?

— Ele não disse.

— Então ligue para ele e transfira para o escritório.

O escritório é luxuoso. As poltronas são dos anos 30, o apogeu de Stálin, em couro grosso. Livros que ninguém lê enchem prateleiras fixadas nas paredes. Sobre as lombadas apóiam-se fotos emolduradas de antigos dirigentes do partido comunista em férias aqui mesmo. Ninguém quis retirá-las. O presidente senta-se atrás de uma mesa larga que brilha de limpeza. O telefone soa. O presidente não perde tempo com as fórmulas educadas de uso.

— O que está acontecendo?

Uma voz surda e carregada de angústia lhe responde:

— Presidente, um de nossos submarinos afundou durante as manobras da Frota do Norte no mar de Barents.

— Quando?

— Ele tinha de voltar à superfície ontem à noite entre 18h30 e 23h e não deu notícias. É possível que tenha afundado por volta das 11h30. Nós o encontramos com o sonar da nau capitânia por volta das 4h30.

— O que aconteceu?

— Não sabemos. Temos várias hipóteses.

— Quais?

— A primeira é que tenha sido atingido por um de nossos torpedos durante as manobras. A segunda é que tenha sido abalroado por um submarino da Otan que o seguia. A terceira é que tenha colidido com um submarino americano, que tenha havido abertura de porta, depois tiro de míssil preventivo por parte deles. A quarta é que um de seus próprios mísseis tenha explodido a bordo, ou por defeito, ou por sabotagem.

— Qual é a hipótese mais verossímil?

— Não sei, presidente; nesta fase, realmente não sei.

A voz do homem do outro lado está menos perturbada pela própria tragédia que pelo medo de anunciar a má notícia ao presidente.

— Quantos homens a bordo?

— Aproximadamente 120.

— Pode haver sobreviventes?

— É possível, em todo caso parece que o submarino jaz a menos de 120 metros de profundidade.

— O que quer dizer?

— Que é uma profundidade acessível.

— O que vocês vão fazer?

— Estamos enviando ao local um submarino de intervenção.

— As reservas de oxigênio dos tripulantes dão para quanto tempo?

— Em teoria, uns três dias, se não mais. Mas tudo depende da maneira como a embarcação foi atingida, se está estanque, se a água está subindo no interior.

— Existe risco de catástrofe nuclear?

— Enquanto não tivermos visto o destroço, não podemos nos pronunciar. Um submarino de observação deveria aproximar-se dele rapidamente.

— Me chame de novo quando isso acontecer. Não faça mais nada antes de falar comigo.

— Muito bem, presidente.

— Imagino que, por enquanto, ninguém está sabendo.

— Ninguém.

— Não quero vazamento.

— Não haverá.

O presidente desliga, contrariado. Dirige-se à sala de reunião onde o esperam dois de seus mais próximos colaboradores. Levantam-se quando ele entra, ele lhes faz sinal para que se sentem, sentando-se ele mesmo.

— Temos um problema.

Nem um nem outro ousam perguntar nada. Apesar da proximidade com o presidente, não têm a mínima intimidade com ele. Aliás, como poderiam ter, uma vez que ele próprio não tem consigo? Os dois notam seu rosto contraído. Os olhos azuis estão particularmente agitados e o queixo pequeno desaparece sob os maxilares crispados. É um homem de poder. No sentido de que tem contas a acertar com a maioria. Leva um tempo refletindo sem dizer nada, um punho fechado na outra mão aberta. Reflete tanto no próprio caso quanto na maneira como vai conversar com os conselheiros. Eles não devem pensar em momento algum que ele está pedindo a opinião deles sobre o essencial.

— Um dos nossos submarinos afundou durante as grandes manobras da Frota do Norte. Estamos esperando para conhecer seu estado. Não se sabe se há sobreviventes. Se não houver, não temos problema algum. Se houver, vai ser preciso refletir e rápido.

Os dois colaboradores mantêm os olhos baixos, abstêm-se de fazer perguntas. O presidente prossegue, seus olhos escorregando sobre a mesa comprida encerada que se estende à sua frente:

— Se houver sobreviventes, penso que não devemos correr para recuperá-los.

— Mas... por quê, presidente? — ousa o mais velho dos conselheiros.

— Porque, de vítimas, passarão a testemunhas, e testemunhas tanto mais credíveis já que são também vítimas. O que disserem será ouvido.

— Sempre é possível impedi-los de falar. São militares.

— Não acredito nisso. Um dia ou outro haverá um vazamento. A informação sempre é livre demais neste país, que eu saiba. É uma armadilha. Não tenho idéia alguma da maneira como aconteceu, mas farejo uma armadilha política. Sabem por quê?

Os dois conselheiros balançam a cabeça. O presidente parece tranqüilizado, ele é bem o presidente.

— Só vejo duas explicações possíveis para essa catástrofe. Uma causa interna como uma falha técnica, um erro humano, ou uma sabotagem. Não é o gênero de causa que terei vontade de confessar perante o mundo. A segunda possibilidade é externa. Um submarino da Otan o abalroou ou lançou um míssil contra ele. Se for isso, é muito grave, seremos obrigados a reagir, pois é um ato de guerra.

Ele segura o queixo para refletir e o aperta entre o polegar e o indicador dobrado.

— Em todos os casos possíveis, saberei conduzir a verdade, contanto que não haja sobreviventes por trás. Por outro lado, a crise perde seu impacto junto ao público se trouxermos para cima todos os submarinistas. Bem, resumo. Ou temos uma chance de recuperar todo mundo, e é melhor assim, ou temos um número substancial de mortos e é um drama nacional. Considerando o prestígio dos submarinos, cinqüenta mortos num deles valem cinco mil cadáveres na Chechênia. Mas se houver sobreviventes, ficaremos muito constrangidos, pois a verdade deles valerá mil vezes a nossa aos olhos da opinião pública. Imaginem por um instante que um sobrevivente declare que os americanos atiraram um míssil. Como desmentir? Depois disso, ninguém vai acreditar em nada que dissermos. Em nada, absolutamente nada.

Ele reflete por um momento em silêncio antes de concluir:

— Acho que já dissemos tudo sobre o caso nesta fase. Vamos aguardar as notícias.

Depois, reflete como se estivesse só. Seu único temor vem da pertinência das informações que os militares vão lhe transmitir. Se estiverem erradas, podem alterar seu julgamento. Ele sabe que não desagradaria nem um pouco às forças armadas ver aquele presidente saído do FSB enfraquecido por sua primeira prova.

Decide abandonar por enquanto esse caso, por falta de elementos, e voltar à sua ordem do dia. O primeiro ponto diz respeito aos oligarcas que o puseram sentado no trono e que agora querem fazer dele um empregado.

— É preciso ser legalista. Não é possível voltar atrás nas concessões das empresas, nem desenterrar os mortos. Assumi o compromisso de não mexer com as pessoas próximas a meu predecessor e não vou fazê-lo. Acho que a arma fiscal é a melhor. Eles devem ter subtraído somas colossais. O assentimento do governo anterior não me diz respeito. Vamos promover a fiscalização dos oligarcas que nos incomodam. Os outros, vamos deixá-los em paz, mas logo, logo vão entender o que arriscam se nos contrariarem. Dentro de um ano, ou os nossos alvos vão estar exilados deixando-nos o controle de suas empresas, ou todos vão ter sérios problemas. Vamos criar uma brigada fiscal de alto nível, protegida pela presidência e, espero, incorruptível. Vamos encontrar, é obrigatório, graves delitos fiscais, já que até aqui ninguém nunca lhes pediu a sério que pagassem impostos. Em seguida, vamos propor a eles que troquem suas dívidas fiscais por ações de suas empresas. Quem resistir será levado aos tribunais penais. É quanto, a fraude fiscal?

— Até doze anos de prisão, presidente.

— Doze anos trancado num *gulag*. Nenhum desses oligarcas habituados ao luxo poderia sobreviver lá. Vamos fazer assim, vamos iniciar os controles fiscais, eles vão entender que as coisas mudaram. Acho que só isso vai dissuadi-los de se organizarem em força de oposição.

Depois, o presidente dá cabo dos principais dossiês em curso com os dois colaboradores. Está relaxado em sua camisa pólo. No entanto, seu rosto não dá jamais sinal algum de relaxamento. O que certamente tem a ver com os olhos azuis dos quais a emoção parece ter sido para sempre proscrita, com o queixo voluntarioso mas curto, o lábio inferior que avança formando uma sacada, enquanto o de cima vem pinçá-lo para passar aquela sensação de fria determinação que lhe domina o rosto.

Ao terminar a reunião, ele cumprimenta os colaboradores com frieza, marcando um novo encontro de trabalho para o fim da tarde.

O almoço se passa em família. A leveza do ar cria uma espécie de vacuidade propícia à despreocupação. Depois do café, ele volta ao escritório onde estuda, um por um, os dossiês de uma pilha.

No dia seguinte, é o comandante-chefe das forças navais quem o chama diretamente:

— Então?

— Enviamos um AS-35 para inspecioná-lo e fotografá-lo. De tarde, mais cedo, tentamos prender nele um sino, mas sem sucesso.

— O que diz a inspeção?

— A embarcação afundou por causa de uma importante infiltração na proa, provocada por uma explosão. Todos os que lá se encontravam devem ter morrido.

— E na parte de trás?

— Há sobreviventes, eles estão batendo no casco.

— São quantos?

— Uns vinte, acho.

O presidente fulmina:

— É o pior caso possível.

— Mas por quê, presidente?

— Porque, se conseguirmos recuperá-los, eles serão capazes de desmentir tudo o que vamos dizer sobre este caso. Qual é a causa que lhe parece mais provável?

— Difícil dizer, presidente. É possível que um torpedo tenha explodido no momento em que foi colocado no tubo. Mas submarinos americanos também não estavam longe.

— E daí?

— Podemos imaginar uma fraca colisão com o *Oskar*, e que o comandante, cujo temperamento conhecemos bem, tenha se esquentado e ordenado uma abertura de porta dianteira do lança-mísseis, o que, no meio, caracteriza um ato de agressão. Em seguida, os americanos, chamando-o de louco, teriam atirado um míssil interceptador.

— O senhor acredita mesmo nisso?

— Não, não faz o gênero deles. Já tivemos colisões antes e nunca as coisas chegaram tão longe. Resta, entretanto, que encontramos a bóia de sinalização de emergência de um *Los Angeles*, ou por ter sido abalroado pelo *Oskar*, ou por se achar tão perto dele no momento da explosão que esta o tenha avariado.

— E a explosão de um torpedo?

— É uma possibilidade. Os torpedos que deviam ser lançados são propulsados por um motor alimentado que funciona com um líquido instável. Pode ser que esse líquido tenha explodido, desprendendo um calor tal que o próprio compartimento tenha em seguida se desfeito.

— E uma sabotagem?

— Um dos marinheiros era checheno e dois engenheiros embarcados a bordo, justamente para testar modificações desse torpedo, vinham do Daguestão. Nesta fase, é impossível saber se um ato de sabotagem está na origem do naufrágio. Devemos tornar pública a notícia do acidente?

— Não se pode evitar. Mas não quero ter que dar declarações enquanto não souber se homens sairão ou não vivos da porra daquele destroço. O que vocês vão fazer, agora?

— Vamos tentar pousar sobre a escotilha de escape com um pequeno submarino *Priz*. Mas, justamente, presidente, temos um problema nesse nível.

— Qual?

— Esses submarinos de resgate datam dos anos 60. Foram mantidos mais ou menos bem em função dos créditos alocados, mas não acredito que tenhamos homens experientes para pilotá-los. Além disso, para ser franco, eu não gostaria que o *Priz* também ficasse preso, e é um verdadeiro risco.

— E daí?

— Os ingleses, que estão a par da catástrofe porque, entre outros, também tinham um submarino na zona, propõem pôr à nossa disposição o submarino de resgate deles, o *LR-5*, que acaba de ser alertado.

— Isso está fora de questão.

Um silêncio se faz então dos dois lados.

— Entendo muito bem, presidente.

— O senhor entende? Está muito bem, porque eu começava a me perguntar que tipo de homens eu tenho em meu estado-maior. Imagine, só por um segundo, que esses sobreviventes nos sejam trazidos numa bandeja por uma embarcação da Otan. Diga-me, então, qual seria a minha margem de manobra, vamos, diga-me!

— Nenhuma, presidente.

— É isso, nenhuma. E o que isso quer dizer, hein? Quer dizer que o presidente da Federação Russa é obrigado a se conformar com as explicações dos sobreviventes confirmadas pelas explicações da tripulação de um submarino inimigo. O senhor tem em mente o exemplo de uma situação em que o presidente da Federação Russa poderia ficar mais ridículo?

— Nenhum, presidente.

— Então, virem-se para tirar os seus homens com os seus submarinos de resgate enferrujados, se forem capazes disso. Caso contrário, esse destroço lhes servirá de sepultura muito honrosa, mas jamais, está me entendendo, jamais eu sacrificarei o prestígio da Rússia pedindo a esmola de uma ajuda internacional. Não sou responsável pelo mau estado do material de vocês.

Na manhã seguinte, o presidente, como de hábito, acorda cedo. O dia que começa anuncia-se calmo. O céu azul está levemente coberto pelo vapor que sobe do mar. Ele se sente em forma. Com apenas meio século de idade, está convencido de que vai viver mais um. O poder conserva, melhor que o formol. Ele sabe que o câncer raramente se aproxima dos verdadeiros homens de poder, ele os teme.

Uma chamada do comandante das forças marítimas o pega no escritório no momento em que está em plena leitura de notas confidenciais sobre a situação na Chechênia.

— Então?

— Fracassamos. Havia muita corrente, não conseguimos grudar na escotilha, fizemos várias tentativas sem sucesso.

— E os sobreviventes?

— Não se manifestam mais. Temo que tenham morrido.

— Está certo disso?

— De qualquer modo, não passarão das próximas horas.

— Muito bem, então é tempo de autorizar os estrangeiros a lhes levar socorro. Caso contrário, refleti bem, seríamos censurados por isso. Se os encontrarem mortos, significa que são incapazes de fazer melhor que nós. Que se dirijam para a escotilha, mas não os deixem de modo algum se aproximar da proa, não quero que inventem uma opinião sobre a causa do naufrágio. Quanto à teoria oficial sobre a causa do drama nesta fase, é preciso falar de uma falsa manobra e de um tiro de míssil americano. Não podemos por enquanto mostrar nossas próprias falhas, se for o caso. E o que pode haver de mais natural que vir em socorro de um submarino que eles próprios afundaram? Ninguém ficará chocado. Tudo isso me parece relativamente bem representado. Espero apenas por vocês que não haja nenhum sobrevivente. É, pelo menos, uma predição que vocês são capazes de fazer sem se enganar, não é?

O presidente desligou. Sua cólera já havia diminuído. Mandou chamar o general Guenádi Ivanov. Não foi encontrado de imediato. O homem estava aposentado e entregava-se a ocupações no campo. Finalmente chamou de volta no meio da tarde. O presidente contou-lhe de que maneira havia administrado a crise.

— Perfeito — concluiu o general. — Não havia melhor estratégia. Mas você não poderá jogar por muito tempo a culpa nas costas dos americanos. Mesmo que sejam de fato os responsáveis, não se pode acusá-los sem reagir. Não se vai de qualquer modo entrar em guerra, e limitar-se a um protesto veemente nos ridicularizaria. Melhor passar a idéia de que um torpedo velho explodiu. Use isso para dobrar as forças armadas e ponha na rua quem você quiser na cadeia de comando. Por outro lado, acho que você devia ir ao local.

— Mas o que eu vou dizer às famílias?

— Você achará o que dizer. De qualquer modo, não seria correto não interromper as férias ao sol quando um drama atinge o país.

Depois de resmungar palavras ininteligíveis, o presidente acabou aceitando o conselho do general.

O SILÊNCIO DAS PALAVRAS

Vânia não se incomodara em nos telefonar para prevenir que estava saindo em manobras. Era um treinamento tão curto que não achou necessário nos comunicar que fora chamado. Tinha a cabeça tão ocupada com a mudança que é fácil entendê-lo. Deve-se acrescentar que tampouco fomos pais inquietos e excessivamente protetores. Vânia não teria suportado. Tanto a mãe como eu o consideramos adulto antes que tivesse tido idade para ser. Logo, não surpreendia que não tivéssemos sabido que ele embarcava por uns dias. O que em outras circunstâncias teria me magoado é que ele não tivesse tido vontade de partilhar conosco a alegria daquela primeira imersão, pois não era um acontecimento comum, mas o auge de uma paixão que o animava desde a infância.

Eu estava saindo para dar minhas aulas no liceu quando a mulher de Anton telefonou:

— Acabam de anunciar no rádio que o *Oskar* afundou, mas os tripulantes estão sãos e salvos no destroço que não foi muito fundo.

Logo me preocupei com meu amigo. O Estado é capaz de tudo em nosso país, exceto de milagres. Eu diria até que ele tem uma capacidade única de transformar uma situação crítica em drama com uma aplicação surpreendente. Eu via bem a tragédia que acabava de acontecer e não distinguia nem sequer os contornos da luz de esperança que as autoridades tentavam alimentar. Já que tudo é questão de probabilidades, a de ver reaparecer meu amigo Anton com seu rosto franco e seu sorriso infantil de homem que não conhece a malícia parecia-me de uma aflitiva fraqueza. Eu não disse nada a Evguênia, mas para mim ele estava morto, e se não estivesse, seria uma ressurreição. A marinha ainda não era capaz de dar a lista dos desaparecidos, dizia ela, pois duas tripulações dividiam-se em tempo normal no *Oskar* e eles não sabiam qual havia embarcado no submarino. É preciso ter ouvido esse tipo de frase uma vez na vida para imaginar a quem tínhamos confiado a vida de nossos entes queridos. Imaginem, a marinha precisa de tempo para saber quem embarcou num de seus submarinos nucleares. Nada diz que não fossem pigmeus que passavam por ali que tivessem levantado âncora. Nunca se está seguro de nada. Do tragicômico passamos sem transição à tragédia.

Como jornalista, Anna recebeu em sua redação a lista dos desaparecidos do *Oskar*. O nome de Vânia estava ali. Ela desabou sobre a mesa. Depois, pegou o carro, dirigiu-se a toda velocidade na direção da cidade proibida, onde uma barreira de polícia reforçada para a circunstância quis recusar-lhe o acesso. Ela tirou a carteira de imprensa, o que os fez rir, mas acabaram cedendo diante de seus berros, sinal de que todo aquele exército de coveiros de fato não se sentia à vontade. Correu até o apartamento do irmão passando por cima das imundícies e das caixas de correio fora de uso que entupiam as escadas. Esvaziou o pequeno armário que lhe servia para pendurar suas coisas e, após ter conscienciosamente revistado cada centímetro da habitação, concluiu que seu uniforme não estava lá. Então, abriu a janela da espelunca e voltou a berrar, mas à morte desta vez. Depois, desmaiou. Vizinhos entraram no quartinho cuja porta ela deixara aberta e chamaram uma ambulância que a levou ao hospital próximo de nossa casa, aquele onde Ekatierina fora tratada depois da queda. Chamaram-me para avisar que minha filha lhes fora trazida da cidade proibida num coma leve, conseqüência provavelmente de um choque emocional. Durante o trajeto até o hospital, estabeleci a relação com Vânia. Fiquei debruçado sobre sua cama até que ela abrisse os olhos. Quando voltou a si com aquele ar de terror de alguém que lamenta ter recobrado a consciência, compreendi que havíamos caído num mundo onde não estava mais em questão viver mas manter-se vivo. A fronteira que leva da existência à sobrevivência se transpõe com facilidade. Não se pode perder um filho e continuar a aceitar todas essas pequenas coisas insignificantes que nos mantêm de pé.

Voltei para casa tonto. Sentia-me feito um bêbado moído de golpes em sua miséria que sabe que, fora da morte, não espera notícias de ninguém. Ekatierina estava só no apartamento. Eu não lhe disse nada. Se tivesse dito, ela teria desabado e teria esquecido a razão de suas lágrimas menos de quinze minutos depois. Deixei-me cair numa poltrona e olhei o teto. Depois, tranquei-me no banheiro. Não me iludi como é tão fácil fazer nessas circunstâncias. Eu tinha que continuar a viver, pelo menos por minha filha e, também, por minha mulher, pela qual eu era responsável. O banheiro me parecia o único lugar propício onde chorar sem discrição. Então, chorei. Depois, saí do banheiro e engoli uma garrafa de vodca. Comecei a fazer meu luto enquanto outros se apegavam à esperança ridícula que as autoridades se divertiam em manter feito a chama de uma fogueira de capim molhado num campo de neve. Nunca entrei no jogo deles, afastei-me, como se faz da peste. Eles organizaram reuniões com autoridades que tinham cara de crianças pegas de surpresa dando-se prazer nos banheiros de um pátio de escola. Era preciso ver as caras envergonhadas e o olhar cheio de covardia com que inundavam as reuniões oficiais. Tinham até previsto doutoras preparadas para enfiar o dardo de suas seringas no traseiro de viúvas e mães que atacassem as autoridades de modo muito direto. Foi Anna, que tinha acabado de se restabelecer, quem nos representou naquela mascarada fúnebre que não acabava mais. Várias vezes acreditei que ela ia afundar na loucura.

O próprio presidente veio de Moscou para uma reunião com as famílias em que era proibido filmar. Nem Anna nem eu comparecemos. Eu não tinha vontade alguma de ver aquele homem. No entanto o vi. Ele fora fazer uma visita diante dos holofotes à viúva do comandante do *Oskar*. Fez cara de chocado ao descobrir em que condições vergonhosas viviam as famílias de submarinistas em terra. Os serviços secretos haviam protegido o prédio. Eu estava naquele momento no apartamento de Vânia para pegar seus últimos pertences. Quando um sujeito do serviço de ordem entrou para mandar que saíssemos não o ouvi, pois estava no banheiro urinando. Quando abri a torneira para lavar as mãos, nem uma gota saiu, um incidente freqüente nesses prédios. Então, deixei o apartamento com uma pequena trouxa de roupas sob o braço.

Nas escadas, dei de cara com o presidente. Ele me estendeu a mão. Eu não podia estender-lhe a minha, visto que eu não me lavara, então coloquei-a no bolso e desci correndo as escadas. Ele me lançou um olhar de matador. Quando cheguei no andar de baixo, um sujeito da comitiva me empurrou para um canto: "Por que você não apertou a mão do presidente?" "Porque eu tinha acabado de mijar e porque na porra destes prédios a água só corre em certos dias." "Não é certo o que você fez", ele acrescentou, ameaçador. Então, deixei-o feito pedra ao lhe dizer: "Não faz mal, o avô dele e a minha mãe eram bons amigos. Se ele lhe disser alguma coisa, lembre a ele que sou filho daquela mulher que conversava no Riacho Fresco com o avô dele quando este era cozinheiro de Stálin."

Finalmente autorizaram um submarino inglês a se aproximar do *Oskar*. Em menos de meia hora ele abriu a escotilha de escape. Sua tripulação constatou que havia mortos flutuando nos compartimentos traseiros do submarino, calcinados do alto do crânio até a cintura. Abaixo da cintura, estavam apenas molhados. Deixaram lá os nossos em sua sepultura. Devia ser ainda cedo demais para levá-los para cima. Em nosso país, teme-se tanto a palavra dos mortos quanto a dos vivos. A ela é dada tanta importância que um morto só é enterrado se não tiver mesmo mais nada a dizer.

Mais de um ano depois, uma barca holandesa içou o *Oskar* e o rebocou até seu porto de base depois que, minuciosamente, lhe retalharam a proa e tudo o que ela guardava de traições possíveis para nossas autoridades. Foi possível, enfim, tirar os corpos. Mas ainda não era hora de enterrá-los: uma autópsia poderia fazer com que dissessem algo que confirmasse as palavras das autoridades. Cada família recebeu um corpo que podia lhe pertencer. As etiquetas usadas nos macacões ajudaram a reconhecer os da proa. Os homens da parte de trás, carbonizados, eram certamente menos fáceis de identificar, mas era preciso pôr um nome nos restos e foi o que fizeram. Não fui à cerimônia de entrega dos corpos que se seguiu ao rebocamento do *Oskar* até o ancoradouro. Aquele rasgo na proa também tinha algo de obsceno, menos em seu tamanho que na meticulosidade usada em limpá-la para torná-la apresentável à imprensa do mundo inteiro. O sagrado, no mais impotente dos macacos, não me interessa, e evitei juntar-me às manifestações organizadas pelas autoridades para as famílias chorosas.

Por um momento pensei que era por represália que não me haviam devolvido o corpo de meu filho. Ele não me era devolvido, mas como sempre com aquela gente, não me diziam nada. Meu amigo Mikhail, o médico-legista, fora enviado mais tarde de Moscou e veio dormir em minha casa. Fazia-me companhia durante os curtos momentos que lhe deixava a tarefa extenuante de autopsiar cerca de 120 cadáveres em estranhas condições. Ele não era o único, nem o chefe, mas o segundo responsável. O exército tinha seus próprios especialistas para fazer os mortos falarem, e muitos conflitos de competência se formaram, pode-se imaginar. Todos se impacientavam em ouvir o sino que ia marcar o início oficial do período de luto. No que se refere ao luto, eu estava bem avançado em relação aos outros, mas não parecia ser uma razão válida para que não me devolvessem o corpo de meu filho. A explicação veio de Mikhail. Recebi-a com distância e precaução. Ele precisou de uns copos antes de me revelar, como amigo, um segredo de Estado, colocando assim em jogo a carreira e talvez bem mais.

— Faltam três corpos, Pável.

— O quê?

— É isso, é um assunto muito sério. Você não pode imaginar a efervescência que isso cria. Estou lhe dizendo, tão certo quanto Stálin existiu, Deus o amaldiçoe, faltam três corpos, dentre eles, o de Vânia.

— E você tem certeza de que eles olharam bem por toda parte no submarino?

— Tenho.

— E os corpos não poderiam ter escorregado para fora do barco?

— Impossível.

— Ainda que faltem três corpos, o de meu filho poderia ter sido confundido com o de algum outro?

— É impossível, sabemos que o seu filho estava na parte de trás. E todos os corpos foram identificados com seus objetos pessoais. Posso dizer isso a você, eles eram 23 na popa. Praticamente todos os relógios das vítimas foram devolvidos aos parentes. Alguns não quiseram por causa do cheiro de putrefação, mas ninguém teve dúvida quanto à identidade do proprietário. Também encontramos cartas, dentre elas uma no corpo do seu amigo Anton. Ele diz que, apesar do aumento de pressão que pode acontecer com a entrada de água, ele se preparava para ejetar três voluntários, os únicos, aliás, pois os outros preferiram esperar o resgate no qual têm total confiança. E os holandeses encontraram uma escotilha bem acessível e fácil de manobrar.

A ficção nunca é desagradável para embelezar uma realidade muito pesada. Embora eu guardasse certa distância em relação a essa teoria, prossegui:

— Se admitirmos que tenham saído pela escotilha, o que pode ter acontecido com eles?

— Disso não tenho a mínima idéia. Com toda honestidade, devem ter chegado em cima muito debilitados. E se não foram achados logo, provavelmente morreram de frio.

— Mas havia muitos barcos no local. Russos e estrangeiros.

— Então, é possível, para não dizer provável, que tenham sido salvos.

— Mas teríamos ouvido falar deles de lá para cá!

— Não obrigatoriamente. Se estrangeiros os salvaram, podem tê-los escondido para protegê-los, mas também para impedir que revelem informações que diriam respeito à própria implicação deles no naufrágio. Ou então russos os içaram a bordo de seus barcos, depois os deixaram num lugar secreto como testemunhas constrangedoras. Ou então outros russos puseram a mão neles e, sabendo o risco que corriam, deram um jeito de escondê-los para que não caíssem nas mãos do FSB. Ou então ficaram à deriva, morreram, e um de nossos barcos os encontrou e evitou falar disso porque, mais uma vez, não conseguimos salvar nossos homens. O que eu posso lhe dizer, porque você é meu amigo, é que não foi encontrado rastro dos corpos deles. Agora, prepare-se para que lhe apresentem um caixão porque eles não pretendem confirmar o desaparecimento dos três.

É mais freqüente que nos anunciem a morte de alguém que desapareceu há meses que a possível sobrevivência de um dos nossos cujo falecimento nos foi anunciado há mais de um ano. No início, eu não quis me agarrar a essa idéia, o que não me impediu de contar isso a Anna, minha filha, e a Boris. Mas, em nenhum momento, falei disso como se Vânia fosse um dia voltar. Parti do princípio de que nunca mais voltaríamos a vê-lo, mas que ele tinha boas chances de estar vivo em algum lugar, num lugar secreto do qual um dia talvez o tirassem quando, por um longo processo de decantação, a verdade resolvesse surgir porque não seria mais constrangimento para ninguém.

Numa jovem democracia como a América, 45 anos não bastaram para revelar o assassinato de um de seus presidentes. Numa velha ditadura como a nossa, muito mais ancorada na burocracia e no mistério, um bom século antes de chegar à verdade sobre a morte de uma boa centena de marinheiros nada tem de luxo. Talvez o tenham deixado vivo em troca de uma mudança de identidade e uma promessa de silêncio. Às vezes, chego a pensar que meu filho não é dotado de um amor filial tão grande que queira arriscar a vida para nos comunicar que está vivo. Ele sabe que a mãe perdeu a memória, logo ela certamente acredita que ele está vivo. Quanto à irmã e eu, talvez ele pense que somos capazes de viver com esse luto. A gente imagina uma série de coisas assim, que se deslocam na mente feito uma onda de mar alto, e é tão melhor.

Mikhail arriscou-se muito revelando-me essas informações. Elas me devolveram um pouco o gosto de viver. Então, para lhe agradecer, organizei uma festinha com Boris, que veio à minha casa e bebemos até as cinco da manhã.

— O fogo, Pável, foi o que os matou. Não falo dos que estavam na frente, eles explodiram. Não me pergunte a causa, mas posso lhe dizer que foram pulverizados. Mas, na parte de trás, eles não morreram asfixiados. Os pulmões explodiram. Com medo de que faltasse ar, eles liberaram oxigênio demais a partir dos cartuchos e esse oxigênio acabou explodindo. Morreram em condições atrozes, queimados até os ossos. Temo que tenham morrido num sofrimento horrível.

Essa narração do fim de Anton nos consternou. Ele, era certo, nós nunca mais veríamos, e se Vânia estiver vivo em algum lugar, com certeza vai ficar lá por muito tempo. O ambiente foi bem especial nessa noite. Uma atmosfera de volta de enterro sem morto a ser enterrado. Com a ajuda do álcool, rimos de Mikhail por causa de seu trabalho. O que pode levar um médico como ele, tão brilhante, a escolher a medicina legal? "Porque o erro médico num morto é sem conseqüências, ele nunca vai voltar para se queixar."

Era a tese de Boris. Levantei outra: "Um medo visceral da morte que o obriga a conviver com ela todos os dias acreditando aprisioná-la." Mas Mikhail nada sabia responder a não ser o interesse científico que tinha pelo ofício. Contou-nos vários casos, mas o mais espantoso tinha relação com a história de um coronel do exército russo na Chechênia. Os altos oficiais costumavam organizar batidas nas aldeias para extorquir os habitantes mais ricos "a fim de que pagassem os estudos de seus filhos em Moscou", costumavam dizer para se justificar. Um dia, um coronel entra com seus homens numa casa, mas só encontra ali uma moça de 17 anos. Ele então a estupra calmamente. É surpreendido por outra patrulha, de calças arriadas, tentando sem jeito se arrumar. O fato não teria tido importância se a moça não tivesse resistido e se o coronel não tivesse decidido matá-la. Os pais, sem esperança, deram queixa junto às autoridades russas estacionadas no local. Foi um sujeito correto, pois existem sujeitos corretos mesmo nas guerras sujas, quem registrou a queixa e os diferentes testemunhos que pesavam contra o coronel. O exército afinal não pôde fazer outra coisa a não ser abrir o processo. O corpo foi entregue a Mikhail. Pediram-lhe que tentasse concluir que não houvera estupro. Segundo o exército, o assassinato era aceitável para a família, mas não o estupro. Depois de examinar o corpo, Mikhail afirmou que a jovem fora sodomizada. Transmitiu o relatório ao militar encarregado da instrução que lhe agradeceu vivamente dizendo:

— Deixa-me tranqüilo saber que o senhor não encontrou rastro de estupro.

— Como não encontrei rastro de estupro? — berrou Mikhail, estupefato.

— Segundo a nossa terminologia, o estupro só é revelado pela penetração forçada dos órgãos genitais. É assim. E, que eu saiba, a ponta dos intestinos não é um órgão genital, compreende? E o senhor diz em sua perícia que nenhuma lesão da vagina foi observada, não é?

O coronel foi condenado a cinco anos de prisão por assassinato. Cumpre pena como bibliotecário na biblioteca pública da região que agora é presidida pelo homem que era seu general na época dos acontecimentos. Estava para ser libertado brevemente por boa conduta.

É difícil rir desse tipo de história e aproveitamos o frio que ele jogou sobre nós para encher mais um copo, antes de afundarmos uns após os outros. De manhã cedo, num nevoeiro de álcool que não estava próximo de se dissipar, Mikhail voltou para suas autópsias e me perguntei como, numa hora tão matinal, o fígado pelo avesso, ele podia manipular assim restos humanos. Não me levantei de manhã. O desencalhe do *Oskar* fizera muito barulho na região e ninguém se espantou com a minha ausência no liceu naquele dia. Quando a história se passa diante dos nossos olhos, tão perto quanto o tablado de uma *trupe* amadora representando Tchékhov num palco de escola, e que os fatos nem sequer têm tempo de cair no passado antes de serem falsificados, como se levantar numa manhã fria de novembro para interessar adolescentes por essa ficção que se toma por uma ciência?

Não me levantei da cama o dia inteiro. Ekatierina veio perguntar-me várias vezes se eu estava doente, respondi-lhe várias vezes que não, mas não adiantava nada, pois ela logo esquecia. Foram feitos aos despojos reconstituídos aqui e ali funerais grandiosos, patéticos, como se pela última vez se purgassem as famílias para garantir que não restaria uma gota d'água nos condutos lacrimais no inverno, no momento do frio pesado. Acompanhei pela televisão do fundo da cama e pensei que, felizmente, eles só tinham trazido para cima trapos ensopados de água do mar, caso contrário ainda teriam sido capazes de embalsamá-los à moda soviética.

Às vezes, na vida, merecemos uma mãozinha. Nem sempre podemos incomodar os amigos. Somos tentados a nos dirigir a Deus, mas tanta gente se pôs entre ele e nós que hesitamos nos aproximar. Reintegrada em seus direitos, a Igreja ortodoxa reencontrou sua natureza de auxiliar os opressores. E o necessitado como eu vê-se só em seu campo de ruínas a vagar entre os escombros. Aprisiono a dúvida. Pode ser a mais fiel das companheiras. É o único sinal da fé. Viver religiosamente é viver na dúvida e aceitar carregar esse fardo. Deveriam ser excomungados todos os que dizem ter encontrado Deus e todos os outros que dele se servem para seus pequenos negócios privados. Sei que Vânia está morto. Mas resta um pequeno lugar para a dúvida, presente de um de meus amigos, e com isso me contento. É o divino de todo esse caso. Não imagino que tenha chegado vivo à superfície e que o tenham escondido ou eliminado para calá-lo. Não, acho que ele não sobreviveu à subida, que um acidente cerebral o levou. Que seu corpo provavelmente foi recuperado pela marinha. Então, por que ele não me foi restituído? Porque é um dos três únicos cadáveres intactos que aquele destroço foi capaz de expulsar. Os outros estavam carbonizados da cabeça até a cintura ou, mais simplesmente, desintegrados. Essa morte apresentável incomodava as autoridades. Preferiram não reaparecer com ele e seus dois companheiros. Mas, na falta de certeza absoluta, a ínfima parte de dúvida que subsiste me ajuda a não afundar também. Não quero que ninguém venha privar-me disso por preocupação com a verdade.

Como um veleiro que acaba se ajeitando na brisa, a vida instalou-se na monotonia tranqüila do conforto burguês a que meus novos meios me permitiam ter acesso. Eu passava meus dias com Aleksandra e só de noite voltava para o nosso apartamento, quando a avó deixava seu posto. Em nossas latitudes, a primavera não basta para fazer a natureza renascer para a vida. Mas, tão logo a neve derreteu de vez, corri até a isbá que Boris me deu e lá passei a maior parte dos dias. Para lá levava Ekatierina pelo menos uma vez por semana, ela andava a cavalo. No início, saíamos para caminhadas os dois e, quando achei que ela estava segura o bastante, deixei-a sozinha. Sua memória fraca após um momento, ainda que não melhorasse sensivelmente, não bastava para trazê-la ao ponto de partida, mas a do cavalo a substituía para completar uma grande volta que lhe dava a sensação fugaz de dominar o destino. Voltava com as faces rosadas e o olhar mais amplo, orgulhosa de si mesma embora não dissesse nada, e eu avaliava assim o bem que lhe faziam essas escapadas solitárias no dorso de um cavalo. Nos outros dias, eu vinha com Aleksandra. Eu impressionava Eugênio, o velho guarda da floresta pelada, que se perguntava como um sujeito como eu fazia para ter duas mulheres.

— O segredo da poligamia — disse-lhe eu uma vez — é uma lamentável infidelidade às mulheres e uma reconfortante fidelidade a outros valores com freqüência esquecidos, como o de nunca abandonar ninguém.

Para mim era difícil explicar-lhe os detalhes de minha vida e fazer com que entendesse que eu não era realmente livre para fazer o que queria. Era o tipo de resposta que o fazia rir, mas que o fascinava, porque aquilo tudo era gratuito, ele que dilapidava sua pequena aposentadoria em encontros fugidios e com freqüência decepcionantes com a vigia do cemitério de reatores nucleares mais ao norte da península, sem contar o tempo e o esforço que pedia a viagem em trenó de esquis no inverno ou de rodinhas quando a neve derretia. Eugênio tinha um novo passatempo. Ele alimentava, a alguns quilômetros de sua casa, uma ninhada de lobinhos abandonados pela mãe, provavelmente morta, e pela matilha empurrada para leste por caçadores. Levou-me para vê-los. Comportavam-se com ele como cães domésticos. Quando lhe perguntei por que não os deixava próximos de sua isbá, disse-me que seria um problema com os cães, mas que, sobretudo, os lobinhos podiam considerá-lo o macho dominante. Esse papel queria dizer que a relação poderia um dia terminar de maneira trágica para ele, quando, velho demais, não fosse mais crível como macho Alfa, e, nesse dia, ele poderia ser morto pela matilha ou mais simplesmente por aquele que quisesse sucedê-lo.

— Já temos um governo que procura encurtar a nossa velhice, entendo que você não queira privá-lo desse prazer — disse-lhe eu sorrindo.

Ele parecia ter saudade do tempo em que eu vinha vê-lo sozinho. A presença de um terceiro, uma mulher além do mais, tirava de nossas conversas a intimidade de antigamente. Um dia, quando estávamos só os dois, perguntei-lhe se ainda tinha coragem de freqüentar o cemitério de submarinos.

— A vigia baixou os preços — confiou-me. — Ela me dá desconto e às vezes até me faz uma parte de graça. Mas ela anda muito ocupada ultimamente. Pelo que me diz, especialistas ocidentais andam por lá para nos ajudar a desnuclearizar o local. Faz-se tanto segredo que eles imaginam que a gente esconde coisas monstruosas. Isso para que eles ponham muito dinheiro na mesa, assim, a gente pode pôr um bando de ladrões em volta dessa mesa e todos ficam satisfeitos. Está vendo, só eu é que saio daquele lugar sem nada no bolso. Quando eles começarem as obras, imagino que vão trazer operários de fora. Esses operários vão precisar de mulher e vão fazer os preços aumentarem de novo. É isso o mercado, Pável Serguêievitch!

Aleksandra não gostava muito de cavalos, ou melhor, tinha medo. Achava que eram muito imprevisíveis para confiar-lhes a vida, e por mais que eu lhe explicasse que aqueles dois não eram perigosos, pois viviam sem temor, ela não queria ouvir falar. No fundo, acho que tinha muita vontade de partilhar comigo longos passeios naquelas imensidões selvagens, mas não queria ter cavalo em comum com Ekatierina. Era uma forma de respeito que ela lhe manifestava. Aleksandra não era ciumenta, seu fatalismo quase oriental lhe proibia isso. Sabia contar, em particular, o tempo que nos restava para estarmos juntos e para a nossa idade num país onde a média de vida não ultrapassa 55 anos. Ela não queria perder tempo com maus sentimentos. O fim do inverno nos fazia passar progressivamente da vida de sonâmbulo à vida de insone. Ela me acompanhava na caça e na pesca. Íamos longe, e quanto mais o ano avançava rumo ao verão, menos arriscávamos ser surpreendidos pela noite que então sobrevoava o círculo polar como uma ave de rapina que finge visar um galho antes de alçar vôo de verdade. Eu a levava aos cantos onde os salmões reencontravam o lugar de nascimento para ali morrer. Vinham desovar no leito de rios que a memória química excepcional lhes havia permitido reencontrar ao fim de milhares de quilômetros de um percurso esgotante. Depois, ali, vítimas de um sistema imunitário em pane, deixavam-se morrer. Às vezes dormíamos na isbá ou improvisávamos um acampamento em lugares mais recuados onde nunca encontrávamos ninguém. Não é raro um casal se considerar só no mundo, mas ali estávamos de verdade, naquelas extensões sem fim onde a natureza parece estar em vantagem, escondendo sua doença como uma mulher velha outrora coquete o faz com seu declínio. Florestas inteiras de bétulas pareciam doentes, os galhos das árvores magras feito os braços de Dom Quixote. Tínhamos sempre muita dificuldade de voltar para a cidade, onde a idéia de nos separar de noite tornava-se cada dia mais penosa. O verbo faz muito para o início de um casal, mas, com o passar dos meses, a qualidade dos silêncios torna-se mais importante. Os silêncios não mentem e têm uma maneira de se preencher tão espetacular quanto as palavras de perder o sentido.

O dinheiro que investi nos negócios de Boris prosperou bem rápido e, após alguns meses em que permaneci um investidor passivo, resolvi dar-lhe uma mãozinha no escritório e às vezes até no mar, o que me obrigava a tomar o ar do largo. Nos primeiros tempos, tão logo eu via um objeto flutuar, esticava o pescoço como se pudesse se tratar de um indício ligado a Vânia.

Um dia, ao voltar de uma saída ao mar que me derrubara um pouco, tanto o vento soprava, encontrei uma jovem diante da porta de nosso apartamento. De estatura média nesta região onde as moças são imensas, tinha um rosto delicado com uma boca arredondada como aquela que desenhamos nas bonecas de pano. Vinha justamente me ver. Mandei-a entrar e sentar-se enquanto eu desabava no sofá. Fiz café para nós dois, pois compreendi que ela ia se demorar um momento e que vinha falar comigo de um assunto sério.

— Bom, meu nome é Svetlana Chikova e sou garçonete no restaurante que fica embaixo do seu prédio.

— Eu tinha mesmo a impressão de já ter visto você em algum lugar — respondi. — Embora não costume ir a esse restaurante, já me aconteceu cruzar com você.

Aliás, eu de fato a havia notado, pois ela era muito bonita.

Tinha aquele ar fechado de moças que sabem o que querem e que não têm intenção de ceder, mas o quê, eu ainda não sabia.

— Bom — ela retomou torcendo as mãos que estavam visivelmente úmidas. — Vim porque tem a ver com o seu filho Vânia. Eu o conheci um pouco antes da catástrofe, nós tivemos relações. Fiquei grávida, tirei a criança. Custou-me muito caro. Então, vim lhe pedir dinheiro. Sou só garçonete e vivo com minha mãe que é viúva e ferroviária aposentada. Tive que pegar dinheiro emprestado e não consigo pagar. Todos sabem que as famílias das vítimas do *Oskar* receberam indenizações ou sei lá o quê e acho normal aproveitar um pouco isso.

Fiz uma cara de quem leva educadamente em consideração seu pedido.

— Por que você não veio me ver antes do aborto?

— Naquele momento, ninguém dizia que as famílias iam receber dinheiro — ela respondeu diretamente.

Ergui-me no sofá onde me havia espreguiçado e olhei-a bem, enquanto seu olhar fitava o chão feito uma má aluna que acaba de cometer uma falta.

— Diga-me uma coisa, Svetlana. Você parece uma boa moça, mas você sabe que, desde que anunciaram que as famílias iam ser indenizadas, inúmeras mulheres se apresentaram como herdeiras presumidas dos desaparecidos, mães de crianças ilegítimas, amantes escondidas, regulares ignoradas... Se formos acreditar nelas, você não pode imaginar a que ponto aqueles pobres submarinistas tinham uma vida complicada. Então, explique-me como conheceu o meu filho.

— No restaurante. Ele veio duas vezes, durante os quinze dias que precederam o naufrágio. E nós tivemos relações desde a nossa primeira noite. Ele não tomou precaução e eu engravidei.

— E onde vocês tiveram relações?

— Num carro que um amigo dele, oficial, lhe emprestou, lembro-me até de seu nome, Anton. Não podíamos ir na minha casa por causa da minha mãe, ele acabava de obter o apartamento, mas eu não tinha autorização para entrar com ele na base, então paramos no campo. Quando fiquei grávida, hesitei, hesitei, e já era tarde quando decidi tirar. Eles não queriam, então fui obrigada a pagar caro, muito caro. Trezentos dólares. Vou precisar de dez anos para reembolsar essa soma, mas talvez para o senhor não seja tanto assim, entende?

Eu nunca havia feito nada pelos outros, e é preciso dizer que os outros nunca haviam feito grande coisa por mim tampouco. Para ser sincero, eu não tinha realmente muita vontade de discutir. Inútil perguntar-lhe se tinha uma prova, então transigi em 100 dólares e lhe disse que não queria nunca mais ouvir falar dela, em todo caso se fosse para me falar de dinheiro. Ela enrolou as notas em sua mãozinha e foi embora com uma cara relativamente digna.

Um mês mais tarde, eu comprava bebidas e salgados no supermercado que fica na estrada do aeroporto. Empurrava tranqüilamente meu carrinho sem prestar atenção no casal que avançava na minha frente, de costas para mim. A mulher carregava uma criança colada à cintura, segura pelo antebraço. A criança virou-se na minha direção. Mesmo envolvida em sua *chapka*, eu teria reconhecido aquele rosto entre mil. Aquele bebê era a cópia perfeita de Vânia na mesma idade. Aproximei-me, o bebê me sorriu. Eu me achava vítima de uma alucinação cruel. Estiquei o braço. Sentindo-me por trás, a mãe se virou. Era ela, Svetlana, os olhos horrorizados. Com o olhar, mendiguei uma explicação, mas vi-a apressar o passo apertando-se contra o homem que estava a seu lado. Eu não podia desprender meus olhos da criança que continuava a me fixar com um olhar alegre. Ela certamente sentiu que eu ia perder o controle e, então, sei lá sob que pretexto alegado ao companheiro, afastou-se dele e arrastou-se até um canto da loja. Quando ficamos fora do alcance do olhar de seu homem, ela me suplicou:

— Por favor, não faça escândalo.

— Não tenho intenção de fazer escândalo — respondi, com o olhar assustado.

— Vou lhe explicar, mas prometa-me não criar problemas.

— Não criarei problemas.

— Ele é filho de Vânia, mas eu ainda estava com aquele homem quando me apaixonei por Vânia. Deixei ele pensar que era filho nosso para que se casasse comigo. Por favor, não estrague tudo.

— Não quero estragar nada, mas é o filho de meu filho, você entende...

Ela quis partir imediatamente, mas segurei-a pela manga. Vendo isso, não sei o que se passou pela cabeça do homem que a acompanhava, ele deve ter achado que eu a assediava e partiu para cima de mim. A força física às vezes é independente da massa muscular que compõe o corpo. Eu tinha uma vantagem sobre ele. Um fundo de desespero amargo e a necessidade de exumar meses de tristeza. Só o toquei uma vez, mas com tal violência que lhe quebrei o nariz em pequenos fragmentos irreconciliáveis. Cego pelo sangue e a dor, ele parou de brigar segurando o rosto com as mãos. O gerente da loja alertou a polícia, que me agarrou como se eu fosse um terrorista checheno. Passei quase o resto do dia no posto de polícia, no meio da miséria comum de uma cidade pós-soviética do círculo polar. A polícia lavrou os autos, fui condenado sumariamente a pagar uma forte multa duplicada de uma indenização, proibiram-me de aproximar-me para sempre daquele casal sob pena de ser preso. Aliás, só escapei de ser preso por ser pai de um desaparecido do *Oskar*, e, nesta cidade, isso ainda era uma distinção.

Fui em seguida ver um advogado para que me explicasse como eu poderia recuperar aquela criança que era sangue do meu filho. Ele me disse que um procedimento como aquele era possível se eu fizesse um pedido de reconhecimento de paternidade, mas que só o pai estava habilitado a fazê-lo. Ora, o pai estava morto, e ainda que me viesse a idéia de fazer um pedido eu mesmo, era preciso o corpo do pai para fazer os testes de DNA e... em suma, era muito complicado. Fui finalmente ao restaurante onde trabalhava Svetlana e sem lhe falar entreguei-lhe discretamente um bilhete em que lhe propunha uma enorme soma de dinheiro para que a paternidade de meu filho fosse reconhecida. Ela nunca me respondeu, prova de que, a despeito da falta de dinheiro, era ligada àquele sujeito mesmo depois de eu ter-lhe arrebentado o nariz. Meu filho fora apenas um erro numa linha de conduta imprecisa. É uma sensação estranha saber que a sua descendência está sendo criada na mesma cidade em que você vive sem que você esteja autorizado a se aproximar dela. Hesitei em contar isso a Anna, mas ela podia ficar sabendo um dia, o acaso tem tantos cúmplices nesta terra.

— E o que você pretende fazer? — perguntou-me, com os olhos fora das órbitas, como se eu devesse prestar muita atenção no que ia responder.

— Pretendo fazer o que se pode fazer, mas por enquanto não vejo o quê, o direito não está do nosso lado.

— O direito. Quer dizer que você agora leva em conta o direito neste país!

Ela estava numa cólera surda, de uma violência fora do comum.

— Vou cuidar disso então.

Ela só tinha como indício o trabalho de Svetlana no restaurante embaixo de meu prédio. Só mais tarde eu soube o que aconteceu.

Ela seguiu a garçonete. E, um dia em que ela estava com o marido, Anna plantou-se diante dele e contou-lhe toda a história. Em seguida não foi preciso mais que uma semana para que Svetlana batesse à nossa porta com o bebê nos braços. O marido a pusera para fora.

Num primeiro momento, instalei-a no apartamento com a criança. A avó não consegue entender o que o menino faz ali, mas o movimento que aquilo cria à sua volta lhe é benéfico. Svetlana mudou por completo depois que veio morar conosco. Parece um animalzinho selvagem que progressivamente compreende os benefícios da domesticação. Não demorou muito a considerar que éramos sua nova família, o que explico pelo fato de que ela nunca teve uma de verdade. Alguns minutos me bastaram para ter uma opinião sobre sua mãe, uma mulher endurecida. Anna, que está na origem do estratagema que trouxe a criança para junto de nós, levou um certo tempo para conviver com Svetlana. Depois, passou-se um estranho fenômeno. Senti que lhe era grata por ter assegurado a descendência do irmão. Agora é preciso fazer viver toda essa estranha comunidade e essa responsabilidade me agrada, pois me obriga a seguir em frente. Quem de fora poderia entender a nossa vida, e a minha em particular, preso entre duas mulheres que vivem de cada lado de um mesmo andar, criando o filho de meu filho desaparecido? O mais complicado foi explicar a Ekatierina quem era aquele menino e, mais ainda, quem era aquela jovem que se comportava com ele de modo maternal. Ainda mais que, olhando o pequeno Iúri, ela imaginava que seus distúrbios haviam piorado, pois via nele o próprio filho na mesma idade. Traços idênticos, uma tranqüilidade comparável por trás do olhar azul, e a mesma serenidade diante da existência que se abria para ele. Toda vez que ela nos perguntava, respondíamos que Iúri era filho de Vânia. A mesma questão se seguia:

— Onde está Vânia?

E eu sempre respondia a mesma coisa.

— Vai chegar daqui a alguns dias.

O menino me deixava muito tranqüilo. Porque era um menino que ia transformar-se em homem diante dos meus olhos. Assim, eu não seria mais o único desse sexo na minha família. Perguntei-me um pouco onde Anna havia encontrado aquela energia para nos trazer o menino. Quando me anunciou que obtivera o visto para Israel, entendi.

Imagino que as curtas desavenças que tive com a polícia, a respeito do caso da briga, estão na origem da vinda de um homem que se apresentou no apartamento dias mais tarde. O sujeito era de uma educação livresca. Pertencia ao Ministério da Defesa, não posso dizer de que departamento, e não demorei muito a entender que vinha me pedir contas.

— Como se explica que o senhor ainda esteja aqui, Sr. Altman, embora o contrato que nos ligava estipulasse de modo bem claro que o senhor devia deixar a região e ir para São Petersburgo onde um apartamento lhe foi destinado, e parece que continua desocupado. Por outro lado, chegou-me aos ouvidos que o senhor esteve em contato com um jornalista estrangeiro.

— É verdade, dei uma ajudinha nas traduções à minha filha, que é jornalista, mas não se preocupe, convenci aquele sujeito de que a versão oficial era a boa.

— Qual?

— Não me lembro mais, houve tantas. A última em data, posso lhe afirmar. E quanto ao fato de continuarmos a morar aqui, devo lhe confessar que sou vítima de um problema maior: minha mulher sofre de amnésia anterógrada, a memória dela não se recarrega, e se tivéssemos que morar em outro lugar, ela lá não se reconheceria, o que a condenaria a viver como um legume. Mas, por outro lado, sei que o poder público não pode admitir exceção, é isso, não é?

— É isso. Não queremos mais uma família na região. E se o senhor ficar, vamos lhe tomar tudo de volta.

— E me devolver o corpo de meu filho?

— Desculpe?

— Eu me perguntava se os senhores iam também tomar de mim o corpo do meu filho, porque devo lhe precisar, o que faz de mim uma exceção ainda, lamento muito, que somos uma das raras famílias à qual foi impossível restituir um corpo. Achei que o senhor devia saber, mas isso não tem nada a ver e não é certamente o bastante para provocar a sua clemência.

— Temo que não.

— Entendo, mas imagino que podemos dar um jeito... ou o senhor pensa que a situação seja desesperadora?

— Ela não é.

— Eu esperava por isso, para ser franco. Vou mesmo lhe ser franco até o fim dizendo-lhe que o dinheiro que me foi destinado foi investido na pesca do caranguejo-real. E... o senhor está aqui por uns dias?

— Posso ficar um dia a mais, se for necessário.

— É necessário, pois, veja bem, eu gostaria de lhe mostrar um exemplo bem-sucedido de reconversão na economia de mercado do dinheiro das lágrimas. Se o senhor for discreto, e é do seu interesse, eu poderei levá-lo amanhã num dos barcos de nossa frota, o senhor vai ficar impressionado, e verá todo o interesse em que nós dois encontremos um jeito...

Olhamo-nos por um momento, silenciosos. Depois, ele sorriu com um lado só da boca, o outro provavelmente percebia toda a sua imoralidade. Prossegui sorrindo também, uma maneira de ressaltar o subentendido:

— De fato, penso que é preferível que o senhor não fale a ninguém dessa saidinha, os melhores negócios são aqueles que se praticam entre fantasmas, se está me seguindo.

Com um ar entendido, ele balançou a cabeça. Olhei-o e pensei que aquele sujeito estava longe de ter 55 anos. Num outro país que não o nosso, ele poderia facilmente ter vivido trinta anos mais.

É muito raro alguém comer caranguejo-real no Grande Norte, só gente pobre que o fisga às escondidas. A pesca inteira é exportada. Produtos de luxo não são destinados ao consumo de quem produz, colhe ou pesca. Sua carne refinada só é encontrada nos grandes restaurantes de Moscou e São Petersburgo, no Ocidente e na Ásia. Os ricos que com ela se deleitam não têm o paladar fino o bastante para distinguir os caranguejos empanturrados com o pior da humanidade daqueles nutridos com a carne de nossos filhos.

Este livro foi composto na tipologia Carmina
Lt BT, em corpo 10,5/16 e impresso no papel
off-white 80g/m² pelo Sistema Cameron da
Divisão Gráfica da Distribuidora Record.